OHNE WARNUNG

Sebastian Cohen

Band I

In jedem von uns steckt
ein wenig Drake!
Viel Spaß beim Lesen.

Impressum

www.sebastian-cohen.com
E-Mail: info@sebastian-cohen.com

Verantwortlich für den Inhalt nach § 55 Abs. 2 RStV: Sebastian Cohen
Anschrift: Anwaltskanzlei Mohr & Golomski - Torsten Löffler-Hertzstr.26,13156 Berlin

Band 1
Ein Duke-Roman

Das Buch ist auch als eBook und Hardcover erhältlich
Umschlaggestaltung, Illustration: Sebastian Cohen,
Lektorat, Korrektorat: Kerstin Löffler
Weitere Mitwirkende: S.B Hase

ISBN: 9781542539562
Printed in Germany

www.sebastian-cohen.com
https://www.facebook.com/SchriftstellerSebastianCohen

Wenn Dir die Abenteuer von Duke gefallen,
schreibe mir mit dem Stichwort ***„Duke"*** :
info@sebastian-cohen.com
und ich informiere Dich gern unverbindlich
über zukünftige Veröffentlichungen.

Bereits erschienen:

OHNE WARNUNG
Band I - 2017
OHNE AUSWEG
Band II - 2017
OHNE HEMMUNG
Band III - 2018
DUKE
Der 1. Sammelband - 2018
OHNE CHANCE
Band IV - 2018
OHNE VERGEBUNG
Band V - 2019
OHNE ERINNERUNG
Band VI - 2019
DUKE 2
Der 2. Sammelband - 2019
MIT GENUSS
Das Rezeptbuch zur Duke-Reihe – 2020
OHNE REUE
Band VII - 2020
OHNE GNADE
Band VIII - 2021

Für meine Frau.

Das Liebste in meinem Leben.

Ohne sie wäre vieles sinnlos.

Danke, mein Liebling.

INSPIRED BY LIFE

One-of-a-Kind Art Created By:

SC

CREATED BY HAND

KAPITEL 1

Weiße Federwolken am Himmel und leises Vogelgezwitscher wirken beruhigend, wenn man im Schatten alter Bäume auf einem Waldboden liegt und Zeit hat, das Blau über einem zu betrachten. Feuchtwarme Waldgerüche und der intensive Duft von blühenden Wildblumen lassen einen entspannen. Gerade kündigte sich die Sonne an, um den neuen Tag zu begrüßen. Doch an einen Genuss der Umgebung war in diesem Moment nicht zu denken. Schweißüberströmt vor Schmerzen fiel es ihm schwer, die Schönheit des anbrechenden Sommertages zu genießen. In den letzten Stunden verlor er stetig Blut und mit den immer heftiger werdenden Schmerzen konnte er kaum noch klar denken.

Im satten Grün der Wiesen und Felder kann man barfuß laufen, um die Kraft der Pflanzen in sich aufzusaugen. Doch jetzt in diesem Augenblick war es umgekehrt. Die Kraft verließ ihn tröpfchenweise und die Erde saugte sie auf. Er düngte mit seinem Blut den Waldboden. Ohne seinen Gürtel, den er vor nicht allzu langer Zeit bei einem Straßenfest gekauft hatte – ironischerweise mit lebenslanger Garantie – wäre er wohl schon verblutet. Am Oberschenkel hatte er sich das Bein damit abgebunden, um die Blutungen halbwegs zu stoppen. Die versprochene Garantie sollte nicht hier und sicherlich nicht heute enden. Unkontrolliert vor Schmerzen liefen ihm Tränen über sein verschmutztes Gesicht und hinterließen kleine helle Streifen. Er biss die Zähne zusammen und Wut breitete sich in ihm aus, dass er sich in solch einer bescheuerten Lage befand. Gedanken kreisten in seinem Kopf und er bemerkte nicht, dass sich Fliegen über die süße, rote Abwechslung hermachten, die am Acht-Dollar-Lederdruckverband noch immer hervorquoll. Ohne es bewusst wahrzunehmen, tauchte er langsam ab in Ebenen zwischen Traum und Halluzination. Bilder kamen aus den tiefsten Winkeln seines Gehirns. Hinter seinen geschlossenen Augen erschienen sie wie vor einer Kinoleinwand. Er konnte sich nicht wehren, konnte sich nicht mehr konzentrieren. Eine Situation, die ihm Sorgen bereiten sollte. Hatte er gerade die Eintrittskarte für die letzte Vorstellung gelöst? Lief hier gerade der Abspann? Das kann es nicht gewesen sein. Nicht jetzt, nicht so, nicht hier in diesem Wald. Er war doch erst 16. Mehr und mehr lose Bilder reihten sich im Delirium zu einem Film zusammen. Er reiste einige Jahre zurück. In sein Bewusstsein schoben sich Erinnerungen an jenen Tag, der sein Leben für immer verändern sollte.

KAPITEL 2

Duke lebte mit seinen Eltern in einem verschlafenen Ort mit knapp 22.000 Einwohnern, sechs Kirchen und einem kleinen Flugplatz: Keene in New Hampshire. Der Ort hatte einen eigenen Charme. Nicht zu groß, dass man verloren geht, aber auch nicht so klein, dass jeder jeden kennt. Die typische Kleinstadt eben, wo Tante-Emma-Läden schließen müssen, weil Konsum-Imperien alle anderen verdrängt haben und man die einzige Hauptstraße herausputzt, weil zufällig das Rathaus dort steht. Und damit sich eventuell auch einmal ein Tourist nach Keene verirrt, versuchte man irgendwie den Charme der alten Zeiten zu erhalten.

Das Haus, in dem Duke mit seinen Eltern wohnte, war schon immer in Familienbesitz gewesen und das bereits seit den Tagen, als die Vorfahren, die ihre Wurzeln in Europa hatten, in die Neue Welt auswanderten, um hier einen Neuanfang zu wagen. Das Grundstück war umrahmt von hohen Bäumen, die einen kleinen Hang hinaufwuchsen. Ein glasklarer Fluss schlängelte sich im Bogen am Haus vorbei und hinterließ den Eindruck, dass man sich auf einer Halbinsel befände. Das Haus lag nicht zu weit weg vom geschäftigen Ortskern. Hier herrschte noch die Ruhe, die anderswo selten geworden ist. Hektik war im Haus unbekannt und in Keene selbst wurde es nur aufregend, wenn es mal ein Fest gab.

Duke war ein dunkelblonder Junge, nett, unauffällig und mit nur wenigen Hobbys. Er war ein Langschläfer und Träumer. Ein

Einzelgänger, voller Ideen, Fantasien und doch immer mit dem Hang zur Perfektion, wenn er etwas anpackte. Zweierlei Dinge hasste er: seinen Vater – speziell, wenn dieser betrunken war – und den sonntäglichen Kirchgang. Das eine war nur peinlich und das andere reine Zeitverschwendung. Sein Vater arbeitete als Gabelstaplerfahrer in einem der Truckterminals am Ortsrand und seine Mutter als Verkäuferin in einem Antiquitätengeschäft im neuen Colony Mill Einkaufszentrum. Nicht gerade die perfekten Vorbilder für Duke, der aber noch zu unbedarft war, um hier zu erkennen, was er für Verlierer-Eltern hatte. Somit beschränkten sich seine Idole auf zweidimensionale Kino-Helden.
Mit zunehmendem Alter versuchte er mehr und mehr seinen Eltern aus dem Weg zu gehen. Es nervte ihn, ihre täglichen Streitereien ertragen zu müssen. Schon lange hatte er aufgegeben zu verstehen, warum sich erwachsene Menschen stundenlang über die harmlosesten Angelegenheiten streiten. Wo lag der Sinn darin, sich ständig anzubrüllen? Letztlich war der Alkohol an allem schuld und sein Vater wurde mit jedem Jahr seltsamer. Das Haus, das über all die Generationen immer gepflegt worden war, verfiel zusehends, vom Grundstück ganz zu schweigen. Kaum war sein alter Herr von der Arbeit zurück, fing das Trinken an. Solange genug Bier im Haus war, hing der Haussegen gerade. Sollte aber auch nur ein Tag die tägliche Betäubung ausfallen, war die Hölle los. In solchen Momenten versuchte er immer einen großen Bogen um seinen Vater zu machen. Allzu oft gab es Ausbrüche, die bei Duke farbenfrohe Hautverfärbungen hinterließen.
Im Alter von 12 Jahren zog er es vor, sich auf den alten Dachboden des Hauses zu verkriechen. Dort roch es muffig, nach

abgestandener Zeit und gelebten Abenteuern. Doch hier fand er Dinge, die 100 Jahre und länger dort lagen und darauf warteten, von ihm neu entdeckt zu werden. Jedes Teil hatte seine eigene Geschichte und war einmal wichtig im Leben seines Besitzers, bis die Zeit es entwertete und als unmodern einstufte. Duke fühlte sich wohl inmitten all diesem alten Zeug. Hier konnte er von Abenteuern träumen, die er einmal erleben wollte. Es war für ihn Geschichte zum Anfassen. Das Schönste war die originale Reisetruhe, mit der seine Urgroßeltern von Europa nach Amerika gekommen waren. Diese Truhe wurde ein Symbol für ihn: ein Sinnbild für Freiheit, Unerschrockenheit und Mut zur Veränderung. Jedes Mal, wenn er dieses alte Relikt berührte, machte es ihn nur entschlossener, irgendwann selber einmal diesen Ort zu verlassen und in die weite Welt zu gehen. Schon wenn er mit dem Finger über die alte Truhe strich und langsam den Staub zwischen den Fingern rollte, zauberte es ihm ein Lächeln auf sein Gesicht. Hier war er für sich und in seiner eigenen Welt. An einem anderen Tag fand er zwischen all den alten Sachen ein Taschenmesser, das von da an sein täglicher Begleiter werden sollte. Doch der coolste Fund wurde eine alte Karte aus Europa, die er in sein Zimmer hing und jedes Mal beim Betrachten wusste, dass er irgendwann eine große Reise unternehmen würde. Und immer wieder konnte er sich für Sachen begeistern, die auf andere wahrscheinlich alt und ausrangiert wirkten. Doch er fühlte, dass diese vergessenen Dinge in einem anderen Leben eine wichtige Bedeutung hatten.

***

Die Wandlung des ruhigen, fast scheuen Jungen zu einem selbstbewussten jungen Mann wurde durch ein Ereignis in Gang gesetzt, welches er mit 14 Jahren hatte. Die Sommerferien hatten gerade erst begonnen, als an einem schwül-warmen Vormittag ein paar Jungs vor seiner Garage erschienen, in der er sein Fahrrad putzte.

»Duke, du alte Pfeife, hör auf dein Fahrrad zu putzen und komm mit uns mit.«

Duke bildete mit seiner Hand einen schützenden Schirm gegen die Sonne, um zu erkennen, wer ihn rief. Es waren Typen aus seiner Klasse. Obwohl er alle Sechs schon länger kannte, hatte er nie zu ihnen gehört. Er war ausgeschlossen vom „harten Kern". Und nun standen sie plötzlich vor seiner Garage und forderten ihn auf, mit ihnen loszuziehen.

»Was habt ihr vor?«, fragte Duke vorsichtig.

»Wir fahren in die stillgelegte Kiesgrube. Komm mit«, rief Kevin.

»Was wollt ihr dort machen?«, wollte Duke wissen.

»Nun hab dich nicht so albern. Oder hast du etwas Besseres vor?«, provozierte ihn Phil.

Duke fragte sich, was die Gruppe wirklich beabsichtigte. Er wollte sich keine Schwierigkeiten einhandeln, wenn sie etwas vorhatten, das nach Ärger stank. Doch als Feigling wollte er auch nicht dastehen. Nicht, dass er unbedingt Kumpel brauchte, doch die Ferien total alleine zu verbringen war eventuell auch nicht wirklich verlockend. Kurzentschlossen fuhr er mit ihnen mit. Eventuell werden die Sommerferien ja doch spannender als erwartet, dachte er.

Nach fünf Meilen erreichten sie die vollgelaufene Kiesgrube. Der alte Schwimmbagger war schon von Weitem zu sehen und rostete vor sich hin. Ein Monster aus einer anderen Zeit. Am Bagger angekommen, standen sie im Schatten und schauten zu den riesigen Schaufeln hoch, die mahnend in den Himmel ragten. Nur vom bloßen Anschauen kribbelte es unter Dukes Kopfhaut. Dann baute sich Phil grinsend vor ihm auf.

»Wir haben ein Aufnahmeritual: Rauf auf den Bagger und von der letzten Schaufel in den See springen. Dann gehörst du zu uns.«

Duke schüttelte den Kopf.

»Jungs, das sind bestimmt 45 Fuß. Den Sprung überlebt keiner.«

»Wir leben noch«, lachte Phil und schubste ihn dabei leicht von hinten.

Wie bekloppt ist man denn da hochzuwollen, dachte sich Duke. Es sollte eine Probe werden, um den Zusammenhalt der Truppe zu festigen. Was eignet sich dazu besser als etwas Extremes, das zusammenschweißt? Und wenn man davon Narben bekommt, dann sind das nur Trophäen. Doch so nötig hatte er ihre Gesellschaft nun auch nicht und dachte sich: lieber ein gesunder Feigling als ein mutiger Krüppel.

»Sorry, Jungs, aber das ist nichts für mich«, erklärte er ihnen.

»Das ist nichts für mich«, äffte Kevin ihn nach.

»Aussteigen ist nicht, hier wird sich nicht gedrückt«, meinte Martin.

»Los, du jämmerliche Flasche, rauf da«, brüllte Steve ihm ins Gesicht.

Duke spürte, dass der Ton deutlich schärfer wurde und wich vorsichtig einige Schritte zurück.

»Kein Grund, uncool zu werden. Und nebenbei, ich muss nicht Teil eurer Clique werden.«

Er hatte gerade vor, auf sein Fahrrad zu steigen, als er von hinten so kräftig geschubst wurde, dass er über seinen Drahtesel flog und im Dreck landete.
»Oh, hat das wehgetan?«, fragte ihn Joe spöttisch.
Alle anderen fingen an zu lachen. Duke realisierte gerade, dass keiner von ihnen wirklich vorhatte, mit einem Schwächling wie ihn die Gruppe zu vergrößern. Er sollte lediglich der Trottel der Woche werden. Sie waren von Anfang an davon überzeugt, dass er die Mutprobe nicht antreten würde. Sie wussten, dass er sich gerne überall anschloss, aber sich dünnmachte, bevor es zu Problemen kam. Duke war immer schlau genug gewesen, Ärger zu riechen und ihm aus dem Weg zu gehen. Bisher jedenfalls.
»Tja, Duke, dann müssen wir dir wohl eine Abreibung verpassen«, sagte Steve lapidar.
»Ja, jetzt gibt es eins auf die Fresse«, sang Tim im hohen Ton.
Martin baute sich drohend vor ihm auf und sagte: »Also, letzte Chance auf den Bagger zu klettern.«
Doch Duke sah nicht ein, sich einschüchtern zu lassen. Er hatte seine Entscheidung schon gefällt und wollte sich nicht bei einer dummen Mutprobe verletzen. An diesem Tag sollte sich alles ändern. Ihm wurde schlagartig bewusst, dass er hier in größten Schwierigkeiten war und die Sechs ernsthaft vorhatten, das, was sie sagten, auch umzusetzen. Nun hatte er zwei Möglichkeiten: entweder den Selbstmörderbagger hinaufzuklettern und für immer zum harten Kern zu gehören oder einen Trommelwirbel von Gliedmaßen über sich ergehen zu lassen. Nach Abschätzen der Überlebenschancen, Genickbruch oder blaue Flecke, entschloss er sich für Letzteres. Doch zu einfach würde er es ihnen nicht machen, schwor er sich. Er konnte in ihren Gesich-

tern ablesen, wie sie sich darauf freuten, ihn fertigzumachen. Als er sah, wie sie ihre Hände zu Fäusten ballten, unternahm er einen kurzen Fluchtversuch. Dieser endete drei Sekunden später. Die Abreibung war heftig. Zu heftig. Zusammengerollt versuchte er sich so gut wie möglich vor den Schlägen zu schützen, doch gegen die Jungs hatte er nicht die geringste Chance. Nie gekannter Hass prallte auf ihn nieder. Gedemütigt und hilflos ließ er die Tritte und Schläge ohne Gegenwehr über sich ergehen. Der einzige Gedanke, den er hatte, war sich so gut es ging zu schützen und alles zu ertragen, bis es vorüber war. Nach Dukes Zeitempfinden dauerte es eine Ewigkeit, bis sie von ihm abließen. Die Form seiner Nase hält er heute für gelungen und schön, auch wenn er damals diese schmerzhafte „Schönheitsoperation" mit einem Stiefel, Marke Riverbreaker, Größe 7, gerne vermieden hätte. In dem Moment, wo sie aufhörten auf Duke einzutreten, war nichts mehr wie vorher. Irgendetwas verlor er im Innersten, sie hatten etwas aus ihm herausgeprügelt. Er wusste nicht, was es war, doch von nun an lag ein Schatten auf seiner Seele. Wenn bis dahin 1000 kleine Kerzen das Gute in seinem Inneren erhellten, blies an diesem Tag ein kalter Wind die Mehrzahl davon aus und ließ etwas Dunkles in ihm zurück. Er sah die Welt nun aus einer anderen Perspektive – der eines Verlierers.

Duke lag im Staub und krümmte sich vor Schmerzen. Nun zogen alle ihre Handys, um ein Foto von ihm zu machen, wie er verletzt dalag und litt. Johlend nahm Kevin das Fahrrad von Duke und schmiss es im hohen Bogen in den See. Genau das, was er jetzt noch gebrauchen konnte. 20 Sekunden später stiegen sie lachend auf ihre eigenen Fahrräder und kümmerten

sich nicht mehr um ihn. Keiner der Sechs drehte sich noch einmal zu ihm um, als sie davon radelten. Nachdem er einige Minuten im Dreck gelegen hatte, wurde es Zeit, sich aufzurappeln und nach Hause zu gehen. Er reinigte sich ein wenig am See und ging stinksauer heimwärts. Der Weg zurück war schmerzhaft, alles tat ihm weh und er lief mit gesenktem Kopf. Dieser hing ihm soweit herunter, dass ein Fremder wahrscheinlich gedacht hätte, er wäre ohne Nackenmuskeln zur Welt gekommen. Doch niemand sah, wie er sich nach Hause schlich. Somit blieb ihm wenigstens diese Demütigung erspart.
Seine Ausrede den Eltern gegenüber war, dass er eine Treppe hinuntergefallen sei. Dies war zwar nicht allzu glaubhaft, doch sein Stolz und sein ihm selbst gegebenes Versprechen, die Umstände zu verheimlichen, waren größer als der Schmerz. Doch ob er die Wahrheit gesagt hätte oder nicht, es spielte kaum eine Rolle. Die Anteilnahme seiner Eltern bestand nur darin, dass sein Vater ihn einen Idioten nannte mit dem Ratschlag, die Augen aufzumachen, wenn er seine Beine benutzte. Selbst seine Mutter war nicht viel feinfühliger in ihrer Wortwahl. Duke hatte an diesem Tag kurz das Gefühl, adoptiert zu sein. Selbst als sie ihn ins Krankenhaus fuhren, wo man ihm die Nase richtete, blieb er bei seiner Story, die ihm der Weißkittel aber nicht abkaufte. Doch Duke war zu stolz zuzugeben, dass er verprügelt worden war.

***

In den darauffolgenden Tagen wurde er regelrecht depressiv. So hatte er sich seinen Ferienanfang nicht vorgestellt. Man konnte seine äußeren Wunden sehen, die langsam verheilten, doch wie schwer sein Ego verletzt war, sah man ihm nicht an.

Mit jedem Tag, an dem die Schmerzen nachließen, spürte er im Innersten einen immer stärker werdenden Wunsch, sich für diesen Tag zu rächen, an dem man ihn in einen dunkelbunten Tarnanzug verwandelt hatte.
In den kommenden zwei Wochen der Bettruhe hatte er genug Zeit, um Hunderte verschiedene Möglichkeiten durchzuspielen, was er mit jedem Einzelnen anstellen würde. Eigentlich widersprach es seiner Natur, jemandem in irgendeiner Form Leid anzutun. Doch irgendwie wechselte seine Perspektive mit jedem Tag der Heilung. Wenn in seiner Schule jemand in die Mangel genommen wurde, war Duke einer der Ersten, der angewidert wegging, während andere noch lange Hälse machten, um zu sehen, wer den ersten Zahn verlor.
Als einmal der kleine Brady in einer Steinschlacht auf dem Schulhof ein Auge verlor, war das Interesse der Schüler pervers groß. Für Wochen war er das Gesprächsthema und jeder konnte besser beschreiben, wie die blutwässrige Masse durch Bradys vorgehaltene Hand quoll. Mit gefesseltem Entsetzen standen sie mit geöffneten Mündern um ihn herum, ohne zu helfen. Das blutverschmierte Gesicht sah zum Wegrennen aus und man hätte sich von den Schreien die Ohren zuhalten müssen, aber keiner bewegte sich. Sie waren nur darum bemüht, alles aufs Video zu bekommen. Erst als Duke einen Lehrer holte, der sich den Schlamassel ansah, löste sich die Menge auf, erschrocken und dennoch fasziniert von der Situation. Für diesen Tag war der normale Unterricht hinfällig, da Schüler und Lehrer den Schock erst einmal verdauen mussten. Keiner konnte den Anblick von Brady abschütteln, der sich zwei Monate zu früh in ein Halloween Monster verwandelt hatte.

Die Prügel, die Duke an jenem Tag in der Kiesgrube einstecken musste, veränderte sein ganzes vorherbestimmtes Leben, ohne dass er es ahnte. In den Tagen der Heilung schwor er sich, nie wieder ein Verlierer zu sein, nie wieder ein Opfer. Und nie wieder wollte er sich in einer Situation befinden, in der er nicht der Überlegene war. Er hasste sich dafür, dass er sich nicht gewehrt hatte und nur dalag, um sich verprügeln zu lassen. Immer wieder durchlebte er den demütigenden Moment der Hilflosigkeit. Doch je länger er darüber nachdachte, umso größer wurde der Wunsch, es den Sechs so wiederzugeben, wie sie es mit ihm gemacht hatten. Aber nicht mit blauen Flecken und einer gebrochenen Nase. Nein, jeder Einzelne sollte sterben. Schmerzhaft, überraschend und definitiv ohne Warnung.

***

In der ersten Woche, in der er im Bett lag, kamen ihm die finstersten Ideen. Er wunderte sich selbst, wie weit seine Gedanken ohne Hemmungen gingen. Duke steigerte sich in endlose Fantasien, in denen er mit der Waffe seines Vaters alle sechs Schläger zwingen würde, in der Kiesgrube den Schwimmbagger zu erklimmen. In allen Farben träumte er, wie er einen nach dem anderen wie Schießbudenfiguren abknallt. Genüsslich würde er die Reste bestaunen, die eine doppelläufige Big Five aus ihren Körpern herausgerissen hätte. Er sah es bildlich vor sich, wie sie in Fetzen über den Schaufeln hingen und nur noch Madenfutter mit Seeblick waren.

Seine Erfindungsgabe wurde immer brutaler. Doch die Realität holte ihn schnell ein. Es wäre nur eine kurze Genugtuung, denn was würde das Resultat sein? Ein versautes Leben im Jugendknast, wo er ein blondes Lieblingsduschzubehör für durchgeknallte Zwei-Meter-Knackis wäre. Wollte er das? Nein, das war der falsche Weg, zu einfach und viel zu schnell für diese miesen Typen. Er musste cleverer vorgehen. Kein sechsfacher und vor allem schnell aufzuklärender Mord.

In der zweiten Woche wurde er kreativer. Duke sah sein Ziel jetzt aus einer anderen Perspektive. Sterben mussten sie, daran hatte er keinerlei Zweifel. Doch die Art, wie er vorgehen musste, um das zu erreichen, würde anders aussehen. Duke war sich sicher, einen Weg zu finden, sie so sterben zu lassen, dass niemand dahinterkommen würde, dass er dafür verantwortlich war. Plumpe Rache wäre definitiv falsch. Nein, hier musste Einfallsreichtum mit Intelligenz zum Einsatz kommen. Er würde sich jeden einzeln und mit einer längeren zeitlichen Pause vornehmen, damit niemand einen Zusammenhang herstellen könnte. Immer mehr manifestierte sich die Idee, sie alle durch einen gut geplanten „Unfall" sterben zu lassen. Einfach so. Gefahren lauerten schließlich überall.

***

Das Leben ging erst einmal weiter, man ließ ihn in Ruhe. Drei Wochen nach der Prügelattacke standen alle Sechs zu seiner großen Überraschung erneut vor seinem Haus und riefen seinen Namen. Mit weichen Knien öffnete er die Tür. Duke sah, dass Tim ihm sein altes Fahrrad zurückgebracht hatte. Sie mussten es aus dem See gefischt haben, dachte er sich.

»Da du uns nicht verraten hast, bist du jetzt einer von uns. Du bist okay und kannst mit uns abhängen«, erklärte Martin und alle nickten zustimmend.

Duke war überrascht. Mit einem Mal wurde er von der Gruppe akzeptiert? Wortlos nahm er sein Rad, drehte sich um und ging

in die Garage. Die Sechs deuteten die Annahme des Fahrrads als Akzeptanz ihres Angebotes.
Von nun an war Duke öfter in ihrer Nähe und spielte den coolen Kumpel. Es widerte ihn im Innersten an, mit ihnen abzuhängen und einen auf „best buddy“ zu machen. Duke musste sich beherrschen, nicht jeden verfügbaren Gegenstand in die Hand zu nehmen, um diesen über ihre hohlen Schädel zu ziehen oder ihnen sein Taschenmesser in die Stirn zu rammen. Doch er nutzte den Vorteil dieser „Freundschaft“ aus – unauffälliger hätte er sie nicht ausspionieren können. Er hatte es sich nämlich zur Aufgabe gemacht, alle Sechs zu studieren. Für jeden legte er sich Notizen an, hörte zu, lernte. Wie er sie alle verachtete, wenn er mit ihnen zusammen war. Aber ihm war nichts anzumerken und keiner von ihnen ahnte auch nur im Geringsten, was er mit ihnen vorhatte. Mehr als einmal erwischte er sich dabei, wie er sie am liebsten vor den Schulbus geschubst hätte. Doch er beherrschte sich und lächelte. Wichtiger war es ihm, das Vertrauen dieser Idioten zu gewinnen, und er freute sich schon auf den Tag, an dem in seinem schönen, ruhigen Ort alle Fahnen auf halbmast hängen würden.
Er sparte sich ein Notebook zusammen. Klein und fein, aber ausreichend, um all seine Ideen und Notizen zu speichern, die mittlerweile sehr umfangreich geworden waren. Duke verbrannte all seine Papiernotizen und sicherte von nun an alles auf zwei Memory Sticks mit einer 128 Bit Verschlüsselung. Einen Stick versteckte er auf dem Dachboden und den zweiten trug er immer bei sich, in einem Geheimfach seiner Brieftasche. Hätte jemand seine Dateien gesehen, käme er vermutlich zu der Feststellung, Duke müsste mal zum „Nervendoc“, um zu erklä-

ren, was er alles in den Tintenklecksen erkennt. Vorsicht war angesagt! Hören, sehen, planen und Lösungen finden.
Manchmal, wenn er wieder ein paar Zeilen in seinen Rechner tippte, fragte er sich, ob er noch normal war mit all diesen verrückten Ideen über Unfälle und Tod. In seinem Alter sollte man andere Hobbys haben, als sich Gedanken darüber zu machen, wie man jemanden am besten durch einen „Unfall" beseitigt. Hatte er damals einen Tritt zu viel gegen seinen Schädel bekommen? Waren da einige Drähte gerissen, die nur noch lose herumbaumelten? Doch wenn er solche Momente der Selbstzweifel hatte, fasste er sich an die gerichtete Nase und lächelte. Natürlich war sein Vorhaben weit entfernt von einer normalen Freizeitgestaltung. Er hätte den Vorfall auch als Aufnahmeritual abhaken können, doch in seinem Inneren war eine Sicherung demoliert. Reparatur ausgeschlossen. Duke war sich vollkommen bewusst, dass sein Vorhaben kaltblütiger Mord war. Doch wird ein Menschenleben nicht ein wenig überbewertet? Wo war der Unterschied, einen Menschen zu töten oder in einen Ameisenhaufen zu treten und dabei Hunderte von Lebewesen auszulöschen? Für Duke war es nur eine moralische Einstellung, der Zweck heiligt bekanntlich die Mittel. Er könnte zwar nicht die Dummheit der Welt verändern, aber mit dem Tod der Sechs wenigstens einen Anfang machen. Jede Reise beginnt mit dem ersten Schritt. Außerdem würden die Sechs bei der großen Anzahl an Menschen auf der Welt nicht wirklich vermisst werden.
Die Arbeit am Computer machte ihm Spaß. Eine Welt, in die er immer tiefer eintauchte. Unter jedem Namen seiner sechs Verurteilten hatte er ein Profil ihrer Interessen erstellt. Zuerst

würde er sich die Logan-Brüder vornehmen, zum Warmwerden waren die beiden genau richtig. Duke musste sich selbst eingestehen, dass die Theorie und die Umsetzung einer Idee zwei verschiedene Dinge waren. Eventuell würde er ja auch bei der Ausführung zurückschrecken. Auch wenn er sein Gewissen auf null gefahren hatte, konnte er sich nicht wirklich sicher sein, doch noch zu versagen, wenn es ernst wurde. Nach und nach erweiterte er seine Ausrüstung. Hierzu zählte nun auch ein gutes Fernglas, das er auf dem Dachboden gefunden hatte. Es war schon betagt, doch für seine kleine Bauweise wies es eine erstaunliche Leistung auf. Aber es fehlten noch eine Menge Dinge, die er benötigte, wie zum Beispiel eine Digitalkamera, ein Hand-GPS, unterschiedliche Outfits mit passenden Baseballcaps, ein Paar Schuhe, die zwei Nummern größer sein sollte, sowie ein gebrauchtes Fahrrad.

Duke investierte viel Zeit in seine Planung. Hierfür zog er sich auf den Dachboden zurück, um ungestört Bücher über Verbrechen zu lesen. Sein Interesse bestand nicht so sehr darin, wie die Tat ausgeführt wurde. Vielmehr machte er es sich zur Aufgabe, die Fehler und die kleinen Hinweise zu suchen, die immer wieder dazu führten, dass auch das beste Verbrechen aufgeklärt wurde, obwohl alles bis ins kleinste Detail geplant und umgesetzt war. Er versuchte Muster zu finden, die ihm helfen sollten, die offensichtlichsten Fehler zu vermeiden. Gerade wenn alles wie ein Unfall aussehen sollte, war hier ein wenig mehr Gehirnschmalz gefragt. Die Bücher, die er sich unauffällig besorgen konnte, waren nicht die aktuellsten. Die Fortschritte in der Wissenschaft, speziell in der Kriminologie, waren nicht zu unterschätzen. Die CSI war hier viel weiter als

das, was man in Büchern finden konnte oder was man in der Flimmerkiste gezeigt bekam.
Bücher über Gerichtsmedizin und Pathologie wurden seine Lieblingslektüre. Wenn er aus der Bibliothek in der Winter Street kam, hatte er ein unauffälliges Buch ausgeliehen und eins geklaut, das er natürlich, wenn er damit fertig war, heimlich wieder zurückbrachte. Duke wusste, dass der Staat in den Bibliotheken nachvollziehen konnte, was man las. Er konnte sich vorstellen, dass bei seinen Interessen sofort rote Warnleuchten aufblinken würden. Mit Sicherheit hätte er auch alles einfacher über das Internet recherchieren können, doch er war vorsichtig und sehr bemüht, keine verdächtigen Spuren zu hinterlassen. Zu leicht hätte ihn Homeland Security aufspüren können in Anbetracht der speziellen Lektüre, mit der er sich befasste.
Mit jedem Buch und Artikel, den er las, stumpfte er gleichzeitig mehr und mehr ab. Bekam er bis vor einigen Monaten noch einen dicken Kloß im Hals, wenn er im Biologieunterricht einen Frosch sezieren sollte, konnte er heute nicht genug Farbbilder von Verkehrsunfällen und anderen Unglücken sehen. Besonders spannend fand er eine Fotoserie in einem Polizeibildband. Bis ins kleinste Detail wurde erklärt, welche und wie viele Knochen wahrscheinlich brechen, wenn ein Auto einen Fußgänger von hinten erfasst. Es wurden super Zufallsfotos einer Überwachungskamera gezeigt. Deutlich konnte man die Überraschung im Gesicht der Frau erkennen, als der erste Kontakt mit dem Kühlergrill erfolgte. Erst beim dritten Foto änderte sich der Gesichtsausdruck von „Was habe ich im Supermarkt vergessen?“ in „Du heilige Schei...!“, als die Landephase einsetzte und

sie realisierte, dass hier etwas gewaltig schieflief. Die Fotos und Berichte über Tragik und Tod machten ihn härter, doch er behielt das Feingefühl für Details. Wenn er bei den ersten Bildern noch ein heißes Gesicht bekam, musste er sich jetzt schon den Finger anlecken, um die nächsten Seiten umzublättern. Mit einem Mal sah er überall lauernde Gefahren: im Elternhaus, auf der Straße, im Supermarkt, ja sogar im Klassenzimmer. Es regte seine Fantasie an, wenn jemand mit dem Stuhl kippelte und er genau wusste, wie derjenige fallen müsste, um sich den vierten Halswirbel zu brechen.

KAPITEL 3

Sieben Monate waren vergangen, seit man ihn so brutal zusammengeschlagen hatte. Monate, in denen er lernte, cool zu bleiben. Seine Wut hatte er bemerkenswert gut unter Kontrolle. Eigentlich war er nicht mehr so wütend. Wut war fehl am Platz und störte die Konzentration. Dass er die Sechs in die Hölle schicken wollte, war für ihn schon das Normalste der Welt. Ein Hobby? Eine Aufgabe? Nein, eine Mission!

Die fehlende Digitalkamera beschaffte er sich online. Mit dem Fahrrad hatte er auch Glück, dieses kaufte er über eine Zeitungsanzeige für wenig Geld. Seine Fähigkeiten am Computer verbesserten sich kontinuierlich und im Internet fand er zunehmend Dinge, die er in der Stadtbibliothek vergeblich suchte. Diese digitale Welt bot ihm die Möglichkeit, an illegale Informationen zu gelangen, ohne aufzufallen. Duke lernte zu programmieren und erste eigene kleine Programme zu schreiben oder er fand welche online, die er umschrieb. Ab einem bestimmten Punkt unterließ er es, weiterhin so oft in die Bibliothek zu gehen. Die Bücher, die er nun suchte, waren in seinem kleinen Kaff eh nicht mehr zu bekommen. Da sein Notebook WLAN hatte, konnte er dank eines speziellen Programms unbemerkt über fremde Netze online gehen. Er achtete penibel darauf, über einen ausländischen Proxy angemeldet zu sein, um nie seine eigene Signatur im Netz zu hinterlassen. Dann entdeckte er das Darknet für sich, die Tür zu einer neuen dämonischen Welt. Hier fand er alle Informationen, die ihm noch fehlten. Einer der letzten Orte, auf den die NSA bisher keinen Zugriff hatte. Im Elternhaus wollte er bewusst keinen Internetanschluss. Sicherheit zuerst, dachte er sich. Wenn er online ging, nutzte er die Internetverbindungen eines Straßencafés oder von Hotels. Deren Internetsignal war meist stark genug, um sich seine Informationen herunterzuladen. Doch er vermied Plätze, wo Kameras hingen oder andere Orte, wo er hätte auffallen können. Wann immer er nach gefährlichen Inhalten suchte, nutzte er einen Internetanschluss von einem marokkanischen Café, das sich im Ortskern befand. Sollte doch einmal Verdacht aufkommen, würden erst die arabischen Kreise unter Beobachtung stehen.

***

Die Zeit war gekommen, wo nun nach reichlicher Planung Taten folgen sollten. Es waren mehr als acht Monate vergangen, seit sie ihn in der Kiesgrube verprügelt hatten. Duke war bereit. Zu seinem 15. Geburtstag hatte er vor, sich selbst zu beschenken: die Logan-Brüder. Sein Plan für die beiden war, sie mit ihrem eigenen Hobby zu erledigen. Es war allgemein bekannt, dass die Brüder die geborenen Pyromanen waren. Mit Feuer zu spielen, war für sie das Größte. Wäre das Feuer noch nicht entdeckt worden, die beiden hätten es erfunden. Kein Feuerwerk wurde von ihnen ausgelassen, ob zum Jahreswechsel oder am 4. Juli. Wo auch nur der Hauch von Pulvergeruch in der Luft hing, die Logan-Brüder waren zur Stelle, um zu sehen, wie man mit ein paar Drähten und Schwarzpulver den Himmel zum Brennen brachte. Mit sieben Jahren hatten die beiden die Garage abgefackelt, die extra für den 63er Sting Ray des Vaters gebaut worden war, der mit einem vollen Tank zu einem netten Brandbeschleuniger wurde. Ihr Glück war, dass die Garage 40

Yards vom Wohnhaus entfernt stand, was eine größere Katastrophe verhinderte. Dann, mit acht Jahren, stellten sie erstaunt fest, dass Sprühdosen prima Flammenwerfer waren, und mit zehn bastelten sie ihre ersten eigenen Feuerwerkskörper. Duke ging online. Im Darknet fand er in kürzester Zeit, wonach er suchte: eine komplette Bauanleitung für einen kleinen Sprengsatz. Sehr nützlich fand er die rot markierten Hinweise, um Fehler beim Bauen und im Einsatz zu vermeiden. „Fehler" – welch ein Wort. Er streichelte die Abbildung auf dem Bildschirm, lächelte und lud alles Brauchbare herunter. Im Geiste hatte er schon für die beiden eine Fahrkarte in die Hölle entwertet. Präzise prägte er sich ein, wo die Schwächen dieser primitiven Bombe lagen, um selber keinen Fehler zu begehen. Bevor Duke die Idee mit dem Sprengsatz bekommen hatte, fand er heraus, dass die beiden immer an denselben Ort gingen, an dem sie niemand beobachten konnte. Weit weg von irgendeinem Wohnhaus, war diese Stelle gut gewählt. Nahe am Ufer des Goose Pond, der umringt war von viel Wald und somit gut geschützt vor fremden Blicken. Ein idealer Platz für kokelnde Bettnässer und der perfekte Ort, wo er sich um sie kümmern konnte.

Doch vorher musste Duke noch ungestört und unauffällig alles irgendwo lagern und zusammenbauen. Auch dieser Ort war schnell gefunden. In der Nähe von Keene gab es genügend verlassene Produktionsstätten, deren Maschinen nun in China standen. Er kannte ein altes, leer stehendes Fabrikgebäude, schön einsam und verlassen. Nicht einmal Penner wollten da kostenfrei übernachten. Keine Spur durfte zu ihm führen, wenn er seinen Plan durchführen wollte. Duke erkundete das Gelände und war zufrieden. Er hatte eine Zufahrt gefunden, die ihm erlaubte, ungesehen das Grundstück zu betreten und wieder zu verlassen. Deutlich konnte man noch an den verwitterten Fabrikhallen erkennen, dass hier einmal Schuhe hergestellt wurden. Er fand ein kleines Nebengebäude, das ideal für ihn war – genau was er suchte. An verschiedenen Tagen und Uhrzeiten besuchte er die Fabrik und studierte sorgfältig die Umgebung. Duke installierte eine getarnte Kamera mit einem Bewegungsmelder, die nur Fotos schoss, wenn jemand in die Nähe kam. Jedes Mal vergewisserte er sich, dass der Bildzähler auf null war, bevor er sein Versteck öffnete. Alles sah gut aus, es war perfekt für sein Vorhaben. Nun konnte er sich auf den Bau der Bombe konzentrieren.

An das Material war leicht heranzukommen. Den Mantel seiner kleinen Rohrbombe herzustellen, war hierbei das Einfachste. Die Teile waren alle im örtlichen Baumarkt erhältlich. Nie kaufte er alles in einem Laden. Er achtete darauf, dass es nicht auffällig wirkte oder er dieselben Klamotten anhatte. Duke benutzte verschiedene Baseballcaps, die er nie privat trug, und er vermied es, sein Gesicht in die Überwachungskameras zu halten. Dann fehlte nur noch die Füllung. Das Schwarzpulver konnte er selber herstellen. Die Zutaten dafür, Ammoniumnitrat und Aluminiumpulver, klaute er aus dem Chemikalienschrank der Schule.

Nach und nach brachte er alle Sachen in das Versteck in der alten Fabrik. Er war aufgeregt. Sein erster Schritt war die Reinigung aller Teile. Mit Gummihandschuhen und Alkohol säuberte er alle Gegenstände, die jemand vor ihm und die er selbst angefasst hatte. Dann schraubte er alles soweit zusammen, bis nur noch die Füllung fehlte. Die Herstellung des Schwarzpulvers ging gut voran. Duke war fasziniert und überrascht von seinem Geschick und seiner Selbstsicherheit. Nachdem er ausreichend Pulver zusammengemischt hatte, kam der schwierigste Teil: der Zünder. Hiervon baute er gleich zwei. Neugier war die größte Schwäche der beiden. Darauf baute sein Plan auf und diese Neugier sollte ihnen zum Verhängnis werden. Duke bastelte einen eigenen Zünder, und zwar streng nach Vorschrift. Allerdings mit einem entscheidenden Unterschied: Wenn nämlich Martin und Steve versuchten, das Ding aufzuschrauben, würde die Rohrbombe feierlich in die Luft gehen. Duke stellte eine kleine Auswahl an Resten zusammen, die beim Bau der Bombe übrig geblieben waren. Diese wollte er dann in der Garage der Brüder verstecken, kurz bevor der Sprengsatz zum Einsatz kommen würde. Um einen Schlüssel zur Garage hatte er sich schon vor langer Zeit gekümmert. Duke wollte sicherstellen, dass bei einer Untersuchung alle Wege zu den Brüdern führten. Kein Verdacht sollte aufkommen, dass womöglich jemand anders die Bombe gebaut haben könnte. Würde später die Spurensicherung in der Garage die Überreste der Bombe untersuchen, sollten sie nur noch feststellen, dass die Logans den Zünder wahrscheinlich falsch eingebaut hatten und er deshalb zu früh losging.

Um sicher zu stellen, dass alles funktionierte, probierte er die Bombe aus. Ohne explosive Füllung, aber mit einem der Zünder versehen, baute er das Teil zusammen, um es dann wieder aufzuschrauben. Es war ein voller Erfolg. Nach wenigen Umdrehungen hörte er ein Verpuffen und realisierte, dass alles so funktionierte, wie er es wollte. Danach füllte er das Rohr mit dem Schwarzpulver und schraubte vorsichtig den Zünder an. Der Prototyp war fertig und sah richtig gut aus. In aller Ruhe begutachtete Duke sein Ergebnis. Wie viel Macht er gerade in der Hand hielt, war ihm trotzdem nicht so recht bewusst, doch er würde es bald herausfinden. Kurz schloss er die Augen und stellte sich eine Explosion vor, die alles wegfegte und lächelte dabei. Zeit zum Aufräumen, sagte er sich. Nach 17 Minuten deutete nichts mehr darauf hin, dass er jemals hier gewesen war.

***

In seiner Vorbereitung hatte er schon Wochen vorher die beste Route ausgekundschaftet, um ungesehen die Stelle zu erreichen, an der er die beiden Brüder abfangen wollte. Duke hatte sich mehrere Male zuvor ein genaues Bild von dem Gelände und der näheren Umgebung gemacht. In Google Maps suchte er immer wieder nach Details, um sich jegliche Wege, die sichtbar waren, einzuprägen. Nichts wäre schlimmer, als von einem Jogger überrascht zu werden, der aus einer Richtung kam, die er zu erkunden versäumt hatte. Duke hatte eine Regel: Vermeide Fehler, dann bist du automatisch ein Gewinner.

Nachdem er die Bombe behutsam verpackt hatte, machte er sich mit ihr auf den Weg zum Goose Pond, wo er das „Körperkonfetti" für die beiden plante. Durch eine Plastiktüte vor Feuchtigkeit geschützt, vergrub er die Bombe in einem Versteck, sodass er sie am geplanten Tag nicht bei sich haben musste. Da Duke nun zum harten Kern der Clique gehörte, erfuhr er aus erster Hand, dass die beiden Brüder sich eine kleine Brandbombe gebaut hatten und diese am kommenden Sonnabend ausprobieren wollten. Der Wetterdienst hatte für diesen Tag nur einen leichten Regenschauer am Nachmittag vorhergesagt. Ideal also für Dukes Plan, denn Regen könnte hilfreich sein, um eventuell doch hinterlassene Spuren zu verwischen. Ihm blieb genug Zeit, alles vorzubereiten. An dem Freitag davor platzierte er die Reste seiner Bombe wie geplant in der Garage der Brüder. Auch hier achtete er penibel darauf, keine Spuren zu hinterlassen.

***

Am nächsten Morgen verabschiedete er sich um 10:00 Uhr von seinen Eltern. Damit er ein wasserdichtes Alibi besaß, hatte er sich für diesen Tag einen kleinen Job besorgt. Duke hatte vor, auf der Route zum See einen Pool zu reinigen. Schon früher hatte er kleine Jobs angenommen, die es ihm ermöglichten, sein Taschengeld aufzubessern. Doch vielmehr war es ein wichtiger Teil bei all seinen Vorbereitungen, um, wie an diesem Tag, ein perfektes Alibi zu besitzen. Es war ein recht großer Pool, dessen Reinigung viel Zeit in Anspruch nehmen würde. Seine Aufgabe war es, das Laub herauszuholen, die eingetrockneten Algen abzuschrubben und ihn bereit zu machen für den kommenden Sommer. Die Besitzer des Grundstückes waren nicht aus Keene. Sie kamen nur zur Ferienzeit und somit war Duke bei der Poolreinigung auch nicht unter direkter Kontrolle. Beste Voraussetzungen, sich während der Reinigung unbemerkt für sein Vorhaben zu verdrücken. Duke meldete sich beim Nachbarn, von dem er sich auch den Schlüssel besorgte, und fing an den leeren Pool zu säubern. Schon vorher hatte er sich das Grundstück genauer angeschaut und darauf geachtet, dass der Nachbar keinen Blick auf den Pool werfen konnte, solange er mit der Reinigung beschäftigt war. Die Lautstärke von seinem

mitgebrachten Radio stellte er so ein, dass der Nachbar es noch leise hören konnte. Das sollte die Annahme seiner Anwesenheit ein wenig unterstützen und sein kurzzeitiges Verschwinden vom Grundstück verschleiern.
Nachdem er den Schlüssel bekommen hatte, erklärte er dem Nachbarn, dass er Schmerzen in der Schulter hätte und dieser sich daher nicht wundern sollte, wenn er länger als gewöhnlich für die Reinigung bräuchte. Doch dem brubbligen Nachbarn war es vollkommen egal, was Duke nur umso mehr freute. Er wusste, dass die Logan-Brüder am frühen Nachmittag ihr neues Spielzeug, wie sie es nannten, ausprobieren wollten. Ob sie ihre Zeitplanung wirklich einhalten würden, war leider die Schwachstelle in seinem Plan. Er hatte sich mit allen sechs Jungs am Nachmittag um vier Uhr zu einem Hotdog in der Stadt verabredet. Damit hatte Duke die beiden halbwegs in ein berechenbares Zeitfenster gezwungen. So schnell er nur konnte, beseitigte er alles, was in keinen Pool gehörte. Anschließend schrubbte er die Poolwände ab und erledigte fast 90 Prozent aller Arbeiten, bevor es Mittag wurde.
Immer wieder schaute er auf seine Uhr und als diese 11:55 Uhr anzeigte, unterbrach Duke seine Arbeit und zog sich um. Er war in einem sehr auffälligen Outfit zum Grundstück gekommen, um es mit unauffälliger Kleidung wieder verlassen zu können. Duke trug besagte Schuhe, die ihm zwei Nummern zu groß waren. Sollte er unbeabsichtigt Schuhabdrücke hinterlassen, würde der Verdacht keinesfalls auf ihn fallen. Vier Minuten später befand er sich auf dem Weg zum See. 23 Minuten würde er benötigen, um zur Bombe zu gelangen, acht Minuten mit dem Fahrrad und weitere 15 Minuten strammes Jogging durch

den Wald. Duke hatte sich bei den ersten Erkundungen ein passendes Versteck für das Fahrrad ausgesucht sowie einen Weg quer durch den dicht bewachsenen Wald zur Exekutionsstelle. Während dieser Erkundigungen markierte er mithilfe seines GPS und seines Taschenmessers einige Bäume, sodass er den Weg jederzeit finden konnte. Duke hatte keine Ahnung, wie er reagieren würde, wenn die Bombe losging. Hätte er sich unter Kontrolle? Könnte er noch rational denken oder würde er sinnlos Fehler begehen? Um zu vermeiden, dass er voller Angst wie ein kopfloses Huhn losrannte und sich verlief, war er überzeugt von der Idee, sich an den Bäumen im Notfall orientieren zu können. Duke fühlte sich cool und war sich sicher, dass alles funktionieren würde. Aber ein Plan B konnte nie schaden.
Der Weg, den er benutzte, lag vollkommen versteckt von dem Trampelpfad, den die Logan-Brüder nehmen würden. Er erreichte sein Versteck eine Minute früher als berechnet. Perfekt, dachte Duke, als er die Bombe wieder in der Hand hielt. Nun konnte er es kaum erwarten und rechnete mit einem „Bombenspaß". Er schaute sich noch einmal genau um. Dann bezog er sein Versteck, von dem aus er die Brüder wunderbar beobachten konnte, ohne von ihnen gesehen zu werden. Die Stelle war ein wenig erhöht, was ihm einen guten Rundumblick ermöglichte. Hier würde ihn niemand entdecken, dafür sorgte zusätzlich seine Kleidung, mit der er im Unterholz geradezu verschmolz. Duke hatte sein kleines Fernglas mitgenommen, was nun extrem hilfreich war. Fünf Minuten beobachtete er aufmerksam die Umgebung. Martin und Steve waren noch nicht in der Nähe und Überraschungsgäste waren auch nicht zu erspähen. Nach einem letzten Rundumblick schlich er zu der Stelle,

die er sich ausgesucht hatte. Dort legte Duke die Bombe mittig auf den Weg und zog sich anschließend wieder auf seinen Beobachtungsposten zurück. Sie lag weniger als zehn Meter von der Stelle entfernt, die die beiden ansteuern würden. Nun konnte es nicht mehr lange dauern, bis sie kommen würden, dachte er sich. Seine Uhr zeigte mittlerweile 12:31 Uhr an. Dann wechselte er zum Barometer seiner Uhr. Das Display bestätigte einen leichten Abfall des Luftdrucks, der angesagte Regen war im Anzug. Das Warten machte ihn ein wenig nervös. Es war das erste Mal, dass Theorie auf Praxis stieß. Ihm kam es so vor, als wenn Sekunden zu Minuten wurden und Minuten zu Stunden. Fast jede Minute schaute er auf die Uhr. Kurz kamen ihm Zweifel, ob er die Sache nicht lieber abblasen sollte, aber dann fasste er sich an die Nase und die Zweifel verblassten.

Nach weiteren 26 Minuten konnte Duke endlich die Logans durch sein Fernglas sehen. Es war wichtig für ihn frühzeitig zu erkennen, ob sie alleine waren oder sie von jemandem begleitet wurden. Duke wollte Unbeteiligte aus seinem privaten Feldzug heraushalten. Dahingehend war er noch nicht komplett verroht und hatte sich ein moralisches Gewissen bewahrt. Sein Adrenalinspiegel war auf dem Höhepunkt. Die innere Anspannung stieg und es wurde ihm warm im Gesicht. Beide Brüder trugen eine Sporttasche. Zuerst dachte Duke, sie würden vorbeilaufen und das Rohr nicht bemerken. Doch Martin, der Dickere der beiden, blieb verwundert stehen, bückte sich und hob es auf. Er schätzte das Gewicht in seiner Hand und wandte sich fragend an seinen Bruder. Am See angekommen, legte Martin das Rohr zur Seite, und Steve holte aus der Sporttasche einige randvoll gefüllte Flaschen hervor. An deren Verschlüssen waren Lappen

befestigt worden. Nachdem Duke gesehen hatte, was sie da auspackten, war er enttäuscht. Hatte er den Brüdern doch mehr als nur ein paar Molotowcocktails zugetraut. Von seinem Beobachtungspunkt aus konnte Duke gut erkennen, wie Martin immer wieder sein Fundstück betrachtete und Steve dazu bringen wollte, das Rohr zu untersuchen. Steve ließ von seinen Molotowcocktails ab und half jetzt seinem Bruder, der mit leuchtenden Augen das Rohr zwischen seine Beine geklemmt hatte. Duke hatte die eine Seite verklebt, somit bestand nur die Möglichkeit, die Seite mit dem Zünder aufzuschrauben, was Martin jetzt versuchte. Nur noch ein Schrei von Duke hätte jetzt das Unvermeidliche verhindern können. Doch er saß in sicherer Entfernung zu den beiden, ohne auch nur einen Gedanken daran zu verschwenden, Kommendes aufhalten zu wollen.
Er war mit all seinen Sehnen und Muskeln angespannt, nur sein Unterkiefer rutschte mit jedem Dreh von Martin am Zünder tiefer. Beide verharrten plötzlich einen Augenblick und fingen an zu diskutieren. Duke saß zu weit weg, um genau zu hören, was sie besprachen. Er konnte aber an der Körpersprache erkennen, dass Steve die Sache unheimlich vorkam. Deutlich konnte er sehen, wie unwohl sich dieser fühlte. Nun wurde Duke ein wenig unruhig, sein sicheres Gefühl wich einem Unbehagen. Im Inneren war er so aufgedreht, als hätte er fünf Energydrinks auf ex getrunken. Duke fragte sich, ob doch noch alles schiefgehen würde. Sind sie misstrauisch geworden? Er konnte sich nicht erklären, was die beiden zögern ließ und wünschte sich in diesem Moment, er hätte sich einen anderen Zünder ausgedacht. Einen, der schon beim Anfassen hochging. Doch Duke wollte sich die Möglichkeit offenhalten, im Notfall

schnell die Bombe entfernen zu können, falls unerwartet Fremde in der Nähe aufgetaucht wären. Ahnten die zwei, was sie in der Hand hielten? Es bestand die Chance, dass sie das Ding zum Sheriff brachten. Nun wurde ihm elend zumute, nicht einmal wegrennen hätte er können. Er bemerkte, wie seine Beine zu Gummi wurden. Hörte er Trommeln? Nein, sein Herz schlug so laut in seiner Brust, dass er befürchtete, sie würden es hören können. Doch dann riss der dicke Martin das Rohr wieder an sich und fingerte an der Kappe herum. Hastig drehte er weiter am Verschluss. Duke wurde wieder ruhiger. Schweiß lief ihm den Rücken herunter.

Die nächsten Sekunden übertrafen alles, was er sich vorher erträumt hatte. Auf einmal ging alles rasend schnell. Eine weitere kleine Drehung von Martin löste eine heftige Explosion aus, die mitten in seinem besten Stück stattfand. Der Kopf von Martin wurde abgerissen und landete mit dem erwartungsvollen Lächeln im See, das er noch vor wenigen Sekunden hatte. Steve hingegen wurde mit solch einer Wucht durch die Luft geschleudert, dass die Brandverletzungen besser aussahen als seine Körperhaltung nach der Landung. Die Überreste von Martins armlosem Körper brannten lichterloh, befeuert durch die mitgebrachten Molotowcocktails. Die Luft füllte sich rasch mit einem Gestank von verbranntem Fleisch. Duke war fasziniert von der Explosion und all dem Feuer. Obwohl er sich in einer sicheren Entfernung befand, traf ihn zur eigenen Überraschung eine leichte Hitzewelle. Ihm klingelten noch die Ohren von der Explosion, aber das bekam er bei all dem Adrenalinausstoß nicht mit. Ein kurzer angenehmer Schauer kribbelte über seinen Rücken. Was für ein Wahnsinn!

KAPITEL 4

Es war vollbracht. Da lagen sie, gerichtet durch seine Hände. War er nun ein Mörder? Nein, sagte er sich, es war nur ein Unfall. Und ein Gefühl der Genugtuung breitete sich in ihm aus. Er blickte auf seine Hände und stellte amüsiert fest, dass sie nicht einmal mehr zitterten. Noch für einen kurzen Moment schaute er der Show zu und machte sich dann unbemerkt davon. Er beeilte sich und verkürzte die Rückfahrt um weitere zwei Minuten, schlich sich zurück zum Pool, um sofort, nachdem er sich wieder umgezogen hatte, beim Nachbarn nach einer Cola zu fragen. Duke wollte ihm das Gefühl vermitteln, dass er die ganze Zeit schwer geackert habe, was nebenbei auch gut für sein Alibi war.

Keine halbe Stunde später gab er den Schlüssel ab, kassierte seine Kohle und machte sich auf den Weg zum Hotdog Rendezvous. Immerhin wollte er ja mit der Verliererbande einige futtern. Und Hunger hatte er nun wirklich, speziell auf etwas Gegrilltes. Die Explosion war natürlich nicht unbemerkt geblieben. Kein Wunder, da die Rauchsäule jedem zeigte, wo gerade der Zirkus seine Türen geöffnet hatte. Doch es dauerte über eine Stunde, bis jemand realisierte, dass hier mehr im Spiel war als ein ordinärer Waldbrand. Und dann brach die Hölle los. Polizei, Feuerwehr und Rettungskräfte lieferten sich ein Rennen mit der lokalen Presse. Jeder war wichtiger als der andere und jeder war der Ansicht, der Erste am Schauplatz sein zu müssen. Duke hingegen saß zur selben Zeit mit dem Rest der Opfer gemütlich im Imbiss, wo sie die Hotdogs verdauten, sich einen riesigen Milchshake gönnten und sich wunderten, wo Martin und Steve blieben. Beim Eintreffen der Rettungskräfte konnte natürlich niemand mehr irgendetwas für die Brüder tun. Die Feuerwehr kam erst an, als der größte Teil des Feuers schon erloschen war. Der Brandort sah furchtbar aus und der Geruch nach verbranntem Menschenfleisch war unerträglich. Der erste Reporter, der es geschafft hatte, am Unglücksort einzutreffen und die Reste der beiden erblickte, kniete sich hin, um nicht seine teuren Schuhe vollzukotzen.

Trotz aller Bemühungen bei den Aufräumarbeiten konnte man Martins Kopf bis zum Einbrechen der Dunkelheit nicht finden. Erst am folgenden Tag kam jemand der Rettungskräfte auf die Idee, mit einem Boot das Ufer abzusuchen. Dabei wurde schließlich der abgerissene Kopf im nahe gelegenen Schilf gefunden, gute 150 Yards vom „Barbecue" entfernt. Vom Gesicht war nicht mehr viel übrig. Das, was nach der Explosion noch am Schädel hing, war munter von den Fischen bearbeitet worden. Wie zu erwarten war, hatte die Zeitung ihre Story und die Stadt ein Gesprächsthema. Tagelang wurde spekuliert, wie so etwas Schreckliches geschehen konnte und wen man dafür zur Verantwortung ziehen sollte. In der Schule wurde halbmast geflaggt und am nächsten Tag gab es eine extra Lehrstunde – „Richtiges Verhalten in der Freizeit" – was natürlich auf keinerlei Interesse aufseiten der Schüler stieß.

***

In den folgenden Tagen ließ sich Duke nichts anmerken, zeigte sich aber vor anderen bestürzt über das Schicksal der beiden Brüder. Niemand konnte an ihm ablesen, was tatsächlich in ihm vorging, doch innerlich war er sehr aufgeregt. Nicht, dass ihn

Albträume plagten oder Bilder der brennenden Leichen in seinem Kopf herumspukten. Damit hatte er kein Problem. Im Gegenteil, am liebsten hätte er das Spektakel gefilmt. Es war mehr die Ungewissheit, ob man ihm irgendwie auf die Schliche kommen könnte. Immer wieder ging er sein Handeln durch und spielte mehrfach alles in Gedanken nach. Doch er war sich ziemlich sicher, keinen Fehler begangen zu haben. Er schaute die Nachrichten und kaufte sich Zeitungen, doch bis jetzt war noch nichts von der Polizei veröffentlicht worden.

***

Sieben lange Tage wurde Duke gequält, bis ein Teil des vorläufigen Untersuchungsberichtes in der Tageszeitung abgedruckt wurde. Er konnte es kaum glauben. Alles hatte funktioniert, so wie er es geplant hatte. Eine ganze Seite wurde dem Unglück gewidmet. Im Lebenslauf von Martin und Steve wurde ausführlich berichtet, dass sie pyromanisch veranlagt waren und es eigentlich nur eine Frage der Zeit war, bis so etwas passieren musste. Es wurden alte Bilder der abgebrannten Garage gezeigt. Sogar Fotos der Unglücksstelle wurden veröffentlicht, wo man noch deutlich die abgedeckten Körper sah, auf denen die Einweglaken des örtlichen Krematoriums durchsuppten. Im abgedruckten Polizeibericht hieß es abschließend bloß: „Unfall mit Todesfolge durch unsachgemäßen Umgang mit Explosivstoffen". Zu schade, dachte Duke, dass es nur Schwarz-Weiß-Fotos waren. Er hatte gewonnen und all seine Bedenken, entdeckt zu werden, verschwanden mit dem Zerknüllen der Zeitung. Jetzt konnte er in Ruhe seinen Geburtstag feiern. Die ersten beiden der Truppe waren also erledigt. Blieben noch vier.

***

Es war ein verregneter Tag, an dem die Logan-Brüder beerdigt wurden. Viele Schüler und Bekannte kamen, um ihnen die letzte Ehre zu erweisen. Einen offenen Sarg hatte man den Trauergästen glücklicherweise nicht zugemutet. Auch mit dem teuersten Präparator wäre es unmöglich gewesen, ihnen wieder ein menschliches Aussehen zu verleihen. Selbst die Feuerwehrleute hatten alle Selbstbeherrschung gebraucht, um sich beim Aufsammeln der Leichenteile nicht auf die Grillkohle von Steve zu erbrechen. Auch Martin war nur noch ein Puzzle seiner selbst. Sicherlich hätte man sich die Mühe sparen können, alles mit der Hand aufzusammeln. Mit einer Kohlenschippe wäre es bestimmt schneller gegangen, ihn in den Leichensack zu bekommen. Was Duke ein wenig freute, war die Tatsache, dass er am Familiengrab die Generationenfolge geändert hatte, die doch bis jetzt so ordentlich eingehalten wurde. Aber wer kann schon etwas für solch schreckliche Unfälle?

»Die beiden werden mir fehlen«, sagte Kevin.

Duke musste sich ein Lächeln verkneifen, als er ihm traurig auf die Schulter klopfte. Die Gemüter beruhigten sich langsamer, als Duke es erwartet hatte. Zu tief saß der Schock, unter welchen Umständen die Brüder gestorben waren. Keene war ein ruhiger Ort, solche Sachen passierten sonst nur im Kino.

***

Das nächste Opfer auf seiner Liste war Phil Sanders. Doch nur nichts überstürzen, sagte er sich. Jetzt musste buchstäblich erst einmal Gras über Martin und Steve wachsen. Die Vorstellung, dass die beiden sechs Fuß tief unter dem gut gepflegten Friedhofsrasen lagen, belustigte Duke. Er stellte sich die Frage, ob die Maden und Würmer, die sich mit den leblosen Körperresten beschäftigten, womöglich an Krebs sterben könnten. Denn Steve und Martin waren ziemlich verkohlt, wenn er der Zeitung Glauben schenken wollte. Duke kratzte immer alle verbrannten Stellen an seinem Frühstückstoast ab, hatte er doch gelesen, wie ungesund das war. Aber diese Frage wird ihm wohl keiner beantworten können und je mehr er darüber nachdachte und lachte, besann er sich wieder und machte sich Gedanken über sein nächstes Opfer.

Phil – schon der Name war es wert, den jüngsten Trieb des Stammbaumes zu kürzen. Er war eigentlich ein Schwächling ohne Rückgrat und in der Gruppe galt er als Großmaul. Doch wenn man ihn auf der Straße traf, schaute er stets nach unten, nur um nicht jemandem zufällig in die Augen sehen zu müssen. Duke hatte sich überhaupt gewundert, woher Phil den Mumm nahm, ihn in der Kiesgrube in den Arsch zu treten. Welch tödlicher Fehler. Die Schlägertruppe war also nur noch zu viert und Phil war das schwächste Glied in der Gruppe. Gerne nahm man ihn mit, wenn ein Dummer gebraucht wurde, um den Scheiß auszubaden, den alle verbockt hatten. Er war gut darin, erwischt zu werden, weil die anderen schon weggerannt waren. Phil gehörte wohl gerade darum zu ihnen, damit immer ein Blödmann zur Stelle war. Duke rechnete mit mindestens vier Monaten Pause, bis er sich den Nächsten auf seiner Liste vornehmen konnte. Das wäre auch ein guter Zeitraum, um genügend Vorbereitungen zu treffen und mehr Material über ihn zu sammeln.

Zwischenzeitlich verbrachte Duke viel Zeit mit Lesen. Alles, was er interessant fand, tippte er weiterhin in seinen Computer. Die Menge der von ihm gesammelten Informationen wurde fast täglich größer. Ihr Wert war für ihn unschätzbar. Geistig war er mit sich sehr zufrieden. Vor Büchern, die früher für ihn die zweitdümmste Erfindung nach Lehrern waren, hatte er mit der Zeit großen Respekt bekommen. Wissenschaftliche und technische Bücher konnte er wie ein Schwamm in sich aufsaugen und verarbeiten. Doch etwas störte ihn noch, mit einer Sache war er unzufrieden. Als er eines Tages mit der Zahnbürste in der Hand im Badezimmer stand und sich im Spiegel betrachtete, ging er drei Schritte rückwärts. Mit einem Mal wurde ihm bewusst, wie schmächtig er eigentlich war. Nicht, dass er unsportlich oder kraftlos war. Im Sportunterricht war er gut, beim Weitsprung sogar Klassendritter, aber da hörte es dann auch schon auf.

Um nie wieder ein Opfer zu sein, musste er an sich arbeiten. Aus Pudding sollten Muskeln werden. Da er bei zukünftigen körperlichen Auseinandersetzungen nicht mehr der Unterlegene sein wollte, musste er auch messbar kräftiger werden. Wie wäre wohl der Tag in der Kiesgrube ausgegangen, hätte er die passende physische Verfassung gehabt, um sich gekonnt verteidigen zu können? Ja, was er da im Spiegel sah, war definitiv verbesserungsbedürftig. Doch wie er sich so musterte, sagte er sich, dass sinnloses Gewichtheben nicht sein erstes Ziel war. Eisen stemmen konnte der Dümmste. Beeindruckender fand Duke die Helden im Kino, die ohne Waffen alle ausschalten konnten. In den ausweglosesten Situationen kannten sie nicht mal den Hauch von Angst. Wo man sich eigentlich nur noch den Weg freischießen konnte, wurden bei ihnen Kopf und Körper eingesetzt. Klar, dachte er sich und drehte sich dabei im Spiegel, im Film ist alles unecht und weit überzogen. Doch nichts sprach dagegen, fit und nahkampftauglich zu werden.

In den darauffolgenden Tagen versuchte er alles, was er über Kampfsport im Internet finden konnte, herunterzuladen. Doch was immer er tat, niemand bekam etwas von seinem Interesse und seinen Fähigkeiten mit. Unbewusst verhielt er sich wie ein guter Schauspieler. Nach außen war er immer noch der ruhige Träumer. Niemand bemerkte, wie er sich entwickelte oder zu was er sich entwickelte. Auch zu Hause wurde er nicht aufsässig. In den Augen der Eltern blieb er der gleiche Duke wie sonst. Doch er ließ sich nicht mehr herumschubsen. Dumme Sprüche von seinem Vater perlten an ihm ab, er stand nun über solchen Dingen.

***

Obwohl er nur noch selten in die Bibliothek ging, musste er doch bei manchen Interessengebieten auf das gedruckte Angebot zurückgreifen. Duke machte sich gerade wieder auf den Weg zur Winter Street, als er darüber nachdachte, ob eventuell eine gehörige Portion Schmerz jemanden töten könnte. Gezielt suchte er Lektüre über Schmerzen, und ganz nebenbei stolperte er über ein Buch über Selbstverteidigung der etwas anderen Art. Interessant, dachte er, als er es kurz durchblätterte. Genau so etwas hatte er gesucht. Das Buch handelte unter anderem davon, immer bereit zu sein und dem Gegner keinerlei Wahl zu lassen, als zu verlieren. Er fand eine Stelle, die beschrieb, wie es wäre, jemandem im Kampf gezielt ein Ohr abzureißen, um ihm dann das blutige Ding zu zeigen. Die Kombination aus Überraschung, Schock und Schmerz könnte dann sofort ausgenutzt werden, um ihm mit geballter Kraft in die „Zwölf" zu treten. Das führte so ziemlich gleich zur Ohnmacht, die man wiederum nutzen konnte, um dem Gegner

dann den Rest zu geben. Genial, dachte er grinsend, als er die Zeilen las.
Von da an stand für Duke fest: Wenn nur Gewalt bei einer Auseinandersetzung zum Ziel führte, musste er den Gegner mit aller Härte brechen. Ausnahmen gab es nicht. Es musste so brutal sein, dass, wenn der Gegner ein Auge verloren hatte und für immer humpelte, er sich bei Duke trotzdem bedanken würde, denn es hätte ja noch schlimmer kommen können. Genauso leicht, wie er sich Wissen aneignen konnte, war es für ihn ein Kinderspiel, Kampftechniken zu erlernen und diese umzusetzen. Wann immer es seine Zeit zuließ, ging er in den Wald. Weit genug entfernt, damit ihn niemand sehen konnte, trainierte er seinen Körper. Im Internet fand Duke zusätzlich Videos, deren Bewegungsabläufe er versuchte zu imitieren. Noch fehlte ihm die Perfektion, doch den Feinschliff würde er sich später aneignen. In der Schule wurde Duke immer besser. Schwierigkeiten, die er noch vor wenigen Monaten beim Mathematik- oder Physikunterricht hatte, verschwanden. Schule war vorher für ihn nur eine Notwendigkeit gewesen, eine Zeitverschwendung, die langweilte. Doch jetzt kam er zu der Einsicht, dass es nicht darum ging, bloß etwas zu lernen, sondern um Denken zu lernen. Und als er das erkannte, war er mächtig stolz auf sich.

***

Eine Woche, bevor die Herbstferien starteten, kam der Knaller und Duke war zuerst ziemlich sauer, als er die Neuigkeiten von Tim getextet bekam. All seine Vorbereitungen und Ideen für Phil waren auf einmal überflüssig geworden. Phil Sanders hatte doch die Frechheit besessen, einfach mal so zu sterben, als er mit seinen Eltern unterwegs nach Sullivan war. Auf der rechten Seite der Familienkutsche entschied sich der vordere Reifen, sein rundes Gummidasein zu beenden. Mit einem gedämpften Pfiff verlor der Reifen seine Luft. Dann, bei Tempo 75, fing der Wagen an zu schlingern, woraufhin ein wilder Tanz über die gesamte Breite der Fahrbahn begann. Möglicherweise hätte Phils Vater an der Stelle den Wagen noch irgendwie unter seine Kontrolle bekommen, doch nach einer kurzen Berührung des Brückenpfeilers und einer eleganten 360° Grad-Drehung kam der Minivan ungünstiger Weise auf der Gegenspur mitten in einer Kurve zum Stehen. Leider blieben den unversehrten Insassen im Wagen nur knapp fünf Sekunden, um den geschmackvoll verchromten Kühlergrill zu bestaunen, der jetzt auf sie zugerast kam. Die Sachverständigen am Unfallort waren verwundert, wie wenig ein 25-Tonnen-Truck beschädigt wird, wenn man damit einen Minivan pulverisiert und ihn über einen Abhang katapultierte. Ohne eine Überlebenschance der drei Insassen war der Rest des Wagens noch weitere 200 Yards einen Hang hinabgerollt, um letztlich an einem Baum hängenzubleiben. Vom Wagen war nicht mehr viel übrig. Selbst das Typenschild war derart ramponiert, dass es den Ermittlern Schwierigkeiten bereitete, es eindeutig zuzuordnen. Um das Menschenkompott aus den Resten des Wagens zu bekommen, hätte man sich die Arbeit mit einem Hochdruckreiniger vereinfachen können. Aber wie gründliche Polizeiarbeit eben immer ist, benutzten sie auch hier eine Hydraulikschere und Gummihandschuhe. Da es nun einmal das Ziel war, Phil vom Erdboden zu entfernen, fand Duke das Abtreten von ihm zwar ein wenig verfrüht, dafür aber mehr als spektakulär, zumal die lokale

Presse wieder sehenswerte Bilder in der Tageszeitung abdruckte. Eine weitere Beerdigung stand in Keene an. Wenigstens war diesmal das Wetter besser.

***

Noch am Tag der Beerdigung der Sanders Familie ging Duke auf den Dachboden seines Elternhauses, um zu entscheiden, wer der Nächste war. Den harten Kern der Clique gab es nun nicht mehr. Jetzt waren nur noch Tim, Joe und Kevin übrig. Selten unternahmen sie etwas zusammen. Jeder Einzelne von ihnen ging irgendeinem Hobby nach, was die Sache für Duke ein wenig vereinfachte. Tim würde er sich bis zum Schluss aufheben, denn dieser hatte ihm die Nase mit dem Stiefel demoliert. Bei der Überlegung, wer das nächste Opfer seines Rachefeldzuges sein sollte, machte sich ein Schmunzeln in Dukes Gesicht breit. Er würde für diese Entscheidung einfach eine Münze werfen. Sollte doch die Münze entscheiden, wer von ihnen zuerst beseitigt wird. Duke warf einen Quarter in die Luft. Zahl für Joe, Kopf für Kevin. Die Münze reflektierte zweimal kurz die Abendsonne, die durch das offene Dachbodenfenster fiel, und landete einmal dumpf auf dem staubigen Holzboden. Dann drehte sie sich, um schließlich in Zeitlupe zuungunsten von Joe zu fallen.

Joe hatte nicht viel im Kopf, dafür aber viele Muskeln und ein dummes Dauergrinsen im Gesicht. Autos waren sein Leben. Er nervte jeden damit, dass er nach der Schule ein Rennfahrer werden wolle, um das Kuhkaff Keene berühmt zu machen. Seltsam, dachte sich Duke. Andere Profis beginnen schon viel früher mit ihrer Karriere, aber das zeigte nur einmal mehr, wie wenig dieser Strohsack im Kopf hatte. Doch Joes Idee einer

Rennfahrerkarriere würde Duke glücklicherweise verhindern. Nicht auszudenken, wenn ausgerechnet Joe berühmt wird, dieser Idiot, der Monat für Monat Sitzungen beim Direktor hatte. Duke konnte sich dessen Geduld nur damit erklären, dass Joes Vater mit einer jährlichen Spende an die Schule die Blödheit seines Sohnes finanziell zu kompensieren versuchte. Wie auch immer. Tatsache war nun einmal, die Münze hatte sich für Joe entschieden, und somit würde er die Nummer 4 auf seiner Liste sein. Dukes Plan für Joe bestand darin, sich einen Unfall auszudenken, der gut zu seinem Hobby passte. Nachdem die Gruppe auseinandergefallen war, hing Joe den größten Teil seiner Zeit in der elterlichen Garage ab, wo er an seiner alten Karre schraubte. Das Ding war ein Dodge, Baujahr 72, und sah von außen wie von innen so aus, als würde er nie wieder fahren. Mit großer Wahrscheinlichkeit hielt nur noch die Farbe alles zusammen, doch das kümmerte Joe recht wenig. Er war fest davon überzeugt, dieser Mühle wieder Leben einhauchen zu können. Was ein weiterer Beweis für das Fehlen von logischem Denken bei Joe war.
Phil und seine Familie waren noch nicht sehr lange unter der Erde. Somit musste erst ein wenig Zeit vergehen für einen weiteren arrangierten Unfall. Doch Duke hatte Geduld und Zeit, denn er wusste, dass Joe für immer an dem Schrotthaufen schrauben würde. Zwischenzeitlich füllte Duke seine freie Zeit damit, beim Nachbarn Rasen zu mähen oder Farbe an alte Zäune zu schmieren. Jeden Dollar sparte er, um seinen Computer auf dem neuesten Stand zu halten. Computer waren die Zukunft und die Möglichkeiten für Kreative wie ihn waren enorm. Duke machte mit seinem Fitnessprogramm gute Fort-

schritte. Er wurde nicht viel muskulöser, dafür aber drahtiger, schneller und zäher. Schon jetzt, nach ein paar Wochen, bekam er das Gefühl, sich jedem stellen zu können, der ihm dumm kam. Wenn er nicht trainierte, dann schulte er seine Programmierungskenntnisse.

***

Dann kam Duke langsam in ein Alter, in dem man sich Gedanken machen musste, was einmal aus ihm werden sollte. Seine Eltern hätten ihn gerne als einen gebildeten Menschen gesehen, als Zahnarzt oder Chirurg. Er sollte den Traum leben, den sie nie verwirklichen konnten. Wenn sein versoffener alter Herr nüchtern war, was selten vorkam, versuchte er Duke begreiflich zu machen, wie wichtig eine gute Ausbildung sei. Schließlich sollte Duke nicht wie er als Gabelstaplerfahrer enden. Doch einen Job anzunehmen zum Wohle der Menschheit war für Duke kompletter Schwachsinn. Diese Zeiten waren schon lange vorbei. Die Gesellschaft war vergiftet, egoistisch und faulte von innen her. Jeder versuchte, sich den Job zu angeln, der am besten bezahlt war und nicht, wo am meisten gearbeitet wird. Dumm zu glauben von dem alten Suffsack, dass Duke jemals daran Interesse haben könnte, seine Hände in fremde Körper zu stecken, um irgendwelche Organe auszutauschen. Genauso wenig würde er acht Stunden gebückt in einen Mundgulli schauen, um festzustellen, welche eitrigen Zahnruinen noch erhaltungswürdig wären. So etwas würde er sich nicht antun. Niemals. Ein geistiges Stoppschild mit Umleitung erschien sofort, als er sich bildlich vorstellte, mit dem Finger in einen fremden Männerhintern zu bohren, um zu prüfen, wie groß dessen Prostata war. Mann, dachte er, da war es ja fast noch besser, einen Gabelstapler zu fahren. Er würde sich einen Job in einer Computerfirma suchen, wo es immer leckeren Kaffee gab und Frauen herumliefen, die gut dufteten. Die Möglichkeiten waren exorbitant und die beste Fahrkarte, um aus seinem Kaff herauszukommen. Er konnte sich einfach nicht vorstellen, ewig in Keene zu leben. Duke war nicht mehr der Typ, ein langweiliger Spießer zu werden, dessen größte Freude es war, am Wochenende den Rasen zu mähen und die Alte zu verhauen, weil das Essen nicht schmeckte. Aus ihm würde etwas anderes werden. In seinem Inneren brannte eine Flamme und das Brennmaterial, das den Kessel am Dampfen hielt, war definitiv nicht in diesem Provinznest zu finden.

***

Die Tage und Wochen vergingen. In der Schule gab es nichts Neues, immer der alte Trott. Doch dann, eines Tages, mitten im letzten Schuljahr, traf Duke ein Sonnenstrahl. Auf seiner Netzhaut brannte sich unauslöschlich ein Gesicht ein. Einer Prinzessin gleich, kam eine neue Schülerin in seine Klasse.

»Darf ich einmal kurz um Ruhe bitten?«, rief die Lehrerin der Klasse zu.

Noch total verschlafen für die erste Stunde und mit den Gedanken weit weg, war Duke mit einem Mal hellwach, nachdem eine blonde Schönheit den Raum betreten hatte.

»Wir haben eine neue Mitschülerin, die ich euch gerne vorstellen möchte. Sagt alle „Guten Morgen" zu Holly McAlister.«

Alle grüßten, nur Duke bekam kein Wort heraus, da er von ihrer Erscheinung vollkommen geplättet war. Natürlich war sie keine Prinzessin, aber für Duke ein lebendig gewordener Traum mit langen Haaren und einer kleinen Stupsnase. Es gab an seiner

Schule jede Menge hübsche Mädchen, die schon Stargäste in seinen feuchten Träumen waren. Sara, eine Klasse tiefer mit einem Puppengesicht und Beinen, die ihr bis zum Hals reichten, oder Nora, ein Traum mit rotgelockten Haaren.
Doch als er Holly sah, fiel ihm nichts weiter ein. Sie war anders und sah so natürlich aus. Duke erkannte, dass sie nicht der Typ war, der erst eine Stunde im Badezimmer verbringen musste, um toll auszusehen. Beim Vorbeigehen an seinem Tisch vernahm er von Holly einen leichten Vanilleduft, was ihn nun völlig abschalten ließ. Mit offenem Mund drehte er sich nach ihr um und starrte sie an, um zu sehen, auf welchen Platz sie gesetzt wurde. Er bemerkte überhaupt nicht, wie ihn alle anglotzten und anfingen zu lachen. Duke wurde rot. In dieser Situation musste er wohl ziemlich bescheuert ausgesehen haben. Aber in diesem kurzen Moment stand für ihn fest, Holly McAlister war für ihn bestimmt. Eine andere konnte es nicht geben, denn Zufälle gab es nicht. Holly, ein Name wie ein erfrischender Regen nach einem heißen Sommertag, dachte er verliebt. Duke hing im Stuhl wie Gelee. Die erste Stunde mit dem Rücken zu ihr war die reinste Qual. Zu gerne hätte er sich umgedreht und sie noch einmal angesehen. Das Klingelzeichen beendete die Stunde, doch er saß immer noch regungslos da, wie vom Hammer getroffen und schaffte es kaum aufzustehen. Geradewegs ging er aus dem Klassenraum auf die Toilette, um sich ein wenig Wasser ins Gesicht zu schütten und seine Selbstbeherrschung wiederzuerlangen. Unverhofft kommt oft – was für ein abgenutzter Spruch, doch heute passte dieser wie die Faust aufs Auge.

***

Mit dieser weiblichen Überraschung namens Holly hatte er einen neuen Grund, in die Schule zu gehen. Schon wenn der Wecker klingelte und noch bevor seine Drähte die Betriebstemperatur erreichten, war er mit den Gedanken bei ihr. Doch obwohl sie nun schon zwei Wochen in seiner Klasse war, hatte Duke immer noch nicht den Mumm besessen, sie anzusprechen. Die Faszination, die von ihr ausging, hemmte irgendwie sein Selbstbewusstsein. Er schaffte es einfach nicht, mit ihr ins Gespräch zu kommen, und wenn sich zufällig ihre Blicke trafen, schaute er verlegen weg. So vergingen weitere drei Wochen, ohne dass sich etwas an dieser Situation änderte.

Doch alles änderte sich an einem wunderschönen Nachmittag, als der Zufall es wollte und beide sich unvermittelt trafen. Duke stand grübelnd unweit der Schule auf einer Brücke und schaute ins Wasser. Er war wie immer mit dem Fahrrad unterwegs und suchte nach einer Idee für einen tödlichen Unfall von Nummer 6. Eventuell konnte man etwas beim Angeln arrangieren. Erst war Joe dran, klarer Fall, aber vorausschauende Planung war eben alles. Er war tief in Gedanken versunken, als Holly auf ihrem Fahrrad erschien. Erst als sie neben ihm anhielt und seinen Namen rief, drehte er sich um und konnte kaum fassen, wer da vor ihm stand. Duke hatte sofort einen trockenen Hals und bekam nur mit Mühe ein „Hallo Holly" heraus. Mit einem Mal sah er sich selbst aus zwei Yards Entfernung, wie bekloppt er dastand und sein „Hallo Holly" flüsterte. Doch das Eis war gebrochen. Tief schaute er in ihre Augen, die vollkommene Ruhe und Unschuld ausstrahlten. All seine verloren geglaubte Selbstsicherheit kam langsam zurück.

»Was machst du hier?«, fragte sie ihn.

Natürlich konnte er ihr nicht die Wahrheit sagen und antwortete: »Hier komme ich normalerweise her, um zu angeln. Es ist einer meiner Lieblingsorte.«
Eine bessere Antwort fiel ihm auf die Schnelle nicht ein. Und mit einem Mal redete Duke wie eine aufgezogene Spielzeugpuppe, die unter Drogen stand. Doch Holly schien das nicht zu stören. Er kam immer nur ins Stottern, wenn sie sich mit ihrer Hand durch das lange blonde Haar fuhr und ihn dabei anlächelte. Sie hörte ihm interessiert zu und war überrascht, dass sie ihn bis heute für einen ziemlich schüchternen Jungen gehalten hatte, der er offensichtlich nicht war. Für Duke war es der schönste Tag seines Lebens und wenn es nicht dunkel geworden wäre und beide nach Hause gemusst hätten, sie hätten sich wohl noch viele weitere Stunden auf der Brücke angeregt unterhalten. Wie er eigentlich nach Hause gekommen ist, war ihm im Nachhinein nicht so klar. Das Fahrrad fuhr ihn wie von alleine an das richtige Ziel. An diesem Abend schlief er sehr glücklich ein. Er träumte von Hollys Augen, in denen man ertrinken konnte.

KAPITEL 5

Auch wenn er fast nur noch an Holly dachte, musste er sich auf sein eigentliches Ziel konzentrieren, denn langsam war der Zeitpunkt für Joe gekommen. In einem interessanten Online-Artikel hatte Duke einige nützliche Stellen gefunden. Es wurde berichtet, wie der Anblick der eigenen Verstümmelung und die dabei empfundenen Schmerzen rapide den Lebenswillen löschen können. Extreme Schmerzen und die Erkenntnis, nie wieder ein richtiges Leben zu führen, können derart zum Schock führen, dass man an einer Wunde sterben kann, die für sich genommen eigentlich nicht so schlimm wäre. Das hörte sich doch interessant an, dachte er sich und unter Qualen abzutreten war immer gut und ganz im Sinne seiner Vergeltung. Wenn er es also schaffte, Joe so zu verletzen, dass er kein Rennfahrer mehr werden konnte, würde er, und da war sich Duke sicher, nicht einmal mehr Ambitionen haben, sich bei den Paralympics anzumelden.

***

Joes alte Karre stand wie gewohnt in der Garage neben dem Haus. Duke hatte schon öfter die Gelegenheit gehabt, sich diesen Oldtimer aus der Nähe anzuschauen. Da Joes Freundeskreis radikal schrumpfte, war dieser außerhalb der Schule fast nur noch in seiner Garage anzutreffen. Duke nutzte jeden Besuch bei ihm, sich gründlich in der schmuddeligen Werkstatt umzuschauen, um eine Idee für einen „Betriebsunfall" zu entwickeln. Das Werkzeug, das Joe zum Reparieren benutzte,

war genauso alt und schlampig wie der Zustand des Wagens. Überall lag verölter Krempel herum, vieles davon machte einen sehr gefährlichen Eindruck. Bei seinem letzten Besuch bemerkte Duke die Wagenheber. Sind defekte Wagenheber nicht super gefährlich?
Da Duke wieder einmal seine Ohren überall hatte, erfuhr er, dass Joe sich neue Reifen besorgt hatte, um diese am kommenden Dienstag an den Wagen zu nageln. Nun überlegte er, was er mit dieser Information anfangen könnte. Die Werkstatt war nicht allzu gut gesichert, denn bis auf einige Unfälle war die Kriminalität in Keene sehr gering. Positiv für Duke. Da es in all dem Chaos von Schrott nicht wirklich etwas zu stehlen gab, war es relativ einfach, an den Wagen zu gelangen, um daran etwas zu manipulieren. Es war mittlerweile über ein Jahr her, dass die Logan-Brüder verstorben waren und knapp vier Monate waren seit Phils Tod vergangen. Für Duke war es also an der Zeit, wieder einmal aktiv zu werden.

***

Unter dem Vorwand eines Kinobesuchs verabschiedete sich Duke von seinen Eltern, denen es eigentlich egal war, ob er sich überhaupt abmeldete. Doch für ihn war es Teil seines Alibis. Details waren nicht zu unterschätzen. Er besorgte sich eine Kinokarte und stellte sich in eine Reihe von Leuten an, um Popcorn zu kaufen. Beim Betreten des Kinosaals täuschte er ein Stolpern vor und verschüttete seine XXL-Popcorntüte, was gerade so viel Aufmerksamkeit erregte, wie er es sich gewünscht hatte. Mit einer großen Show entschuldigte er sich beim Personal und hatte sein Alibi für den Abend an diesem Ort beisammen.

Einige Tage vorher hatte er sich im Darknet eine schlechte Kopie des Films heruntergeladen, die er sich ansah. Sollte man ihn nach dem Inhalt des Films fragen, hätte er seine Hausaufgaben gemacht. Niemand bemerkte, wie er sich vom Kino entfernte. Es war mittlerweile dunkel geworden, als er die Werkstatt erreichte. Leise wie ein Geist schlüpfte er durch die leicht zu öffnende Nebentür. Die Dunkelheit war ein Nachteil, doch auch hier hatte er vorgesorgt. Online hatte er sich bei eBay ein günstiges Restlichtgerät besorgt. Still stand er vor dem Wagen und lauschte, ob alles ruhig blieb. Er musste vorsichtig sein, denn zum einen durfte er auf dem ölverschmierten Boden keine Spuren hinterlassen, und zum anderen wäre er in einer äußerst misslichen Lage, sollte man ihn jetzt entdecken. Nicht auszumalen, in welch einer argen Erklärungsnot er sich befinden würde. Heute war der perfekte Abend, denn er hatte erfahren, dass Joe sich mit Tim und Kevin in einem Autokino befand und Joes Eltern bei einem Geschäftsessen waren. Duke blieb ungefähr eine Stunde, bis sein Film im Kino beendet war und er sich wieder unters Volk mischen sollte.
Auf ans Werk, motivierte er sich. Sicherheitshalber hatte er sich Plastiktüten über die Schuhe gezogen und trug Handschuhe. Der Wagen stand gut 40 Inch hoch auf vier Holzklötzen und wurde mit vier Wagenheber gesichert. Am Vorderteil des Wagens war ein Seil befestigt, das den Wagen daran hindern sollte, sich selbstständig zu machen. Duke knotete das Seil neu. Das Ding sah zwar aus wie ein Knoten, würde sich aber bei geringster Überlastung von selbst öffnen. An den hydraulischen Wagenhebern stellte er die Rückstellschrauben so ein, dass sie das Gewicht des Wagens nicht mehr halten konnten. Zuletzt

löste er den Gang und lockerte die Verbindung am Zugseil der Handbremse. Der Wagen stand jetzt nur noch auf den wackligen Holzblöcken. Zufrieden war er mit seiner Arbeit nicht, als er vor der Karre stand und die Manipulation betrachtete. Er würde schon eine Portion Glück brauchen, dass die ganze Sache im richtigen Moment zusammenbrach und nicht bereits beim bloßen Husten. Sollte es nicht funktionieren, wäre es auch nicht weiter schlimm. Dann würde er sich eben etwas Neues ausdenken. Duke kontrollierte noch einmal, ob er Spuren seiner Tat hinterlassen hatte und verschwand anschließend im Dunkel der Nacht. Da war sie wieder, diese Aufregung und Spannung in ihm, die noch ein wenig gewürzt wurde mit der Unsicherheit, ob es überhaupt gelingen würde. Er kam sich ein wenig vor wie ein Fallensteller, der lauerte, ob sich darin ein wildes Tier verfangen würde. Also hieß es noch drei Tage warten, um zu sehen, was passieren würde.

***

Am besagten Dienstag verabredete sich Duke mit Holly in einem Straßencafé in der Nähe von Joes Garage. Er genoss es, mit ihr zusammen zu sein und gleichzeitig befand er sich in der Nähe, um eventuell mitzubekommen, sollte in Joes Garage irgendetwas Krasses passieren. Sie schlürften gerade die zweite Tasse Kakao, als in der Ferne Sirenen zu hören waren, die immer lauter wurden. Deutlich und zweifellos kam nun das schrille Heulen des Rettungswagens aus der Richtung von Joes Garage. Ohne Hast bat Duke um die Rechnung, bezahlte für beide und fragte Holly, ob sie Lust hätte, mit ihm der Ursache des Sirenenalarms nachzugehen, um zu sehen, was da los war. Eilig liefen sie zusammen mit anderen Leuten zu dem Rettungswagen, der vor der Garage zum Halten kam. Duke achtete darauf, nicht aufzufallen und stand mit Holly ein wenig abseits. Niemand musste unnötig Notiz von ihnen nehmen. Schaulustige liefen sofort vor die Einfahrt, aus der herzzerreißende Schreie kamen. Der Rettungswagen stand so ungünstig, dass er die Sicht in die Garage versperrte. Die ersten Polizisten riegelten alles dermaßen gut ab, dass Duke fast nichts sehen konnte. Joe war gerade dabei, den Boden rötlich einzusauen. Sein rechter Fuß war fast abgetrennt und hing nur noch an zwei unbedeutenden Sehnen. Diese allerdings waren ausgesprochen dehnbar, denn als man Joe unter dem Auto hervorzog, schleifte der Fuß mit großem Abstand hinterher. Dessen Augen traten vor Schmerzen so hervor, als hätte er eine Galone Sprudelwasser auf ex getrunken. Dass Joe immer noch so laut brüllte und jammerte, irritierte Duke ein wenig, stand doch in dem Artikel, dass man eigentlich rasch bewusstlos wird angesichts solch großer Qualen. Wie Duke von den Passanten hören konnte, munkelte man, der Wagen sei Joe bei dem Versuch, einen Reifen zu montieren, auf das Bein gefallen. Die vordere Bremsscheibe zertrümmerte dabei Joes rechtes Bein, was wie eine Guillotine wirkte. Neugieriges Chaos herrschte unter den Schaulustigen, die sich ihre Hälse verdrehten. Die Sanitäter hingegen beeilten sich, um Joe so schnell wie möglich transportfertig zu machen. Dann endlich, mit dem Hochheben der Trage, verstummten Joes Schreie. Er war weggetreten. Nachdem Joe ins Krankenhaus eingeliefert worden war, operierte man ihn sofort, doch die Verletzungen des Unterschenkels waren zu groß, dass es keinen Sinn machte, den Fuß wieder anzunähen. Für Extremfälle wie diesen gab es in Keene keine Spezialisten.

Drei Tage nach dem Unfall war Joe immer noch nicht aus der Bewusstlosigkeit erwacht, was alle, bis auf Duke, sehr beunruhigte. Angehörige und Klassenkameraden besuchten ihn jeden Tag in der Hoffnung, dass er die Augen wieder öffnen würde, was zur Überraschung von Duke auch am vierten Tag geschah. Joe wachte im Beisein seiner Eltern auf und konnte sich glasklar erinnern, was passiert war. Als er dann zum Bettende schaute, bemerkte er sofort, dass da etwas nicht stimmte.

»Was ist mit meinem rechten Fuß?«, fragte er, obwohl er bereits die Antwort kannte.

»Joe, du musst jetzt stark sein«, sagte seine Mutter mit zittriger Stimme.

»Du hast den rechten Unterschenkel verloren, aber du lebst, und das ist im Moment das Wichtigste«, versuchte sein Vater ihn zu beruhigen.

Noch unter dem Einfluss der Schmerzmittel, aber jetzt bei vollem Bewusstsein, fing Joe an zu heulen. Auch ein Beruhigen der Eltern half nichts. Er schickte sie schließlich aus dem Zimmer, um alleine zu sein. Duke hingegen war enttäuscht von der Entwicklung. Er wusste, dass sein Plan nicht aufgegangen war und hatte unterschätzt, wie schnell ein Rettungsteam vor Ort sein würde. Dabei war er sich im Vorfeld so sicher gewesen, dass Joe an seinen Verletzungen verbluten oder zumindest durch den Schock den Löffel abgeben würde. Klare Fehleinschätzung seinerseits, eventuell war der Artikel veraltet. Nachdem Joe alleine war und realisiert hatte, was mit ihm passiert war, verfiel er in eine tiefe Depression. Die Krankenschwestern, die immer wieder nach ihm schauten, machten einen guten Job und stopften ihn mit Medikamenten voll. Doch irgendwann

ließen auch die besten Schmerzmittel ein wenig nach, bis zu dem Punkt, an dem ein paar Nervenzellen vorsichtig immer wieder nachfragten, wo eigentlich sein rechter Fuß war. Nur langsam realisierte Joe die Ausmaße der körperlichen Katastrophe. Je länger er auf den fehlenden Unterschenkel schaute, desto deutlicher musste er feststellen, dass mit diesem Verlust auch all seine Träume zerplatzt waren. Nicht nur, dass er seinen Fuß verloren hatte, selbst seine Rennfahrerkarriere konnte er an den Nagel hängen.
Der Sinn vom Leben war für Joe mit einem Mal weg. Was war er nun? Ein Dorfwitz? Krüppel-Joe, dem man mitleidig hinterherschaut, wenn er durch die Straßen humpelt? Er fing leise an zu weinen, innerlich aber schrie er so energisch, bis drei Nervenzellen das Kommando übernahmen, die sonst nur die Blähung kontrollierten. In völliger Verzweiflung riss er sich aufgebracht die Schläuche aus dem Arm und richtete sich schwindlig im Bett auf. Dann, nachdem er einige Zeit wie zur Salzsäule erstarrt und mit furchteinflößendem Tunnelblick nur so dagesessen hatte, kam er zurück ins Hier und Jetzt. Er prüfte halbherzig die Reißfestigkeit der Infusionsschläuche und fasste schließlich einen fatalen Entschluss. Joe wollte weder eine Lachnummer sein, der ständig gehänselt werden würde, noch weniger aber wollte er bemitleidet werden aufgrund der Tatsache, dass er sein weiteres Leben auf Krücken laufen müsste. Die Krankenschwester, die ihm zwei Stunden später eine Bettpfanne bringen wollte, wunderte sich, dass sie das Bett leer vorfand. Als sie besorgt im Bad nachschaute, fand sie den leblosen Joe. Kurioserweise hatte er das Stromkabel vom Lebenserhaltungssystem benutzt, um sich damit zu erhängen.

Die Nachricht von seinem Tod verbreitete sich in Windeseile. Jeder textete jeden an und auch Duke bekam die Neuigkeiten von Joes Selbstmord mit. Obwohl das Ergebnis anders eintrat, wie er es sich gewünscht hatte, konnte Duke damit leben. Auf diese Art war es sogar noch besser. Es würde hierbei keinerlei Untersuchungen geben, die ihn in irgendeiner Form mit dem „Unfall" in Verbindung bringen könnten. Plan erfüllt. Da waren es nur noch zwei.

KAPITEL 6

Mit Holly traf er sich nun immer öfter. Sie unternahmen Radtouren oder gingen ins Kino. Es waren für Duke die schönsten Stunden, wenn er mit ihr zusammen sein konnte. Er wünschte sich noch mehr Zeit mit ihr verbringen zu können, doch ihre Eltern waren streng katholisch, was die Besuche bei ihr leider ein wenig einschränkte.

Dann kam der Tag, an dem Duke 16 Jahre alt wurde. Als er am Morgen zum Frühstück herunterkam, sah er auf dem Tisch ein großes Paket mit einer noch größeren Schleife stehen. Es war fast zwei Fuß hoch wie breit und er konnte sich nicht vorstellen, was sich unter dem Geschenkpapier verbergen könnte. Die knappe Kasse seiner Eltern verhinderte eigentlich teure Geschenke. Nachdem er langsam die rote Schleife entknotet und das Papier heruntergerissen hatte, öffnete er den Karton und ein großer Globus kam zum Vorschein. Er war überwältigend schön. Das Ding musste richtig Kohle gekostet haben, dachte er, als er ihn bewunderte. Im Zeitalter des Internets, wo man jeden und alles leicht googeln konnte, wirkte der Globus fast ein wenig antiquiert, doch irgendwie hatte er auch etwas Magisches an sich. Deutlich erhoben sich Berge und klafften Täler und ohne viel Mühe meinte Duke sogar seinen kleinen unwichtigen Ort Keene darauf zu erkennen. Er strahlte über das ganze Gesicht und bedankte sich bei seinen Eltern. Es war einer der wenigen Momente, in dem er nicht das Gefühl hatte, nur ein Gast im Haus zu sein. Duke besaß bereits ein gutes Computerprogramm, doch die ganze Welt auf diese Weise in den Händen zu halten, war einfach toll. Jetzt hatte er also eine 3D Darstellung einer Erde, von der er noch nichts gesehen hatte. Und als er so mit den Fingern über Länder und Kontinente fuhr, stellte er traurig fest, dass es wohl noch ein wenig dauern würde, bis er die ersten coolen Reisen unternehmen könnte. Ihn überkam mit einem Mal ein heftiges Fernweh. In dieser Nacht träumte Duke von Reisen in andere Länder, bestieg in seiner Fantasie die Ruinen der Mayas oder fuhr mit einem Boot auf dem Amazonas. Doch das Schönste an seinem Traum war die Anwesenheit von Holly, wenn er in einem Sportwagen durch die Berge fuhr oder mit einem Doppeldecker über endlose Weiten flog. Holly an seiner Seite verlieh ihm eine gewisse Coolheit, auch wenn das nur in seinem Traum so war.

***

Duke wurde langsam zu einem Mann, was nicht an seinem beginnenden Bartwuchs lag, sondern eher an seiner Einstellung zum Leben. Er bemerkte, dass sich seine Interessen veränderten. Für seine Mitschüler war es immer noch das Größte, heimlich zu rauchen und dabei stundenlang über Autos zu labern oder sich gegenseitig Nacktbilder von heißen Girls auf ihre Handys zu senden. All diese Sachen langweilten Duke zunehmend. Er genoss es hingegen, sich auf den Dachboden zurückzuziehen, um zu lesen und an seinem Computer zu arbeiten oder in den Wald zu fahren, um seinen Körper zu trainieren.

***

Dann an einem Nachmittag – die Logan-Brüder waren inzwischen fast 19 Monate Biomüll – ging er zu der Stelle, an der die beiden gestorben waren. Seine Vernunft riet ihm, besser nicht an diesen Ort zurückzukehren, doch die Neugier war stärker.

Als er an der Stelle stand, wo damals die Rohrbombe hochging, wunderte er sich. Dort, wo nach der Explosion und dem Feuer alles ziemlich verwüstet war, brauchte man viel Vorstellungsvermögen, um zu erkennen, was hier einmal geschehen war. Die Natur hatte sich wieder ihre eigene Ordnung geschaffen. Selbst am Felsen, auf dem Steve matschig gelandet war, wuchs schon wieder eine Moosschicht. Blut scheint ein guter Dünger zu sein, stellte er amüsiert fest, als er mit der Hand über den Felsen strich. Zwei primitive Holzkreuze steckten windschief nahe am Flussufer und bewachten stumm diesen Platz. Er wusste selbst nicht ganz genau, warum er hier noch einmal hergekommen war. Vielleicht wollte er sich einstimmen auf die kommende Vergeltung, an dem Ort, wo einst sein Rachefeldzug begonnen hatte. Duke sammelte ein wenig Holz und bereitete eine kleine Feuerstelle vor. Vorsorglich hatte er noch ein paar Blumen mitgebracht, sollte er entdeckt und gefragt werden, was er hier machte. Duke war eben immer vorsichtig.

Gemütlich setzte er sich auf einen umgestürzten Baum und wartete geduldig, bis die Sonne unterging. Nur langsam wurde es dunkel. Die Sonne blinzelte noch ein wenig am Horizont, als er begann, das Feuer zu entfachen. Mit der Dunkelheit kam die Stille. Duke lächelte, als seine Hände langsam feucht wurden. Ein wenig mulmig war ihm schon zumute, aber das war genau das Gefühl, das er hier suchte. Duke brachte sich in Stimmung. Im Unterbewusstsein wünschte er sich, die Logan-Brüder würden sich materialisieren und ihm ins Gewissen reden, wie schlecht und böse er doch war. Doch nichts passierte. Zu schade! Wie gerne hätte er sie ausgelacht und ihnen erzählt, dass er es gewesen war, der ihnen die Fahrkarte ins Jenseits

besorgt hatte. Gedankenverloren im Feuer stochernd, fühlte er sich bereit, sich um Nummer 5, Kevin Corner, zu kümmern. Kevin hatte feuerrotes Haar, viel zu viele Sommersprossen und eine Haut, die man lieber nicht streicheln wollte. Er hatte sämtliche körperliche Nachteile, die aller Wahrscheinlichkeit nach später einmal dazu führen würden, dass er im Knast landet, weil er kleine Mädchen sexuell belästigt hatte. In gewisser Weise würde Duke der Menschheit also einen weiteren Gefallen tun, wenn er sich um Kevin kümmerte. Es muss sich ja nicht alles fortpflanzen, nur weil es biologisch möglich ist.
Kevin stellte sich als ein harter Brocken heraus und hatte es Duke nicht einfach gemacht, seine Schwächen offenzulegen. Obwohl er ihn schon seit längerer Zeit observiert hatte, konnte er keinerlei Risiken feststellen, die Kevin einging. Doch eines Tages erzählte ihm Kevin eher nebenbei, dass er einmal von seinem Fenster aus seine Nachbarin beobachtet hatte. Stolz erwähnte er, wie sie sich ausgezogen hatte und er ihr beim Duschen zusehen konnte. Unauffällig fragte Duke ihn weiter aus und erfuhr dabei, dass Kevin aus seinem Fenster steigen musste, um auf das Vordach zu klettern. Nur von dort aus konnte er sie bestens beobachten. Natürlich behauptete Kevin, dass er das bisher nur wenige Male gemacht hätte. Duke beließ es dabei, doch im Innersten glaubte er ihm nicht. Mehrfach beobachtete Duke die beiden Häuser, das von Kevin und das der Nachbarin, um eventuell eine Idee zu bekommen, aus seinem Tanz auf dem Vordach irgendetwas Tödliches zu fabrizieren. Duke kannte Kevins Zimmer und er konnte sich ausrechnen, von wo dieser in das Badezimmer der Nachbarin spannen konnte. Der „Logenplatz" für die Duschshow war einfach genial.

Von der Straße aus war er nicht zu sehen, da ihn ein Baum schützte. Somit konnte Kevin in aller Ruhe den abendlichen Striptease der Nachbarin ungestört genießen. Schon als Duke das erste Mal das Haus von Kevin beobachtete, fiel ihm der altmodische, schmiedeeiserne Zaun auf, der beide Grundstücke trennte. Akribisch musterte er den Zaun, der vier Fuß hoch und mit langen Spitzen gespickt war. Die idealen Voraussetzungen für einen tragischen Unfall, den er für Kevin plante. Das Vorhaben könnte gelingen, wenn er es schaffen würde, Kevin vom Vordach zu stürzen und dieser dann auf den Eisenzaun fiel. Der Fallwinkel würde jedenfalls stimmen, dachte sich Duke. Mit dem kleiner werdenden Feuer gingen auch ihm an diesem Abend die Ideen aus. Ordentlich löschte er die Reste, lauschte kurz in die Nacht hinein und machte sich munter auf den Weg nach Hause.

***

Die Schule hatte er bald geschafft. Die letzten Sommerferien standen schon fast vor der Tür und die ersten Vorprüfungen waren in Sichtweite. Doch das Wichtigste stand noch bevor: die Abschlussfeier. Ein Tag, auf den er sich freute und dem er erwartungsvoll entgegenfieberte. Duke beabsichtigte Holly an diesem besonderen Tag ein Geschenk zu geben. Er machte sich auf zum Colony Mill Shoppingcenter. Nach kurzer Suche fand er einen Ring mit einem kleinen Stein, der so funkelte wie Hollys Augen. Der Preis von 399 Dollar war heftig. Diese Summe hatte er natürlich nicht zur Hand, aber für eine Anzahlung von 50 Dollar konnte er ihn sich reservieren lassen, was er mit Freude tat. Um den Rest zu bezahlen, musste er wohl noch ein paar Zusatzschichten fahren, sicherlich würde ihm etwas einfallen, noch hatte er ja Zeit. Er freute sich jetzt schon auf den Tag, an dem er Holly den Ring überreichen würde. Mindestens einmal in der Woche fanden sie die Zeit, miteinander etwas zu unternehmen. Was beide verband, war die gleiche lockere Lebenseinstellung und die Hoffnung, Keene irgendwann zu verlassen. Beide versprachen sich in ihrem Leben etwas Außergewöhnliches zu erreichen, raus aus dem Muff der Provinzstadt.

Am Abend der Abschlussfeier wollte Duke all seinen Mut zusammennehmen und Holly erklären, wie sehr er sie liebte. Bisher war alles ein wenig oberflächlich gewesen. Das Vertrauen zwischen ihnen wuchs wie ihre Zuneigung. Viel tiefer ging aber ihre Freundschaft noch nicht. Sobald die Stimmung anfing zu knistern und beide sich ein wenig näherkamen, endete dieser Moment immer in lachender Verlegenheit. Bisher hatten sie sich noch nicht einmal zu einem Kuss durchringen können. Er wollte nichts mit ihr überstürzen und wie ein Gentleman auf den richtigen Zeitpunkt warten.

Duke schaffte es in nur acht Wochen, das restliche Geld für den Ring zusammenzubekommen und mit Stolz stellte er die kleine Schachtel auf das Regal über seinem Bett. Hier musste sie noch ein wenig stehen bleiben, bis der Tag der Tage kam. Einen Schritt näher, um ihr Herz komplett zu erobern.

***

Obwohl er fast nur Augen für Holly hatte, verlor er zu keiner Zeit den Blick auf sein nächstes Opfer. Für Kevin hatte Duke nun endlich die richtige Möglichkeit gefunden, den Unfall glaubhaft durchzuführen. Da sich dieser nicht einmal von schlechtem Wetter abhalten ließ, die Show der Nachbarin zu genießen, wollte er sich für die Durchführung seines Planes einen regenreichen Tag aussuchen. Duke sammelte einige Blätter des Baumes, der zwischen den Häusern wuchs. Er kaufte zwei Tuben Haargel und verfolgte aufmerksam den Wetterbericht, um einen verregneten Tag zu erwischen. An dem Abend, an dem es um Kevin geschehen sollte, würde Duke die Blätter gleichmäßig mit dem Haargel einschmieren und an der Stelle auf dem Vordach befestigen, an der Kevin aus dem Fenster stieg. Haargel hat einige wunderbare Eigenschaften: Es ist ein gutes Haftmittel für die Blätter und so rutschig wie Schmierseife, also ideal für Dukes Vorhaben. Ein weiterer Vorteil bestand darin, dass es spurlos vom Regenwasser abgewaschen wird, und falls der Regen ausbleiben sollte, würde es ohne Flecken oder sonstige Hinweise wegtrocknen. Vorab hatte er alles selbst auf seinem Dachboden ausprobiert und war hochzufrieden mit dem Ergebnis, welches er in Form von blauen Flecken noch einige Tage im Spiegel bewundern konnte.

***

Zwei Wochen dauerte es, bis ein verregnetes Wochenende vorhergesagt wurde. Er nahm sich den Freitag für Kevin vor. Sollte es an dem Tag nicht funktionieren, dann würde es sicher am Sonnabend klappen. Duke war wie immer zuversichtlich mit seinem Plan. Die Nachbarin ging regelmäßig an den Wochenenden in eine Bar zum Tanzen und das war ein fester Termin, den Duke ausnutzen konnte. Zuvor hatte er bemerkt, dass Spanner-Kevin immer zwischen neun und zehn am Abend aus dem Fenster kletterte, um sie zu beobachten. Das war der Zeitpunkt, an dem die Nachbarin versuchte, sich fein zu machen in der Hoffnung, bei den Dorftrotteln aufzufallen, wenn die nicht bereits vollgelaufen unterm Tisch lagen. Um halb neun im

Dunkeln kletterte Duke unbemerkt und gut durch den Baum geschützt auf das Vordach von Kevins Haus. Er nahm die Blätter und das Haargel aus seinem schwarzen Rucksack und präparierte alles so, wie er es sich ausgedacht und selbst getestet hatte. Sorgsam befestigte er die Blätter auf dem Vordach, wo man schon deutlich die abgescheuerten Stellen von Kevins privater Peepshow sehen konnte. Der leichte Nieselregen bahnte sich langsam den Weg durch Dukes schwarzen Jogginganzug, doch er war zu konzentriert, um zu bemerken, wie er nass wurde. Falls der Regen nicht stärker werden würde, rechnete er mit einer maximalen Zeit von 40 Minuten, bevor die Wirkung des Haargels nachlassen würde. Das könnte eng werden, dachte sich Duke, als er das Grundstück wieder im Schutz der Dunkelheit verließ.
Weitere Ereignisse konnte er so leider nicht mehr verfolgen. Zu groß war die Gefahr, gesehen zu werden und aufzufallen. Er joggte nach Hause und stand zehn Minuten später unter der Dusche, wo er sich unter dem heißen Wasser wärmte. Der Wasserstrahl massierte seine Haut und als er sich entspannte, hoffte er, dass Kevin mit heruntergelassener Hose vom Dach fallen würde, um die Peinlichkeit komplett zu machen. 19 Minuten später machte er es sich auf der Terrasse gemütlich, nippte an einer eiskalten Cola und horchte in die Nacht hinein. 45 Minuten vergingen, doch selbst nach einer Stunde waren keine Sirenen eines Rettungs- oder Polizeiwagens zu hören. Duke war ein wenig enttäuscht. Diese Nacht konnte er wohl oder übel abhaken. Ein glatter Fehlschlag. Hatte der Nieselregen ihm doch einen Strich durch die Rechnung gemacht? Egal, morgen war auch noch ein Tag.

Doch am nächsten Morgen überschlugen sich die Ereignisse. Duke erwachte mit einem Lächeln im Gesicht, als er gleich drei verschiedene Sirenengeräusche hörte. Ungewaschen und mit verstrubbelten Haaren sprang er in seine Sachen und fuhr mit dem Fahrrad zu Kevins Haus. Bei seinem Eintreffen war bereits alles abgesperrt und wie er die Musik hörte, die der Trennschleifer spielte, war Duke sich sicher: Kevin konnte nicht mehr leben. Dieser war zehn Stunden vorher pünktlich aus seinem Fenster geklettert, um zu sehen, ob die hübsche Nachbarin schon im Bad war. Sie stellte gerade das Wasser an und zog sich aus. Kevin musste sich zu dem Zeitpunkt beeilen, wenn er nichts verpassen wollte. Bei dem Gedanken, wie sie eventuell schon nackt war, spürte er, dass seine Hose enger wurde. Er fasste sich in den Schritt, verdrehte die Augen und beeilte sich, aus dem Fenster zu klettern. Beim Herausklettern bemerkte er, dass sein rechter Fuß keinen richtigen Halt auf dem Dachvorsprung hatte. Doch da er in Gedanken schon vollkommen bei seiner kostenlosen Nacktshow war, schaltete sich die Vernunft aus. Beim Nachziehen des linken Beins verlor er den restlichen Halt. Kevin landete mit dem Hinterteil auf der Dachkante und kippte seitlich vom Dach, um mit einer leichten Drehung rückwärts weiter in die Tiefe zu fallen.
Ohne Warnung und den Hauch einer Chance, sich irgendwo festhalten zu können, stürzte er hinab. Der kurze, unkontrollierte Sinkflug wurde abrupt beendet, bevor er das Gefühl des freien Falls genießen konnte. Mit voller Wucht landete Kevin auf dem spitzen Zaun und zwei der Zaunspitzen durchdrangen die Lunge. Wie ein weggeworfener Wäschesack hing er nun aufgespießt und noch zappelnd in der Luft. Der Tod ereilte ihn nicht

sofort, doch für einen Hilfeschrei konnte er keinen Atem holen. In den letzten Sekunden des Todeskampfes bemerkte er nur noch, wie ihn sein kraftvolles Herz leer pumpte. Wahrscheinlich war Kevins Schutzengel an diesem Abend gerade auf dem Klo eine Zigarette rauchen. Erst am nächsten Morgen fand man ihn, als der Zeitungsjunge wie gewöhnlich die Wochenendzeitungen in die Vorgärten warf. Dieser fiel bei Kevins Anblick von seinem Fahrrad und schrie vollkommen schockiert die Nachbarschaft wach. Alle sofortigen Versuche, den schon steifen Kevin vom Zaun zu bekommen, schlugen fehl. Erst der Einsatz der Feuerwehr mit entsprechendem Werkzeug beendete den grausamen Anblick. Die Ermittler benötigten einige Stunden, um alle Spuren zu sichern und gingen jedem kleinsten Hinweis nach, ob mehr dahintersteckte als ein dummer Unfall. Es wurde natürlich nichts gefunden und nach Befragung des Vaters, der bestätigte, dass er ihn schon einmal beim Spannen erwischt hatte, schloss auch hier die Polizei die Akte. Es gab keinen Grund, Kevins Eltern nach all dem Schmerz noch mit weiteren Peinlichkeiten zu quälen.

Ein weiteres Mal hatte Duke es geschafft, einen Mord so zu inszenieren, dass alles wie ein Unfall aussah. Die Beerdigung von Kevin wurde im kleinen Kreis abgehalten, da die Umstände, die zu seinem Tode geführt hatten, für alle Beteiligten sehr unangenehm waren. Duke nahm nicht daran teil, so langsam langweilten ihn solche Veranstaltungen, und das Wetter war auch nicht wirklich einladend. Jetzt blieb nur noch einer übrig und Duke war sich sicher, auch ein letztes Mal das Schicksal beeinflussen zu können.

***

Tim, der Letzte der „mutigen Sechs", stand als Schlusslicht auf seiner Liste. Duke konnte zusehen, wie dieser ohne seine coolen Kumpel verkümmerte. Ohne sie war Tim jetzt ein Außenseiter, ein Niemand ohne Freunde. Selbst Duke vermied es, mit ihm gesehen zu werden. Nur selten unternahmen sie jetzt noch etwas zusammen. Duke versuchte, Tims Schwächen zu studieren. Doch nach dem tragischen Unfall der Brüder und der anderen Kumpel, neigte Tim dazu, sich mehr und mehr in seinem Zimmer am Computer zu verkriechen. Bei Onlinespielen passierten selten tödliche Unfälle, dachte sich Duke, somit musste er bei ihm wohl ein wenig kreativer vorgehen.
Viel Zeit blieb ihm nicht mehr, denn in wenigen Monaten wäre die Schule vorbei und Tim würde nach Kalifornien ziehen, um dort zu studieren. Damit würde Duke seinen Heimvorteil verlieren. Tim so weit entfernt zu beseitigen wäre keine realistische Option. Duke konnte ja nicht einfach mal schnell in ein Flugzeug steigen, in einer ihm unbekannten Stadt einen Unfall arrangieren und wieder zurückfliegen, ohne dass irgendjemand irgendetwas mitbekam. Unmöglich. Also musste er sich etwas ausdenken, das im Haus bei Tim passieren würde. Er würde sich etwas einfallen lassen und vertraute dabei auf die Statistik, dass die meisten Unfälle ja bekanntlich in den eigenen vier Wänden geschehen. Drei Monate blieben ihm, dann könnte er locker in die großen Ferien gehen und eine tolle Zeit mit Holly haben.
Wenn Duke nicht gerade Tims Unfall plante, bereitete er sich auf seine Prüfungen vor, die nun bald anstanden. Viel brauchte er nicht mehr zu lernen, er war gut im Stoff. Bei Holly sah das anders aus. Ihr war es nicht möglich, den Lehrstoff ohne Fleiß zu behalten. Die Folge war, dass sie mehr Zeit zum Lernen aufbrin-

gen musste und sie sich immer seltener privat sahen. Nur der kurze gemeinsame Heimweg war alles, was sie zeitlich für ihn entbehren konnte. Duke wünschte sich so sehr, die Sommerferien hätten schon begonnen. Jede nur mögliche Gelegenheit würde er mit Holly verbringen. Er träumte immer wieder davon, wie er am Abend der Abschlussfeier mit ihr in einem Raum stehen würde, die Musik leise spielte und er sie küsste. Leider aber musste bis dahin noch sein Kissen herhalten, an dem er fleißig übte. Doch weniger Freizeit mit Holly bedeutete mehr Zeit für Tims Unglücksplanung. Dukes Leidenschaft für seinen Computer sowie seine guten schulischen Leistungen blieben seinen Eltern nicht verborgen. Eines Morgens, als er wieder einmal sein Frühstück selber zubereitete, sprach ihn seine Mutter an.

»Duke, mein Großer, wenn du deinen Abschluss mit „A+" erreichst, haben wir eine tolle Überraschung für dich.«

Duke schaute sie skeptisch an.

»Eigentlich brauche ich keine extra Motivation, aber vielen Dank schon einmal im Voraus«, sagte er und fragte sich, was der Quatsch sollte.

Er wunderte sich über ihre plötzliche Anteilnahme. Bisher hatten sie als Eltern vollkommen versagt. Duke erwartete auch keine Liebe mehr von ihnen, dieser Zug war abgefahren. Wenn er ein Wunschkind war, dann merkte er jedenfalls nichts davon. Er war einfach nur da. Hätten seine Eltern statt seiner einen Hund gehabt, niemand hätte einen Unterschied in ihrem Verhalten bemerkt. Duke erwartete von ihnen auch keine materiellen Zuwendungen. Einige in seiner Klasse kamen schon mit einem eigenen Auto zur Schule. Da er wusste, dass es für seine Eltern unmöglich war, so ein Geschenk finanziell zu stemmen, überlegte er krampfhaft, was es wohl sonst sein könnte.

***

Drei Wochen vor den Prüfungen hatte Duke seinen Plan für Tim ausgearbeitet. Nun konnte er zum Finale antreten. Da es so gut wie ausgeschlossen war, für Tim außerhalb seines Hauses etwas Tödliches zu veranstalten, musste Duke in diesem Fall in unmittelbarer Nähe sein, um alles zu arrangieren. Ein wenig gefährlich, wenn er erwischt würde, doch auch dafür hatte er noch einen Notfallplan parat. Duke ließ sich von Tim zu einem Ego-Shooter-Game überreden. Natürlich war das von ihm geplant und er hatte sich quasi selbst dazu eingeladen. An diesem Wochenende würden Tims Eltern nicht zu Hause sein, denn sie waren mit dem Wohnmobil zum Golfspielen unterwegs. Sturmfreie Bude und damit die absolut perfekte Voraussetzung für Dukes Plan. Beide hatten sich für den späten Nachmittag verabredet. Und pünktlich stand er mit seinem Notebook unterm Arm auf Tims Türschwelle.

»Duke, cool, dass du gekommen bist. Die Hütte gehört uns, meine Alten sind mit dem Camper weg. Ich denke, wir werden einen tollen Abend haben«, begrüßte ihn Tim überschwänglich. Tim strahlte über das ganze Gesicht und man sah ihm an, wie froh er war, dass jemand mit ihm abhing. Er zog Duke förmlich in sein Zimmer hinauf. Da Duke offiziell zu Besuch war, machte er sich keine Sorgen, ob ihn jemand gesehen hatte, wie er ins Haus gegangen war. Vielmehr war es später umso wichtiger, dass man ihn sah, wenn er es wieder verließ. Zuerst wurden die Rechner vernetzt, damit sie gegeneinander spielen konnten.

Duke holte aus seinem Rucksack noch eine Flasche Apfelwein heraus, die von Tim unter großem Jubel gleich geöffnet wurde. Der Abend verlief wie erwartet. Duke konzentrierte sich auf sein Ziel und Tim hatte einen Heidenspaß, wobei er schon ziemlich angeglimmert war. Im Spielrausch bemerkte er nicht, dass Duke gar nicht mittrank. Tim war vollkommen in seiner Onlinewelt verschwunden. Ein einfaches Opfer, dachte er sich. Drei Stunden später machten sie eine Pause und Duke klappte seinen Rechner zu.

»Cooles Game, Alter. Mann, du hast mich echt fertiggemacht. Ich verlange eine Revanche«, sagte Duke.

»Na, der Abend ist ja noch jung«, erklärte Tim ein wenig lallend.

»Okay, hier ist der Plan«, fuhr Duke fort. »Ich beeile mich, um nach Hause zu kommen, sonst flippen meine Alten aus. Wenn ich bei dir weiterspiele, wird es zu spät. Ich gehe bei mir online und dann werden wir sehen, wer der Bessere von uns beiden ist.«

»Coooooool!«, sprudelte es aus Tim heraus.

Er strahlte wieder mit roten Backen, hatte er doch befürchtet, dass sein Zockerabend schon vorbei war.

»Bleib einfach online, bis ich mich wieder eingeloggt habe. Um die Zeit zu überbrücken, kannst du ja auf die neue Pornoseite gehen, die ich gefunden habe. Und stell bloß den Ton an. Das ist echt der Hammer, wenn du die Bräute stöhnen hörst«, sagte Duke, tippte die Adresse in Tims Browser und stellte die Lautstärke höher. Dann packte er seine Sachen und verabschiedete sich. »Bis gleich, mein Freund«, rief Duke, kurz bevor er deutlich hörbar die Haupteingangstür schloss.

Duke befand sich jedoch noch im Haus, als die Tür zufiel. Er horchte, ob Tim aus seinem Zimmer kam, doch alles blieb ruhig. Porno wirkt immer, da wäre er erst einmal abgelenkt. So weit, so gut. Bei seinen vorherigen Besuchen bei Tim hatte Duke versucht, sich unauffällig die Zimmer und vor allem die Küche einzuprägen. Dabei fiel ihm auf, dass der Gasherd nicht gerade das neueste Designermodell war. Der Herd besaß keine automatische Abschaltung, wenn die Flamme im Ofen aus Versehen ausgehen würde. Duke packte seine Gummihandschuhe aus, wählte mit dem Haustelefon, das an der Küchenwand hing, die Nummer einer Pizzeria und bestellte leise in Tims Namen eine Pizza mit extra Schinken. Nachdem er den Hörer aufgelegt hatte, horchte Duke wieder in die Stille hinein. Im Haus war alles ruhig, aber er konnte leise die Pornomucke aus dem oberen Stockwerk hören. Dann holte er eine Tüte Pommes aus der Notebooktasche und öffnete die Klappe des Backofens. Den Inhalt kippte er aufs Blech und drehte das Teil auf höchste Knusperhitze, natürlich ohne eine Flamme zu entzünden. Auf leisen Sohlen schlich er sich zum Eingang, wo er kurz stehen blieb, um noch einmal sicherzustellen, dass Tim nicht gerade jetzt aus seinem Zimmer kam. Doch alles blieb ruhig. Sicherlich war Tim mit sich selbst beschäftigt und Duke hoffte, dass er nicht gleich damit fertig wurde. Lautlos öffnete er die Haustür und verließ das Haus. Alles in allem hatte die Aktion keine drei Minuten gedauert. Er stieg auf sein Fahrrad, womit er gut gelaunt zum nächsten Schnellrestaurant radelte, das nur fünf Minuten entfernt war. Dort angekommen, bestellte sich Duke einen Burger mit einer extra großen Cola. Und da war es wieder, dieses unbeschreiblich angenehme Gefühl in ihm, wo Adrenalin durch seine Venen rauschte. Ein Blick auf die Armbanduhr verriet ihm, dass Tim wahrscheinlich noch 30 Minuten für sich selbst hätte, bevor dieser die nächste Reise antreten würde, die höchstwahrscheinlich in der Hölle endet. Zeit für den Nachtisch, bestimmte er, als er geräuschvoll die Cola leerte. Ein Eis wäre eventuell jetzt prima! Doch diese Belohnung musste warten, denn bevor er die Bestellung aufgeben konnte, hörte selbst der Taubste in der Nachbarschaft eine trommelfellbelastende Explosion und Sekunden danach einen Chor von Alarmanlagen der umliegenden Autos. Alle Gäste im Restaurant sowie andere Neugierige liefen in die Richtung der Explosion. Man konnte diese nur unschwer verpassen, da ein mächtiger Feuerschein die Richtung anzeigte. Mit dem Eintreffen von Duke kamen auch seine alten Bekannten mit ihren Sirenen an. Duke war froh zu hören, dass der Pizzalieferant überlebt hatte. Da sich die Klingel neben dem Briefkasten befand und dieser an der Straße postiert war, hatte die Druckwelle den Boten nur aus den Socken gehauen. Trotzdem hatte er sich Verletzungen zugezogen, die behandelt werden mussten. In aller Eile drängten die Polizisten die Neugierigen ab und sperrten das Grundstück weiträumig. Nach dem zu urteilen, was Duke hier an Zerstörung sah, konnte Tim nicht mehr am Leben sein. Mit dieser Erkenntnis verlangsamte sich sein Puls und ein inniger Frieden kam über ihn. Der Letzte war beseitigt. Er hatte sie alle bekommen. Duke machte sich auf den Weg nach Hause, er hatte genug gesehen. Seine Vergeltung hatte ein Ende und er fragte sich, was wohl morgen die Zeitungen darüber berichten würden. Nun konnte er sich auf die restlichen Wochen sowie auf die kommenden Prüfungen konzentrieren. Mit diesen Gedanken radelte Duke gemächlich durch sein wieder friedliches Keene.

KAPITEL 7

Wie zu erwarten war, saß der Schock bei allen tief. So kurz vor dem Schulabschluss noch ein weiterer schlimmer Unfall. Keiner konnte es fassen, was in diesem sonst so beschaulichen Ort geschehen war. Sechs Unglücke in zwei Jahren und alles Schüler aus derselben Klasse. Doch wie zuvor gab die Polizei bekannt, dass die Explosion als tragischer Unfall einzustufen war. Man fand heraus, dass Tim angetrunken war, sich im Backofen Pommes machen wollte, das Gas aufdrehte, aber nicht kontrollierte, ob auch die Flamme im Herd an war. In seinem angeheiterten Zustand vergaß er vermutlich, dass etwas im Ofen brutzelte und bestellte sich eine Pizza. Letztlich entzündete der Lieferbote beim Klingeln das Gas. Akte geschlossen. Und auch diese Beerdigung wurde ohne Dukes Beisein abgehalten.

***

Drei Wochen später war die Schule zu Ende. Duke bestand alle Prüfungen mit Auszeichnung und die Abschlussveranstaltung, bei der jeder sein Schuldiplom erhalten würde, nahte. Duke wurde mit jedem Tag aufgeregter, seine ganzen Gedanken kreisten nur noch um Holly. Fünf Tage waren es noch bis zur Feier. Er saß in seinem Zimmer und dachte sich, dass es eine tolle Idee wäre, Holly einen Brief für die Abschlussfeier zu schicken. Altmodisch auf richtigem Briefpapier schrieb er mit ruhiger Hand die nettesten Worte, die ihm einfielen. 29 Stunden und vier Minuten, nachdem er dem Postboten seinen Brief übergeben hatte, vibrierte sein Handy. In einer SMS teilte Holly ihm mit, dass sie sich sehr freuen würde, an diesem Abend seine

Tanzpartnerin zu sein. Ein Lächeln breitete sich in seinem Gesicht aus, als er die Nachricht las. Dann nahm er den Ring und tanzte vor Freude in seinem Zimmer. Noch am selben Tag ging er in die Shopping-Mall und kaufte sich einen schicken Anzug. Und dann war der Tag endlich da, an dem sein Traum wahr werden sollte. Er würde sein verdientes Diplom erhalten und Holly hoffentlich das erste Mal küssen. Duke duschte an diesem Morgen sehr ausgiebig und entspannte sich unter dem warmen Wasser. Dabei strich er sich über seinen makellosen Körper und betrachtete die Erfolge, die sein Training hinterlassen hatten. Wer konnte diesem Körper widerstehen, lobte er sich anschließend im Spiegel. So sehen Gewinner aus.

Zum Auftakt der Veranstaltung hielt der Direktor eine emotionale Rede, die ihm sichtlich schwerfiel. Er betonte dennoch den außergewöhnlich guten Abschluss der Klasse, stellte aber auch fest, dass die Todesfälle in dieser Klasse eine große Lücke gerissen hatten, die alle sehr betroffen machte und traurig zurückließ. Kurz wurden die Namen der sechs Schüler vorgelesen, die durch tragische Unfälle umgekommen waren. Man bedauerte deren frühes Ableben, fand aber eine Erklärung in Gott, der für alle einen Plan hatte. Oder auch nicht, dachte Duke. Nach dem offiziellen Teil, der mit einer Schweigeminute beendet wurde, musste Duke zu viele feuchte Hände schütteln. In all dem Menschengewusel bekam er keine Möglichkeit, ungestört mit Holly zu sprechen. Er wollte auf den richtigen Moment warten.

An diesem Abend war sie in einen Traum von dunkelblauem Stoff gewickelt, ein Kleid, das ihre Figur außerordentlich gut betonte und nicht nur Dukes Blicke anzog. Eine leichte Unsi-

cherheit überkam ihn, als er sie beobachtete und feststellte, wie wunderschön sie aussah. Würde er die richtigen Worte finden und sie so reagieren, wie er es immer geträumt hatte? Oder sollte er es heute doch lieber lassen? Seine Beklommenheit ließ ihn zögern, das Herzklopfen nahm zu. Unfälle zu planen und auszuführen war berechenbarer. Duke schob sich durch die Massen zum Buffet, wo Holly bereits am Essen war. Sie schlug sich gerade den Bauch voll und machte sich über ihre Mitschüler lustig, da kaum jemand in den feinen Kleidern und Anzügen wiederzuerkennen war.
Der Abend verflog schneller, als es Duke lieb war. Immer wieder spielte er an dem Ring, um zu prüfen, ob er sich noch in seiner Hosentasche befand. Er wartete auf den richtigen Zeitpunkt, um ihn endlich Holly zu geben. Die Musik wurde gedämpfter und langsamer. Jetzt sollte es geschehen. Duke forderte Holly zu einem Tanz auf. Sie strahlte über das ganze Gesicht, drückte sich an ihn und legte ihren Kopf auf seine Schulter. Er schloss die Augen und atmete ihren blumigen Duft ein. Deutlich konnte er ihre festen Brüste spüren, die sich an seinen Körper schmiegten. Ihm wurde warm. Nur keinen Ständer bekommen, ging es ihm durch den Kopf. Es war ein wunderbares Gefühl, sie so zu halten, sie zu spüren. Um ihn herum verschwand alles in Bedeutungslosigkeit. Nur noch sie war wichtig, für sie würde er alles tun. Die Musik wurde leiser, dann nahm er Holly an die Hand und ging mit ihr hinaus auf die Terrasse. Duke holte tief Luft und schaute ihr in die Augen, während er den Ring hervorzauberte. Der Stein funkelte perfekt im Mondlicht.
»Holly, ich habe für dich einen Freundschaftsring und würde mich freuen, wenn du ihn annehmen würdest.«

Jedes Wort war jetzt überflüssig. Sie zog ihn an sich und ein langer Kuss folgte. Er öffnete immer wieder kurz die Augen, um sicher zu sein, dass er nicht träumte.
Nachdem sich ihre Lippen voneinander gelöst hatten, sagte sie: »Duke, du bist doch verrückt! Ich… ich… ich weiß gar nicht, was ich sagen soll!«
Die Zeit verging unaufhaltsam. Wer immer an der Uhr drehte, machte sich einen Spaß mit Duke. Zu gerne wäre er in dieser Stimmung weiter geschwommen, aber Hollys Eltern drängten zum Aufbruch. Ein letzter intensiver Kuss und das Versprechen, sich am nächsten Tag wiederzusehen, waren das Einzige, was sie sich in diesem Moment noch zuflüstern konnten. Was für ein Abend, dachte Duke. Überglücklich und mit einem fast krankhaften Grinsen im Gesicht, was man wohl nur noch chirurgisch hätte entfernen können, fuhr er mit seinen Eltern nach Hause.

***

Dieser Gesichtsausdruck hielt noch bis zum nächsten Morgen an. Er konnte es kaum erwarten, Holly heute wiederzusehen, an nichts anderes konnte er mehr denken. Total verträumt und mit Gedanken bei ihr, setzte Duke sich an den Frühstückstisch. Er kippte ein Glas Orangensaft hinunter und blätterte in einer Broschüre, wo lachende Kinder am Lagerfeuer saßen und scheinbar viel Spaß hatten. Ab der Bildunterschrift, die erklärte, wie einmalig die Erfahrung für jeden Jugendlichen in diesem Camp sein würde, wurde Duke ein wenig unruhig. Es war sehr ungewöhnlich, dass er zusammen mit seinen Eltern frühstückte. Langsam wurden die Drähte in seinem Kopf warm. Irgendetwas stimmte hier nicht, versuchte seine linke Hirnhälfte ihn zu warnen. Draußen herrschte das schönste Ferienwetter, das nach

ihm rief, und seine Eltern sahen ihn erwartungsvoll an mit einem Lächeln, das nichts Gutes bedeuten konnte. Warum hielt er eine Werbebroschüre mit bekloppt lachenden Kindern in den Händen? Sein Vater legte eine Hand auf Dukes Schulter und er fühlte, dass jetzt Dinge gesagt werden, die er mit großer Sicherheit nicht hören wollte.
Über das ganze Gesicht strahlend und mit noch reichlich Restalkohol vom gestrigen Abend begann sein Vater eine Rede mit den Worten: »Duke, mein Sohn, jetzt machen wir aus dir einen Mann.«
Sein alter Herr beglückwünschte ihn zu seiner versprochenen Überraschung. Duke öffnete in Zeitlupe und recht widerwillig den Umschlag, den er von seiner überglücklichen Mutter überreicht bekam. Wie mit Pest behaftet hielt er ein Glückwunschschreiben sowie ein Flugticket in der Hand, das sich für ihn anfühlte wie eine Eintrittskarte nach Alcatraz. Duke ist von seinen Eltern für ein vierwöchiges Feriencamp angemeldet worden, wo er mit Jungs in seinem Alter viel Spaß haben sollte. Er konnte sich ausrechnen, dass diese Reise eine Menge Geld gekostet hatte. Die Idee als solche war tatsächlich gar nicht übel, doch der Zeitpunkt war alles andere als genial. Da Dukes Eltern sich diese Reise eigentlich gar nicht leisten konnten, machte er keine Anstalten, lange zu diskutieren und Ausreden zu finden, um nicht zu fahren. Verdammt, dachte er sich, als er auf das Flugticket schaute. Er hatte doch vor, die Ferien mit Holly zu verbringen. Mit einem Mal verkrampfte sich sein Magen, als er das Datum und die Abreisezeit sah.
»Was? Die Reise geht schon heute los?«, rief er ein wenig zu laut.
»Überraschung!«, sangen seine Eltern im Chor.

Er konnte es nicht fassen, dass er in weniger als drei Stunden abreisen würde. Duke zog sich wortlos in sein Zimmer zurück. Auf einmal glitt ihm alles aus der Hand. Seine komplette Ferienplanung war im Arsch. Und ausgerechnet jetzt, wo er bei Holly am Ziel war, sollte er Hals über Kopf seinen kleinen Ort verlassen. Warum sollte er gerade heute die Welt entdecken? Duke war verzweifelt. Wie gelähmt saß er in seinem Zimmer und schaute ratlos auf das Ticket. Wie sollte es jetzt weitergehen? Wenn er erst einmal Hunderte Meilen weit weg war, wäre die Möglichkeit, Holly in den nächsten vier Wochen zu sehen, gleich null. Wenn er aber nicht ins Camp fuhr, brauchte er sich wohl nicht mehr unter die Augen seiner Eltern zu wagen.
Duke wusste nicht weiter, jetzt musste er erst einmal mit Holly sprechen. Er wählte ihre Nummer. Das Klingelzeichen ertönte, aber sie hob nicht ab. Seltsam, dachte er. Vier Minuten später saß er auf seinem Fahrrad und fuhr zu Hollys Haus. Doch auch nach mehrfachem Klopfen an der Haustür öffnete ihm keiner. Niemand war da. Duke versuchte noch einmal ihr Handy anzurufen, doch wieder meldete sich nur ihre Stimme auf der Mailbox. Er hinterließ ihr eine zweite Nachricht mit der Bitte, ihn sofort zurückzurufen. Ihm war zum Heulen zumute. Duke radelte wieder nach Hause, ohne Plan und ohne einen klaren Gedanken fassen zu können. Nachdem er das Fahrrad in die Garage geschoben hatte, schaute er auf seine Uhr. Nur noch zwei Stunden blieben ihm bis zur Abfahrt zum Flughafen. Immer wieder versuchte er sie anzurufen, doch wie zuvor meldete sich bloß die bekloppte Mailbox. Er wollte sie unbedingt noch einmal sehen, aber er wusste nicht wie. Die Zeit drängte. Dann packte er mehr als lustlos seine Sachen für die

Fahrt. Natürlich wollte er die Welt entdecken, klarer Fall, aber doch nicht so, nicht heute. Er konnte es einfach nicht fassen, was hier gerade abging. Weniger als zwei Stunden blieben ihm noch bis zum Abflug und lediglich 45 Minuten, bis sie losfahren mussten. Immer verzweifelter versuchte er Holly zu erreichen, doch wie bei all den vorherigen Versuchen, ohne Erfolg.
Eine halbe Stunde bevor sie zum Flughafen abfahren wollten, machte Duke sich ein letztes Mal zu Holly auf, in der Hoffnung, sie eventuell doch noch anzutreffen. In seiner Verzweiflung hoffte er, dass sie mit ihren Eltern vielleicht nur zum Frühstück gefahren war und Holly einfach ihr Handy im Haus vergessen hatte. Doch wieder wurde er enttäuscht. Duke hatte für diesen Fall ein Stück Papier mitgenommen, auf dem er ihr noch schnell ein paar Zeilen schrieb. Enttäuscht warf er den Zettel in den Briefkasten. Ihm blieb nichts anderes übrig, als die Situation hinzunehmen, wie sie war. Wenn Holly den Zettel mit seinen Gedanken lesen würde, so hoffte er, hätte sie Verständnis für seine Lage. Eigentlich waren es ja nur vier Wochen, redete er sich ein und versuchte sich zu motivieren. Gerade schob er das Fahrrad zum zweiten Mal an diesem Morgen in die Garage, da drückte sein Vater schon auf die Hupe, was als unausweichliches Zeichen seiner Kapitulation zu verstehen war. Duke setzte sich schweigend in die Familienkutsche, wo schon seine Eltern aufgedreht vor Aufregung warteten.
»Na, mein Großer, freust du dich?«, fragte ihn seine Mutter.
Duke nickte nur und schaute aus dem Fenster. Stolz fuhren sie ihn zum Flughafen. Seine Mutter löste sich in Tränen auf, als sie sich von ihm verabschiedete, und immer wieder rief sie ihm hinterher, er möge ja schreiben. Duke war unbeeindruckt von

dem rührseligen Verabschiedungskram und richtige Wut kam in ihm auf, dass sie seine letzten Ferien so versaut hatten. Und als wenn das noch nicht reichte, durfte er auch noch sein Handy herausrücken, denn im Camp war es verboten, eines zu benutzen.

Nun wurde ihm auch noch jede Kommunikation mit Holly genommen. Er hatte gedacht, dass er wenigstens diese Möglichkeit besaß, um mit ihr in Kontakt zu bleiben. Deprimiert von seiner Lage, fand er sich am Abend 600 Meilen weit entfernt in einem Sommercamp wieder. Hier war er mit Gleichaltrigen zusammen, die ganz besessen darauf waren, ihre Ferien im Wald zu verbringen. Der Abend begann noch recht locker. Man zeigte ihnen die Unterkünfte und es wurde gegessen. Müde und schlecht gelaunt ging Duke an diesem Abend zu Bett, ohne zu bemerken, wie lange die anderen in seinem Raum noch aufgeregt redeten.

KAPITEL 8

Duke hatte besser geschlafen, als er es erwartet hatte. Mit verschlafenen Augen schmulte er durch das Fenster und sah die langsam aufgehende Sonne, die sich aus dem morgendlichen Nebel über dem Wald erhob. Kurz hoffte er, dass alles nur ein Traum gewesen war und er bei sich zu Hause im Bett aufwachte. Doch er konnte die Wirklichkeit riechen. Der Gestank von abgestandenen Blähungen der 25 anderen Möchtegernmänner trieb ihn schließlich aus dem Bett.

Duke erwartete nichts von diesem Camp, außer dass er die vier Wochen irgendwie so schnell wie möglich überstand. Er hatte immer gedacht, er wäre nicht so ein Weichei, der bei sentimentalen Gefühlen einknickte. Doch hier, so weit weg, voller Gedanken an Holly, wurde ihm schwammig zumute. Eine volle Ladung Emotionen erwischte ihn. Er musste sich zusammenreißen und merkte langsam, wie ihm die Sehnsucht zu ihr Schwierigkeiten bereitete. Holly war seine erste Freundin, für die er mehr als Freundschaft empfand, und jetzt führte er sich auf wie ein Blödmann. Doch der romantische Kuss und ihre Nähe an dem Abend waren für ihn eine neue Erfahrung, die so schön war und ihn gleichzeitig so quälte. Den Schädel würde er schon irgendwie freibekommen, redete er sich ein. Doch er wusste, dass es unmöglich war.

Eine Trillerpfeife beendete seine Grübelei. Der Betreuer, der nach seinem Aussehen zu urteilen halb Mensch, halb Yeti war, brüllte respektvoll in den Raum. Diejenigen, die noch nicht beim ersten Pfiff aus dem Bett gesprungen waren und stattdessen noch im Traum mit ihrer Morgenlatte in ihrer nicht vorhandenen Freundin lagen, wurden erst einmal zur Sau gemacht. Allen wurde sofort klar, mit dem ist nicht zu spaßen. Duke kam es so vor, als wäre er hier im falschen Film. Hatte er im Prospekt etwas übersehen? War er in einem Bootcamp gelandet? Nicht nur, dass sie überordentlich ihre Betten bauen mussten, auch der Ton, der hier herrschte, war nicht gerade der eines gemütlichen Sommercamps.

Beim Frühstück musterte Duke erst einmal die anderen Ferienzwerge, wobei er feststellte, dass er der Einzige war, der grimmig dreinschaute. Mit hochgezogener Augenbraue sah er in lauter fröhliche Gesichter, die sich hier auf ihre vier Wochen Spaß freuten. Welch ein Horror! Wohin er auch schaute, sah Duke gut gelaunte Spießer. Anfreunden würde er sich mit niemandem, das war schon mal klar. Nach einem mauen Frühstück suchte er nach einem Telefon. Beim Nachfragen lachte man ihn aus und erklärte ihm, dass er froh sein sollte, dass es hier überhaupt Strom gab. Duke konnte nicht glauben, was er da hörte. Er wusste gar nicht, dass für den Preis eine Zeitreise in die Steinzeit inklusive war.

***

Seine Gruppe wurde für den ersten Tag zu einem Bootsausflug eingeteilt. Es galt, mit zehn Ruderbooten sechs Meilen flussaufwärts zu rudern, um sich einen Platz zu suchen, an dem man bequem Zelte aufschlagen konnte. Wenn es gelang, heil und ohne Zwischenfälle anzukommen, war ein Lagerfeuer mit Übernachtung geplant. Wie aufregend! Duke hätte sich nichts Spannenderes vorstellen können, als im Wald mit diesen spätpubertierenden Nebendarstellern ein Zelt zu bauen und

sich von Mücken in den Arsch stechen zu lassen. Immer wieder versuchte er seiner Lage ein paar schöne Seiten abzugewinnen, aber wenn Gedanken an Holly durchsickerten, stellte sich bei ihm nur tiefe Traurigkeit ein, die sich bis zur Frustration steigerte. Er fühlte sich hier mehr als fehl am Platz und konnte sich für nichts begeistern. Jeder Versuch, sich zu motivieren, wurde bei den Gedanken an Holly torpediert. Mit jeder Stunde, die er mit den dauergrinsenden Typen zusammen war, kam er sich wie ein Zuschauer bei einer schlechten Bühnendarstellung vor.
Dann fand er sich in einem Boot wieder und ruderte mit einem Jungen, der irgendwie Jimmy oder Timmy hieß, schweigend den anderen Booten hinterher. Gut fünf Meilen hatten sie geschafft. Duke ruderte nun fast schon alleine. Ein klarer Fall von Stadtmensch mit der Extremsportart Couchsurfing saß vor ihm im Boot. Ermüdet ruderte dieser nur symbolisch mit. Kein Problem für Duke, er wäre noch einige Meilen ohne Erschöpfung weitergerudert, wenn das Ziel nicht schon fast zu sehen gewesen wäre. Erleichtert, dass niemand ins Wasser gefallen war, legte die Gruppe an. Die Boote wurden auf einer Insel mitten im Fluss ausgeladen, worauf zwei Teams gebildet wurden. Duke gehörte zur Gruppe der Holzsammler, die für das große Lagerfeuer am Abend sorgen sollten. Das begrüßte er sehr, musste er nicht dabei zusehen, wie bekloppt sich die anderen beim Zeltaufbau anstellten. Wie eine Klette klebte Timmyjimmy an seiner Seite. Gelangweilt fing Duke eine Unterhaltung an, um nicht gleich als Einzelgänger aufzufallen.

***

Zurück im Lager sah man schon die ersten Erfolge, drei der sechs Zelte standen, auch wenn diese etwas windschief wirkten.

Nach dem Aufbau des vierten Zeltes wurde erst einmal pfadfindermäßig gegessen. Leckere Truthahnbrust aus der Dose mit Toastbrot wurde ausgegeben, dazu ein Becher warmer Cola. Das war also die Vorstellung der Erwachsenen, wie man zum Mann wird, dachte Duke beim lustlosen Vertilgen der Behelfsnahrung. Wo er auch hinschaute, erblickte er in ihren Gesichtern gleichermaßen Abenteuerlust und Faszination. Eventuell hätte es ihm hier auch gefallen, wenn er Holly nicht kennengelernt hätte. So aber, als verliebter Jammerlappen, war er hier absolut am falschen Ort.

Die gute Laune im Camp schien kein Ende zu nehmen. Die Sonne rutschte hinter die Bäume und verabschiedete sich mit einem wunderschönen roten Wolkenanstrich und nun wurden Lieder angestimmt, die Duke fast das noch nicht verdaute Truthahnsandwich aus dem Magen drückten. Kopfschmerzen klopften an seine Schädeldecke und gaben ihm unmissverständlich zu verstehen, die Sache hier zu beenden. So konnte es nicht weitergehen. Vier Wochen dieser Mist und er würde sich freiwillig erhängen, ersäufen oder eine andere Möglichkeit finden, diesem Schwachsinn ein Ende zu bereiten.

Unauffällig begab er sich ins Zelt zu seinen Sachen. Vorsorglich hatte er sich eine Schlafstelle nahe an der Zeltwand ausgesucht, um im Notfall das Nachtlager verlassen zu können, ohne den Ausgang benutzen zu müssen. Nach einem kurzen Zögern, ob es vernünftig sei, was er vorhatte, lockerte Duke von außen vorsichtig die unteren Befestigungen vom Zelt, ohne Aufsehen zu erregen. Seine Stimmung besserte sich, als er zurück zur Dudeltruppe ging und sich unbemerkt wieder zu ihnen setzte. Niemandem war aufgefallen, dass er sich eine Viertelstunde verdünnisiert hatte. Mit vorrückender Stunde hoffte er, dass die Kinderdarsteller am Lagerfeuer bald müde wurden. Das Karaoke ähnliche Lärmen der Singenden verschwand im Nebel seiner Gedanken, die mit Hochdruck an einem Fluchtplan arbeiteten. Zwei Stunden musste er noch dummschunkelnd am Feuer hängen, bis zum Schlafen geblasen wurde. Dann eine weitere Stunde, bis er endlich die Möglichkeit hatte, aus dem Schlafsack zu gleiten, um sich wie ein Schatten unter der Zeltwand hindurch ins Freie zu schleichen. Die Nachtluft war frisch. Der Mutigste der Truppe wurde als Wache ans Feuer gesetzt, doch der sollte kein Problem für Duke darstellen. Diese Nachtmütze hatte er schon beobachtet, als noch alle fröhlich blöde Lieder sangen und dabei bemerkt, dass dieser so aufgeregt vor seiner verantwortungsvollen Aufgabe war, dass er höchstwahrscheinlich nicht allzu lange durchhalten würde. Er kannte diese Sorte von Helden, die nur so vor Selbstsicherheit strotzten und dann, wenn es darauf ankam, absolut versagten. Wie jetzt. Duke brauchte sich nicht viel Mühe zu geben, niemand bemerkte ihn. Vor den Betreuern musste er keinerlei Angst haben, da diese die Abgeschiedenheit von der Zivilisation ausgenutzt hatten, um kräftig zu bechern. Der vermeintliche Held am Feuer hatte sich wie erwartet müde gesungen. Wahrscheinlich hätte ein Grizzlybär ins Lager latschen, ihm den Kopf abreißen und schmatzend die Augen rauslutschen können. Hätte er danach noch einen fahren lassen, niemand hätte etwas geschnallt. Duke ging leise ans Ufer und suchte sich ein Boot aus. Die anderen machte er los, damit am nächsten Morgen erst einmal Panik entstand, wenn der Erste zum Ufer rannte und nasebohrend um Hilfe schrie. In dieser Aufregung würde wohl keiner sein Verschwinden bemerken und wenn doch, wäre es ihm auch egal. Erst legte er seinen Rucksack ins Boot. Dann, leise aber kräftig, stieß er sich vom Ufer ab und ruderte flussaufwärts. So waren Abenteuer angesagt, dachte sich Duke lächelnd und nicht, sich dummsingend am Lagerfeuer zu blamieren.

***

Duke ruderte gleichmäßig die Nacht hindurch in der Hoffnung, im Morgengrauen eine Stelle zu finden, wo er in der Nähe einer Straße anlegen konnte. Er hoffte darauf, dass sich dann eine Mitfahrgelegenheit ergeben würde, um wieder in Richtung Keene zu gelangen. Mehr als sechs bis sieben Stunden Vorsprung rechnete er sich nicht aus. Spätestens dann würde man bemerken, dass er fehlte. Ihm gefiel die Situation, in der er sich befand. Frei und ohne Bevormundung, wieder in Kontrolle.

Der Vollmond war sein strahlender Freund in dieser Nacht, um den Fluss halbwegs sicher befahren zu können. Seine gleichmäßigen Ruderbewegungen wärmten seinen Körper, sodass die Nachtkühle bei ihm keine Chance hatte. Überall summten Grillen, was auf ihn fast wie Hypnose wirkte. Ab und zu stellte er sich vor, durch einen Dschungel zu rudern, wo nach jeder Flussbiegung Gefahren lauerten. Fledermäuse huschten immer wieder hastig über das Wasser und begleiteten ihn, bis der Morgen dämmerte und ein neuer Tag anbrach. Mit dem ersten kräftigen Sonnenstrahl frühstückte Duke. Ein labbriges Sandwich, das er am Abend heimlich beiseite gepackt hatte, gab ihm ein wenig Kraft. Auch wenn der Fluss sich nur langsam bewegte, spürte Duke die Anstrengungen der letzten Stunden und genoss die kleine Pause. Zeitgleich fingen im Lager die Ersten an zu heulen, als bekannt wurde, dass alle Boote fehlten und kein Telefon vorhanden war, um Mutti anzurufen. Duke ruderte weiter und dachte an Holly. Mit jedem Ruderschlag redete er sich ein, ihr ein Stück näher zu kommen, was geografisch natürlich vollkommener Quatsch war. Ein enormer Weg lag immer noch vor ihm. Der leichte Frühnebel lichtete sich und jetzt erst bemerkte Duke eine Straße, die parallel zum Fluss verlief. Er musste schon eine ganze Weile an ihr entlang gerudert sein, ohne sie bemerkt zu haben. Duke legte an und zog das Boot ans Ufer. Jetzt brauchte er nur noch ein Fahrzeug, das in die richtige Richtung fuhr und ihn mitnahm.

Er machte sich auf und lief die Straße entlang. Duke hatte Glück. Nach keiner halben Stunde Fußmarsch hielt ein Landei in einem alten Jeep an. Ein unvorstellbar alter Mann fragte einladend, ob er mitwollte. Duke stieg dankbar ein und erklärte, in welche Richtung er vorhatte zu reisen. Der Alte hatte gut gepflegtes, weißes Haar und einen langen Rauschebart. Der Weihnachtsmann im Sommeroutfit, stellte Duke lächelnd fest. Nun war es an ihm, sich eine gute Geschichte einfallen zu lassen, damit die Fahrt nicht beim nächsten Sheriff endete. Doch bevor er beginnen konnte, fing der Alte an, Duke zu mustern und ihm vorzuhalten, wohl von zu Hause abgehauen zu sein, was Duke ein wenig einschüchterte. Das war nun gar nicht das, was er hören wollte. Doch der Alte beruhigte ihn sofort.

»Als ich so jung war wie du, bin ich ebenfalls abgehauen, und es war eine meiner schönsten Zeiten, die ich je erlebt hatte«, erklärte er.

Und wie von einem Schlüssel aufgezogen, fing der alte Mann an zu reden. Seine ruhige Stimme ließ Duke langsam einschlummern, bis er nach wenigen Minuten vom Singsang des Alten fest einschlief. In einem ausgewaschenen Schlagloch kam der Wagen zum Stehen und als die Wagentür sich quietschend schloss, erwachte Duke langsam und bemerkte, dass er alleine im Auto saß. Doch als er aus dem Fenster schaute, sah er den Alten mit einem Trucker sprechen, der immer wieder in seine Richtung zeigte. Duke blickte sich um und stellte fest, dass sie sich an einer Tankstelle befanden. Auf seiner Uhr war es jetzt 11:35. Gut gelaunt kam der Alte zurück zum Wagen und öffnete die Tür.

»So, mein junger Abenteurer. Es sieht so aus, als wenn der Fahrer da in deine Richtung fährt und dich mitnehmen würde.«

Duke bedankte sich freudig und stieg in den Truck ein. Wo bin ich denn hier gelandet, fragte er sich, als er den Trucker sah. Erst ein Greis und nun ein Zwerg mit einem riesigen Bauch, der kaum über sein großes Lenkrad blicken konnte. Der wohlgenährte Bauch gab ihm wahrscheinlich die extra Reserve für die unendlich langen Highways, vermutete Duke, als er die kräftige Hand des Truckers schüttelte. Doch alles ging glatt bis jetzt. Zu glatt, stellte Duke fest, als er sich anschnallte. Er riss sich fast den Arm ab, als sich der Truck in Bewegung setzte, um dem alten Mann zum Abschied zu winken. Erst jetzt fiel ihm auf, dass er ihn nicht einmal nach seinem Namen gefragt hatte. Der Truckerzwerg jedenfalls hieß Nick. Anscheinend war er ein gutmütiger Trucker, wie man ihn sich vorstellte. Immer hatte er eine Geschichte auf Lager zu einem Ort oder einer Stadt, die sie jetzt durchfuhren. Er war als Mann nun nicht gerade der gut aussehende Verführer und doch schien es so, als wenn Nick mehr Frauen kannte, als sein Erscheinen es auf den ersten Blick erwarten ließ. In jedem blöden Kaff mit einem Truckstopp tat er so, als kenne er hier irgendeine Tante, die feucht werden würde, sobald er nur auf seine Hupe drückt. Duke hörte kaum noch zu. Das nächtliche Rudern war anstrengend gewesen und langsam spürte er, dass er ausgepowert war. Irgendwann klinkte er sich aus und schlief wieder ein, um sich im Traum mit Holly zu treffen.

Sie machten gutes Tempo. Von der Landschaft, die an ihnen vorbeiflog, bekam er nichts mit. Etwas später weckte ihn der Hunger. Duke sah sich mit geröteten Augen um und fragte Nick, wo sie sich befänden. Gut 280 Meilen war Duke noch von Keene entfernt. Er konnte es kaum erwarten, wieder in die Augen von Holly zu sehen. Nun würde er doch noch mit ihr den Rest der Ferien verbringen, dachte er sich. Ihm war egal, ob seine Eltern auf ihn sauer waren, wenn sie mitbekamen, dass er das Camp vorher abgebrochen hatte. 30 Minuten später hielten sie an einer Burgerbude. Wenn Nick etwas konnte, außer Geschichten über Frauen zu erzählen, dann war es, mit diesem Ungeheuer von Truck umzugehen. Duke staunte nicht schlecht, wie leicht er diesen Monstertruck einparkte, ohne andere Wagen zu schrammen. Nach zwei Cheeseburgern und einer Limo packte ihn die Unruhe. Er wollte weiter, da sein Ziel noch knapp drei Stunden entfernt war. Leider musste Duke sich hier von Nick verabschieden, denn die Route, die dieser nun einschlug, lag nicht auf seinem Weg.

Auf der Straße schaute Duke sich wehmütig nach anderen Transportmöglichkeiten um. Bis hier war alles so schön einfach gewesen. Es war jetzt kurz nach neun Uhr und bald würde es dunkel werden. Vergebens sprach Duke Leute an, die eventuell in seine Richtung mussten, doch keiner wollte ihn mitnehmen.

Es ging ihm auf die Nerven, unruhig auf der Stelle zu stehen und zu warten. Also setzte er sich in Bewegung und lief die Straße entlang in der Hoffnung, es würde ihn vielleicht doch noch jemand einsammeln, wenn er einsam neben der Straße wanderte und verloren aussah. Es war schon lange dunkel, als eine Familie, die in der Nähe von Keene wohnte, sich erbarmte und ihn mitnahm. Duke freute sich, als er erfuhr, wie weit er mitfahren konnte. Von dort aus konnte er locker zu Fuß bis zu Hollys Haus laufen. Sie würde sich bestimmt freuen und riesige Augen machen, wenn er sie so spät und unerwartet überraschte. Unglücklicherweise saßen noch zwei Kinder im Auto, die ihn nicht nur extrem nervten, sondern auch die Fahrzeit unnötig verzögerten. Diese hyperaktiven Kids zwangen ihre Eltern zu zwei zusätzlichen Stopps, da sie aufs Klo mussten. Duke war aber dankbar, dass er mitgenommen wurde. Somit blieb er in der frustrierenden Situation ruhig und nahm die unnötige Verzögerung schweigend hin. Dann fuhren sie langsam durch vertraute Orte.

Zwei Stunden später wurde Duke am Rande der Stadt verabschiedet. Ab da konnte er eine Abkürzung durch den Wald nehmen. Auch im Dunkeln sollte es nicht zu schwierig sein, den Weg zu finden, motivierte er sich, als er den Rücklichtern des Wagens nachschaute. Ein guter Einfall, immerhin würde er dadurch eine knappe Stunde sparen. Ja, hier kannte er sich aus, diesen Weg war er schon des Öfteren mit dem Fahrrad gefahren.

***

Die Dunkelheit war heute intensiver. Der Mond wurde immer mehr von einer Wolkendecke eingehüllt, die Duke fast jegliche

Orientierung nahm. Für einen kurzen Moment bereute er, die sichere und befestigte Straße verlassen zu haben. Im Dunkeln kam er doch nicht so gut voran, wie er sich zwanzig Minuten später eingestehen musste. Immer wieder stolperte er über Äste und Wurzeln. Ab der nächsten Abzweigung sollte es nicht mehr weit sein, erinnerte er sich. Doch als er diese erreichte, blieb er stehen und machte eine kurze Pause. Ein weiterer Blick auf die Uhr bestätigte seine Vermutung. Es war mittlerweile viel zu spät, um noch zu Holly zu gehen. Zu dieser vorgerückten Stunde und so ungewaschen wie er war, konnte er sich nicht bei ihr blicken lassen. Duke dachte kurz nach. Um von hier zu sich nach Hause zu gelangen, gab es zwei Möglichkeiten: Einen langen Weg oder die Abkürzung quer durch das Unterholz.

Da er bereits einen anstrengenden Tag hinter sich hatte, entschied er sich kurzentschlossen für die Abkürzung. 20 Minuten später konnte er schon in der Ferne die Außenbeleuchtung von seinem Elternhaus erkennen. Fast da, dachte er sich. Nur noch den kleinen Hang hinunter und dann würde er sich erst einmal mit einer eiskalten Cola für diesen Tag belohnen. Er träumte schon davon, wie ihm die kalte Limo den Hals hinunterlief, als er plötzlich auf den letzten 400 Yards ins Stolpern kam. Der steil abfallende Hang und der lockere, morsche Boden führten dazu, dass Duke seine Beine nicht mehr kontrollieren konnte. Ein Stein beendete schließlich seinen zweibeinigen Hindernislauf und für Millisekunden nahm Duke die Flughaltung von Supermann an, bevor er kopfüber den Hang hinabstürzte.

Die Dunkelheit machte ihn komplett orientierungslos. Halbwegs konnte er sich wieder stabilisieren und rutschte auf seinem Hintern hinab, als der Sturz abrupt endete. Von einem

querliegenden Baum bohrte sich ein abgebrochener Ast mitten durch seinen Unterschenkel. Schock lähmte jeden Schrei, der von den heftigen Schmerzen ausgelöst wurde. Mit zittriger Hand fühlte er blind über sein Bein und ahnte Schlimmes. Es bestand keine Möglichkeit, sich zu befreien und da der Ast nicht abgebrochen war, steckte Duke aufgespießt fest. Blut sickerte durch seine Hose. Er versuchte zu schreien, doch kein Ton drang aus seiner trockenen Kehle. Vollkommene Dunkelheit umgab ihn jetzt. Keine 350 Yards war er vom Haus entfernt und doch war es für ihn unerreichbar. Noch stand Duke unter Schock. Er fühlte den pochenden Schmerz und wusste, dieser würde jede Sekunde stärker werden. Noch konnte er klar denken und das wollte er ausnutzen, bevor die Schmerzen zum Gehirn vordrangen und er gänzlich die Kontrolle verlor.
Ohne sich zu viel zu bewegen, öffnete er vorsichtig seinen Gürtel und band damit seinen Oberschenkel ab. Die Blutung stoppte ein wenig. Kein Körperteil ließ sich bewegen, ohne Wellen von Schmerzen zu verursachen. Hilflosigkeit befiel Duke. Verzweifelt kamen ein paar Töne aus seinem Mund, die aber nicht ausreichten, um auch nur annähernd Hilfe herbeizulocken. Er fluchte, dass er sein Handy hatte abgeben müssen, und da er mit dem Flugzeug gereist war, hatte er auch sein Taschenmesser nicht dabei. Was für ein jämmerliches Desaster! Noch war er sich sicher, diese Situation halbwegs gut zu überstehen, wenn er nur bis zum Morgen aushalten würde. Hätte er das Ausmaß seiner Verletzung bei Tageslicht gesehen, wäre er wohl nicht mehr so optimistisch eingestellt gewesen. Die Schmerzen wurden noch stärker. Kälte ließ ihn langsam zittern, was ein Beben der Stärke 7 in seinem Körper auslöste. Duke

schnürte sein Bein fester ab, um nicht zu verbluten. Nur allmählich wurden seine Schmerzen erträglicher, aber ab einem bestimmten Punkt trat er weg.

***

Die Stunden vergingen, ohne dass sich seine Lage verbesserte. Duke erwachte träge aus seinem Trancezustand. Ihm war unendlich kalt. Unverändert steckte er aufgespießt fest, ohne Chance, sich zu befreien. Langsam ging die Sonne auf, Reif hatte sich über alles gelegt und verstärkte noch die Kälte, die ihn immer mehr lähmte. Die letzten vier Stunden verbrachte er in einer Art Dämmerzustand, in dem die vergangenen zwei Jahre an ihm vorbeizogen. Immer wieder kämpfte er, um nicht noch einmal besinnungslos zu werden. Er war sich sicher, dass er sich von einem weiteren Schwächeanfall nicht mehr erholen würde. Seine Kehle war trocken und er fühlte sich ausgehungert, was seine Situation nicht gerade verbesserte. Er bemerkte, dass er immer schwächer wurde. Viel Blut hatte er verloren, zu viel. Ihm wurde bewusst, dass er genau die Symptome durchlebte, die in seinen Büchern beschrieben waren. Wenn jetzt nicht bald Hilfe käme, würde er hier verbluten, da war er sich sicher. Duke war viel zu realistisch, um sich falsche Hoffnungen zu machen. Das Bein spürte er kaum noch, doch ihm fehlte die Kraft, sich selbst zu befreien. Das bisschen Energie, was er fühlte, reichte lediglich, um einigermaßen bei klaren Gedanken zu bleiben. Welche Ironie des Schicksals, stellte er entmutigt fest. Er, der andere in die Hölle beförderte, stand nun selbst eventuell an der Schwelle zur Unendlichkeit.

Das Bein war nur noch eine angeschwollene Masse und sah furchtbar aus. Blut sickerte immer noch aus der Wunde und

hatte so ziemlich alles eingesaut, was irgendwie nach Stoff aussah. Dukes Lebenswille war ungebrochen, doch seine Umgebung wurde zunehmend unwirklicher. Alles wurde auf einmal viel heller und ruhiger. Bäume um ihn herum schrumpften, wurden zu kleinen Büschen, dann zu Grashügeln, die wiederum abflachten und zu einer großen grünen Wiese verschmolzen. Duke erreichte eine emotionale Stufe, wo er sich keine Sorgen mehr machte. Die Veränderung war fließend. Er verstand es zwar nicht, doch alles um ihn herum machte einen so ruhigen und ausgeglichenen Eindruck, dass er sich nicht einmal die Frage stellte, ob er schon wieder träumte oder noch in der Wirklichkeit war. Er musste an Holly denken. Nun würde er sie wohl nie wiedersehen, dabei hätte er sie noch einmal so gerne in die Arme genommen. Jetzt war alles vorbei. Hier nun auf dieser schönen Wiese würde also sein Ende kommen. Er wurde immer müder und es fiel ihm schwer, an irgendetwas Sinnvolles zu denken. Es war schön weich auf dem Gras, ihm war auch plötzlich nicht mehr kalt. Im Gegenteil, eine wohltuende Wärme unbekannter Herkunft durchströmte ihn. Auch all seine Schmerzen waren weg. Immer leichter fühlte er sich, als würde er langsam über dem Boden schweben. Nun war es soweit, dachte er. Duke hatte das Gefühl, dass er sterben würde und wartete auf ein Zeichen.
Auf einer nicht zu erklärenden Weise spürte er, dass gleich irgendetwas Schönes geschehen würde. Mit einem Lächeln lauschte er, wie ein leiser Sommerwind summte und sanft sein Gesicht streichelte. Hörte er in der weiten Ferne Stimmen? Tatsächlich! Vage konnte er ein Lachen vernehmen und war erleichtert. Jetzt wird doch noch alles gut! Deutlich konnte er

nun Schritte hören, die sich näherten. Doch noch war er nicht bereit, die Augen zu öffnen. Es waren mehrere Personen, die auf ihn zukamen und er hätte schwören können, eine Stimme zu erkennen. Die Wärme, die ihn bisher umgab, nahm nun spürbar ab. Duke bemerkte, wie der Boden um ihn herum erbebte, als sie ihn umringten. Er öffnete die Augen und das, was er in diesem Augenblick sah, wurde zu einem Albtraum. Jetzt war er sich sicher: In der Hölle wächst Gras.

KAPITEL 9

Ein langsam lauter werdender Ton durchdrang die Stille. Duke war irritiert, doch allmählich dämmerte es ihm. Scheinbar glimmerten noch einige Drähte. Eben noch lag er auf der Wiese, schwerelos, sterbend. Tot? Mit größter Anstrengung öffnete er ein wenig seine Augen. Weiß bestimmte den Raum, der ihn mit einem Mal blendete. Er schaute langsam an sich herunter und konnte nur mit Mühe den Kopf bewegen. Wer hatte seine jämmerlichen, halb toten Reste gefunden? Was für ein Glück für ihn. Aber war es wirklich Glück? Und um welchen Preis? Das Bein war scheinbar noch dran, nur in welchem Zustand? Wie lange war er wohl schon hier?

Das Letzte, woran er sich erinnern konnte, war ein helles, in jeder Beziehung bestimmendes Licht. Alles um ihn herum war so beruhigend, so friedlich. Keine Angst, keine Gedanken, keine Probleme. Ihm war, als wenn er fiel. Tief und lange, wobei tief keine richtige Beschreibung war. Und lange? Zeit war ebenfalls in diesem Zustand irgendwie ohne Bedeutung. Jetzt fühlte er sich leer wie eine Luftmatratze, der man den Stöpsel gezogen hatte. Wie sollte es jetzt weitergehen, fragte er sich, als er realisierte, was mit ihm geschehen war. Duke war sich sicher, im Wald zu sterben. Noch bevor er seine Situation weiter analysieren konnte, öffnete sich die Zimmertür.

»Schön, dass du wieder ins Leben zurückgekommen bist«, sprach ihn eine nette Stimme im weißen Kittel an. »Wir waren uns nicht sicher, ob du es schaffen würdest, da du sehr viel Blut verloren hattest und mächtig unterkühlt warst. Wärst du auch nur eine Stunde später gefunden worden, dann wäre es wohl zu spät gewesen.«

Duke hörte sich emotionslos den gelernten Text an, wie es um ihn stand.

»Du wirst wieder vollkommen gesund. Drei Monate Reha, dann bist du wieder wie neu«, motivierte ihn der Weißkittel.

Mit viel Disziplin und noch mehr Ausdauer könne er sein Bein wieder fit bekommen, erklärte er ihm. Tolle Aussichten! Da lag er nun, bereit sich all die Vorwürfe anzuhören, die bald auf ihn zukommen würden. Sicherlich würden seine Eltern ihn als Erstes nerven.

Duke dachte wieder an das Licht und an die alles durchdringende Wärme, die es ausstrahlte. Sollte das die ausgestreckte Hand Gottes gewesen sein? Komisch, er war eigentlich in keiner Weise gläubig. Doch in dieser Situation fragte er sich, ob es mehr gab oder alles nur eine extreme Erfahrung war, die mit seinen Sinnen gespielt hatte. War er wirklich so kurz davor gewesen, in die ewigen Jagdgründe einzugehen? Ein seltsames Gefühl überkam ihn. Der Minutenzeiger der Wanduhr bewegte sich nur gelangweilt weiter. Entweder war der Zeiger betrunken vom andauernden Kreisen im Ziffernblatt oder diese blöde Uhr nahm ihren Job nicht wirklich ernst. Die Zeit wollte einfach nicht vergehen. Immer, wenn Duke auf die Uhr starrte, schien der Zeiger an derselben Stelle zu stehen. Langsam fiel ihm wieder der Grund ein, der ihn überhaupt in diese Lage gebracht hatte: Holly. Wie hatte er sie nur vergessen können? Duke überkam eine tiefe Traurigkeit. Ob sie schon wusste, dass er im

Krankenhaus war? Wann würde sie ihn besuchen kommen? Seine Gedanken sprangen wie Ping Pong-Bälle hin und her. Er schloss wieder die Augen. All die Grübelei machte ihn müde, alles war so anstrengend. Duke holte tief Luft und atmete langsam aus. Er wollte schlafen, abschalten, doch der Schmerz im Bein verstärkte sich erneut und hinderte ihn daran. Irgendwann sackte er dann doch weg und schlief ein.

Keine halbe Stunde später weckte ihn das Gesäusel unterschiedlicher Stimmen. Kurz ließ ihn das Gebrabbel erschrecken, denn zu frisch waren die Erinnerungen an seinen letzten Albtraum, in dem ihm seine Opfer erschienen waren. Duke öffnete die Augen und schaute in viele fragende Gesichter. Seine Eltern waren gekommen und mit blühendem Gemüse bewaffnet. Gut, dass er einige abschreckende Schläuche in sich hatte, sonst wäre er wohl mit Küssen überhäuft worden. Nun kam die Frage aller Fragen, die Duke nicht hören und noch weniger beantworten wollte. Man sah ihnen schon die Fragezeichen in ihren Gesichtern an. Vor seinem Krankenzimmer musste jemand mit einem fetten Stempel stehen, der jedem Besucher hier ein „Was ist passiert?" auf die Stirn stempelte. Duke hatte keine Lust, auch nur irgendeinem etwas zu erklären und sich zu rechtfertigen. Ob es nun falsch war oder nicht, stand für ihn nicht zur Debatte. Das Missgeschick mit dem Bein war natürlich vollkommen unnötig, aber genauso gut hätte er auf seinem Hintern den Hang unversehrt hinunterrutschen können. Fakt war, es war passiert und bis zum Zeitpunkt des schmerzhaften Zwischenfalls hatte er eine coole, wenn auch anstrengende Zeit gehabt. Duke stellte sich dumm. Auf jede Frage antwortete er, dass er sich an nichts erinnern könne.

„Keine Ahnung", „weiß ich nicht", kam irgendwie gut an. Das war auf Dauer für seine Eltern sicher nicht sehr befriedigend, aber es schützte ihn vor tiefergehenden Erklärungen.
Duke war froh, dass die Show nicht sehr lange dauerte. Doktor Supernett im knitterfreien Kittel bat um Verständnis für die kurze Besuchszeit. Er bestätigte den Eltern, dass kurzzeitige geistige Einschränkungen und Erinnerungslücken nach so einem intensiven Schmerztrauma vollkommen normal seien. Die besorgten Gesichter seiner Eltern schoben sich händewinkend aus der Tür und eine angenehme Ruhe breitete sich wieder aus. Erste Runde überstanden, dachte sich Duke. Doch Holly war nicht gekommen. Hatte sie noch nichts von seinem Unfall mitbekommen? Duke konnte sich die Situation nicht erklären, er hatte sie mit als Erste erwartet. Waren ihre Gefühle zu ihm echt gewesen oder nicht? Er schob die Zweifel beiseite. Irgendwelche Gründe waren bestimmt wichtiger, als einen Scheintoten zu besuchen. Da sein Bein wieder heftiger schmerzte, fingerte er an der Klingel. Bevor der Zeiger der Wanduhr sich bequemte, eine Minute weiter zu springen, eilte schon eine Krankenschwester herbei und erkundigte sich nach seinem Problem. Duke verdrehte die Augen und bat um ein Schmerzmittel.

***

Die Tage vergingen, ohne dass sich Duke viel besser fühlte. Die Besuche, die er bekam, reduzierten sich letztendlich auf seine Eltern. Seltsam, Holly hatte sich immer noch nicht bei ihm gemeldet, obwohl er nun schon sechs Tage im Krankenhaus lag. Keine Nachricht, kein Anruf, nichts. Beim zweiten Besuch seiner Eltern hatte Duke sein Handy wiederbekommen. Doch wie vor seiner Abreise ins Camp meldete sich statt Holly nur die bekloppte Mailbox. Komisch, dachte Duke, mit so einem Verhalten von ihr hatte er nicht gerechnet. Er erwartete doch nichts Unmögliches. Sie sollte ihn ja nicht jeden Tag besuchen kommen, um Händchen zu halten, aber ein einziger Besuch wäre doch nicht zu viel verlangt gewesen. Und warum ging sie nicht ans Telefon? Auch der Versuch, das Haustelefon anzurufen, wurde nur mit einem endlosen Klingeln belohnt. Duke schrieb ihr einen Brief, in dem er ihr mitteilte, wie sehr er sie vermisste und dass er immer wieder an den einen Abend zurückdenken musste, an dem sie sich nähergekommen waren. Er wartete noch ein paar Tage mit dem Abschicken, da er hoffte, dass sie doch ohne Aufforderung kommen würde. Doch auch in den nächsten Tagen kam sie nicht zu ihm ans Krankenbett. In letzter Verzweiflung gab Duke dann seiner Mutter den Brief mit, damit sie ihn bei Holly abgab.

***

Zwölf Tage waren vergangen, seitdem er Gast dieser sterilen Einrichtung geworden war. Nur widerwillig nahm sein verletztes Bein an den ersten schmerzhaften Bewegungsübungen teil. Da Holly sich immer noch nicht meldete, beschloss er, sich auf die Reha zu konzentrieren. Jetzt war sein oberstes Ziel, wieder gesund zu werden, damit er fit genug war, um studieren zu können. Sein Leben musste er nun in die richtige Bahn lenken, mit oder ohne Holly. Der anfängliche Ärger über ihr Fernbleiben und seine ständigen Selbstzweifel, einen Grund für ihr Verhalten zu finden, langweilten ihn langsam. All die kindlichen Analysen, warum sie sich so verhielt, bremsten ihn in seiner Heilung.

Dann endlich, nach 22 Tagen, durfte er humpelnd und auf Krücken gestützt das Krankenhaus verlassen. Zwei Narben markierten nun den sonst makellosen Körper. Unglaublich, dass diese drei Wochen schon ausgereicht hatten, ihm das Gefühl zu geben, wieder so schwächlich zu sein wie zu dem Zeitpunkt, als er angefangen hatte zu trainieren. Er verdrängte die negativen Gedanken aus seinem Kopf. Von nun an beabsichtigte er nur noch positiv zu denken. Die Zeit des Rumjammerns war vorbei.
Seine Eltern fuhren ihn nach Hause. In all der Zeit im Krankenhaus hatten sie nie nach dem Grund gefragt, was ihn dazu bewogen hatte, so eine große Dummheit zu begehen. Das Thema war erledigt. Anscheinend waren sie nur froh, dass er mit einem blauen Auge davongekommen war. Gut für ihn, denn er hatte in keiner Weise vor, sich zu entschuldigen.
Duke war nie von seinem Elternhaus weg gewesen. Umso mehr war er von dem Geruch überrascht, der beim Betreten des Hauses auf ihn einstürmte. Der Krankenhausaufenthalt mit seiner sterilen Umgebung musste ihn entwöhnt haben. Nie zuvor hatte er sein Haus mit einem für ihn typischen Eigengeruch verbunden. Seltsam, dass gerade dies der erste Eindruck war, den er empfand. Jeder andere wäre froh gewesen, wieder in seinem eigenen Bett zu schlafen oder das gewohnte Essen vorgesetzt zu bekommen. Ihm kam es fast fremd vor, wieder zurück zu sein.
»Ich habe dir für heute dein Lieblingsessen gekocht«, sagte seine Mutter. »Du bist ja vollkommen abgemagert im Krankenhaus.«
»Mom, da freue ich mich aber wirklich über diese tolle

Überraschung«, antwortete Duke und meinte es an diesem Tag einmal ehrlich.
Das Krankenhausessen war wirklich nicht gerade der Kracher gewesen, aber letztlich wollte er sich darüber auch nicht beklagen. Alles hätte viel schlimmer kommen können.

***

Neben den Routineuntersuchungen stand seine Reha im Mittelpunkt seiner Aktivitäten. Trotz großer Schmerzen machte er gute Fortschritte. Er würde wieder der Alte werden, daran hatte er keinen Zweifel mehr. Zwei Wochen, nachdem er das Krankenhaus verlassen hatte und gerade von der Reha gekommen war, fand er auf dem Küchentisch einen Brief. Es war unverkennbar die Handschrift von Holly. Er setzte sich langsam auf den Stuhl und schaute auf den Absender. Australien? Tatsache, die Briefmarke bestätigte es. Warum schrieb sie ihm aus Australien? Neugierig öffnete er den Brief und fing an zu lesen. Seine Schultern senkten sich beim Lesen immer weiter nach unten, denn zu seinem Unglauben musste er erfahren, dass sie an dem Tag, als er ins Camp fuhr, mit ihren Eltern nach Australien geflogen war. Sie schrieb ihm emotionslos, dass ihr Vater von seiner Firma nach Australien geschickt worden war. Ihre Eltern hatten ihr vorher nichts von dieser Neuigkeit erzählt, damit sie sich nur auf ihre Prüfung konzentrieren konnte. Es sollte eine Überraschung für sie sein. Duke blickte vom Brief hoch. Warum denken denn alle Eltern, sie müssten ihre Kinder überraschen? Er konnte nicht glauben, was er gerade gelesen hatte. Holly befand sich auf der anderen Seite der Erde. Nachdem er stumm in sein Zimmer verschwunden war, ging er zu seinem Globus und drehte diesen, bis er Australien vor sich hatte. Er legte den Brief beiseite. Kein Wort von ihr, dass er ihr fehlte. Im Gegenteil, sie beschrieb, wie aufregend alles sei und was für tolle Möglichkeiten jetzt hier auf sie warten würden. Sie hatte nicht einmal eine Telefonnummer angegeben oder ein Foto von sich mit hineingelegt. Aus den Augen, aus dem Sinn. So schnell. Duke fühlte sich schon so erwachsen, doch er musste feststellen, dass er mit dieser Situation nicht so recht klarkam und er wie ein Teenager reagierte. Was sollte er denn jetzt machen? Es so hinnehmen und sie vergessen? Ein einziger Kuss war ja nicht das, was man als feste Beziehung bezeichnen konnte. Und der Ring? Er hatte ja selbst erklärt, dass es ein Freundschaftsring wäre. Duke zerknüllte den Brief und warf ihn in den Papierkorb, um ihn 30 Sekunden später wieder herauszuholen. Traurig glättete er ihn, um ihn anschließend in die Schublade vom Nachttisch zu legen. Im Augenblick wollte er nicht weiter darüber nachdenken. Duke stand auf, ging zum Fenster und schaute zum Hang hinüber. Unglaublich, noch vor wenigen Wochen dachte er, dass er dort im Wald sterben würde. Er ging zurück und holte den Brief wieder hervor, um ihn noch einmal zu lesen. Duke war einfach nur enttäuscht. Doch worüber eigentlich? Ihr konnte er keine Vorwürfe machen, besser konnte es für sie doch nicht kommen. Raus aus dem Kaff Keene, das hatten sie ja eh vor. Bei ihr ging es halt schneller als erwartet. Und je länger er darüber nachdachte, desto mehr wechselte seine Stimmung von Traurigkeit zu einer gewissen Freude für sie. Heute konnte er keinen klaren Gedanken mehr fassen, um ihr einen netten Brief zu schreiben. Er würde ihr antworten, aber nicht jetzt. Zum zweiten Mal packte er den Brief von ihr in die Schublade, wo er diesmal auch blieb.

KAPITEL 10

Schon lange bevor die ersten Prüfungen begannen, hatte er sich um einen Studienplatz an der Antioch University New England beworben. Er wurde ohne Probleme angenommen, sein Notendurchschnitt war zu gut, als dass er sich hätte Sorgen machen müssen. Aber wenn Duke gewusst hätte, dass Holly nicht in Keene bleiben würde, hätte er sich an einer anderen Uni und in einer anderen Stadt beworben. Nun war er dazu verdammt, in Keene zu studieren. All seine Pläne hatten sich um Holly gedreht, aber nun musste er sich neu orientieren, sich neu finden.

Duke hatte Glück, seine Verletzung heilte besser als erwartet und somit konnte er wie ursprünglich geplant mit seinem Studium beginnen. Er hatte sich für zwei Hauptfächer entschieden, die beide seinem Hobby sehr entsprachen: Computer Science und, als zweites Fach, Criminal Justice Studies, wobei hier der Schwerpunkt auf Kriminologie lag. Da Duke in Keene studierte, musste er nicht in ein Studentenwohnheim ziehen. Er bedauerte es in keiner Weise. Vielmehr mochte er es, für sich zu sein, speziell in der Nacht, wo er sich nicht mit irgendeinem neuen Timmyjimmy ein Zimmer teilen musste.

***

Es dauerte fast vier Wochen, bis er sich die Zeit nahm, einen Brief an Holly zu verfassen. Lange blickte er auf das leere Blatt Papier. Wie sollte er anfangen? Ihr gestehen, dass er sie liebte? Oder war das ein wenig zu ehrlich? Sie fehlte ihm, keine Frage, doch realistisch gesehen war alles nur eine Verliebtheit. Das

Wort „Liebe" war vielleicht ein wenig zu hoch angesetzt, zu pathetisch und wahrscheinlich ohnehin nur einseitig. Und so schrieb er ihr einen netten Brief voller höflicher Glückwünsche für das neue Abenteuer in Australien und mit dem Versprechen, in Kontakt zu bleiben. Er verabschiedete sich mit den Worten, dass sie sich sicherlich wiedersehen werden, auch wenn er im Innersten wusste, dass es nur Wunschdenken war.

***

Nachdem sein Plan funktioniert hatte und alle Dummbirnen beseitigt waren, stellte er fest, dass ihm jetzt etwas fehlte. Die letzten zwei Jahre hatten sich ja hauptsächlich um die perfekten Verbrechen gedreht. Doch Verbrechen war hier das falsche Wort, dachte er sich. Für ihn war es reine Vergeltung gewesen – Auge um Auge, Zahn um Zahn. Er sah sich auch nicht als Verbrecher, also waren es auch keine Verbrechen. Es waren Unfälle, mehr nicht. Mit Holly auf der Bildfläche wurde sein Interesse in eine neue Richtung gelenkt, er hatte das Verliebtsein entdeckt. Mit ihrem Verschwinden klaffte nun eine Lücke. Duke hatte gehofft, dass sie noch einmal antworten würde, doch sein Warten wurde nicht belohnt. Die „Akte Holly" musste nun wohl geschlossen werden.

Duke verbrachte eine Menge Zeit in der Universitätsbibliothek. Die war so viel größer als die öffentliche Stadtbibliothek, was dazu führte, dass er eines Tages durch Zufall ein Buch über Hypnose in der Hand hielt. Er war sofort fasziniert und je mehr er über Hypnose lernte, desto intensiver fragte er sich, wie weit man Menschen wirklich beeinflussen konnte. Da er an der Uni offiziell online gehen konnte, war es für ihn einfach, sich im Darknet aufzuhalten. Er lud sich einige Videos herunter, die spezielle Techniken vorstellten, wie man Menschen zu Hampelmännern machen konnte. In allen Büchern und Videos wurde erklärt, dass man niemanden zu etwas zwingen könnte, was derjenige nicht selber wollte. Das war schon einmal eine Behauptung, die er zu gerne widerlegen würde. Je mehr er sich in das Thema vertiefte, umso größer wurde sein Interesse. Wie ein Zauberer könnte er jemanden manipulieren, jedenfalls theoretisch. Praktisch hatte er ja noch keine Erfahrung. Das Leben an der Uni gefiel ihm. Er lernte vollkommen neue Leute kennen, aber er unterhielt nur eine oberflächliche Freundschaft mit einigen Wenigen. Wenn es darum ging abzufeiern, hielt er sich meist im Hintergrund. Doch ab und zu ging er auf Partys. Er fand, dass es eine gute Gelegenheit war, um Leute zu studieren, wie sie in bestimmten Situationen tickten.

Vier Monate nach seinem Unfall war Duke wieder komplett hergestellt. Drahtig wie vorher und mit einem guten Gefühl war er vollkommen im Studentenleben angekommen. Halloween stand bald vor der Tür, Party pur und er freute sich darauf. Duke wollte sich den Spaß machen, einige Tricks der Hypnose einmal auszuprobieren. Verborgen hinter einer Maske, als Zombie verkleidet, würde er aussehen wie zig andere Studenten auch, die zur Party gehen würden. Die Zeit, mit einem Fahrrad durch Keene zu radeln, war nun langsam vorbei. Mit der Uni musste er auch mobiler werden. Er schaffte es bis Halloween seinen Führerschein zu machen, denn das Letzte, was er wollte, war als Zombie auf einem Fahrrad zu sitzen. Für sein bevorstehendes Hypnoseexperiment hatte er ein kleines Programm vorbereitet, das er für sein Tablet so anpasste, dass ein Farbspiel erscheinen würde, bei dem die Farben in einer Endlosschleife ineinander verlaufen, um im Gehirn eine Unendlichkeit zu erzeugen. Bei seiner Informationssuche hatte er herausgefunden, dass es wichtig war, eine gewisse Stimmung zu erzeugen, um Einfluss nehmen zu können auf die zu hypnotisierende Person. Nichts wäre einfacher, als jemanden auf sein Smartphone oder Tablet glotzen zu lassen, um das Eis zu brechen. Doch wen sollte er sich auf der Halloweenparty aussuchen? Schon vom ersten Tag an war ihm auf dem Campus derselbe obercoole Typ aufgefallen, der bei jeder Gelegenheit mit seinem Ford Mustang angeben musste. Mit so einem Wagen war es natürlich einfach, den Obermacker zu mimen. Und die Campusschönheiten schienen auf diesen billigen Trick abzufahren, den Billy B. hier abzog. Eventuell war er der Erste auf seiner Liste, mit dem er sein neues Hobby ausprobieren sollte.

***

Zwischenzeitlich verfeinerte Duke sein Hypnoseprogramm immer mehr. Doch seit dem letzten Selbstversuch am Computer stellte er das Programm auf 15 Minuten Laufzeit ein. Er wollte vermeiden, erneut über vier Stunden regungslos vor dem Bildschirm zu sitzen, bis ihn der leere Akku wieder aus der Trance erlöste. Begeistert, wie gut es bei ihm klappte, wollte er es noch einmal in der Praxis testen, bevor er es auf der Party ausprobieren würde. Wer wäre hierfür besser geeignet als seine Mutter, dachte sich Duke. Und er hatte auch schon eine Idee, was er mit ihr anstellen könnte.

»Mom, hast du kurz Zeit für mich?«, fragte er sie, als er zu ihr in die Küche ging.

»Was gibt es denn, mein Großer? Ich trinke gerade meinen Kaffee und schneide Coupons aus«, erklärte sie ihm schon angesäuert, ohne den Blick von ihrer Zeitschrift zu nehmen.

Duke zog sein Tablet hervor und hielt ihr das Display hin.

»Schau dir doch einmal das neue Spiel an, das ich programmiert habe. Eventuell ist es was für dich.«

Er schaltete das Programm an und sie starrte wortlos auf den Bildschirm. Nachdem er einige Minuten ruhig auf sie eingeredet hatte und er das Gefühl bekam, dass sie bereit wäre für eine Botschaft, zögerte er kurz. Doch dann wischte er lächelnd alle Bedenken beiseite.

»Wenn ich das Wort „Kuchen" sage, wirst du zum Supermarkt fahren und einen Cheesecake kaufen. Wenn ich jetzt den Bildschirm ausschalte, wird nur noch die Botschaft in dir schlummern.«

Duke schaltete den Bildschirm ab und beobachtete sie genau. Jetzt war er gespannt, was passieren würde. Als wäre nichts geschehen, nahm sie die Tasse in die Hand und trank ihren Kaffee weiter.

»So, was wolltest du denn nun?«, fragte sie ihn.

»Haben wir noch Kuchen im Haus?«, fragte er mit einem unschuldigen Blick.

Duke bekam eine Gänsehaut und konnte kaum glauben, was dann geschah. Wortlos stellte sie ihre Tasse ab und ging aus der Küche. Sekunden später hörte er einen Motor starten und sah, wie sie aus der Garage fuhr. Cool, dachte Duke, heute gibt es Cheesecake. Er hatte etwas ausgesucht, was sie normalerweise zutiefst ablehnte. Wahnsinn, was gerade abging. Er war zufrieden, als er hörte, wie sie davonfuhr. Jetzt war er sich sicher, dass er sein Hypnoseprogramm auf der Party ausprobieren würde.

***

Ein paar Tage später konnte nun endlich sein großes Experiment beginnen. Mit seinem neuen Führerschein in der Tasche fuhr er geschminkt und im Zombiestyle mit der Familienkutsche zur Party. Das Fest wurde jedes Jahr für die Studenten von den Lehrern selbst veranstaltet in der Hoffnung, wenigstens halbwegs die Kontrolle zu behalten und Alkohol und Drogen auf ein Minimum zu reduzieren. Was natürlich unmöglich war, denn wer das Zeug hatte hier zu studieren, bei dem war auch genug graue Masse vorhanden, mächtig auf die Pauke zu hauen. Und wie er es sich gedacht hatte, war er genauso verkleidet wie der Großteil der Studenten. Selbst ihm fiel es schwer, jemanden in der Masse der Fantasieverkleidungen zu identifizieren.
Duke dachte sich, dass es schwierig werden würde, Billy B. unter all den anderen Horrorgestalten zu erkennen. Daher fuhr er ein wenig früher zur Party, um zu sehen, wann Billy B. mit seinem Mustang vorfuhr. Als Piratenzombie verkleidet, stieg dieser selbstverliebt aus seinem Mustang aus, im Schlepptau eine Zombie Krankenschwester. Duke musste sich keine Mühe geben, sich zu verstecken. Er folgte den beiden einfach und hielt dann wieder genügend Abstand, wenn Pirat Billy B. einen seiner Kumpel begrüßte. Seine gruselig aussehende Krankenschwester sah trotz der Verkleidung hinreißend aus. All die Schminke konnte ihre wahre Schönheit nicht verdecken, im Gegenteil, es machte sie fast noch schärfer. Alle Girls hier sahen heute ein wenig verruchter aus. Wenn so einmal die Apokalypse aussehen würde, dann freute er sich jetzt schon darauf. Er konnte sich nicht erinnern, sie hier auf dem Uni-Gelände schon einmal gesehen zu haben. Das sollte ein interessanter Abend werden, dachte er sich voller Vorfreude.

Und das wurde es in der Tat, denn nach gut drei Stunden war Billy B. gut gehend angeglimmert. Als dieser wieder einmal das Klo ansteuerte, sah Duke seine Chance. Er hatte beobachtet, dass er mit Billy B. alleine in der Toilette sein konnte, wenn er jetzt die Initiative ergriff und hinterhergehen würde. Sekunden, nachdem Billy B. auf dem Klo verschwunden war, trat Duke in die stinkende Katakombe und schloss hinter sich die Tür. Dann schob er sein Taschenmesser unter die Tür, um diese zu blockieren. In aller Ruhe stellte er sich ans Waschbecken und wartete dort, dass der Piratenzombie fertig wurde.

Dieser torkelte kurze Zeit später mit einem Tunnelblick aus der Pinkelecke und steuerte geradewegs den Ausgang an, als Duke ihn ansprach: »Sorry Alter, aber ist das hier dein Tablet?«

»Waaas?«, fragte Billy B. versoffen.

»Ich habe hier das Teil gefunden und ich dachte, es wäre von dir«, sprach Duke mit sehr leiser Stimme.

Billy B. schaute ihn fragend an und dann wanderte sein Blick auf den Bildschirm. Sofort schaltete Duke das Display ein und startete sein Hypnoseprogramm. Billy B. rieb sich kurz die müden Augen und glotzte danach, ohne zu zwinkern, auf den kleinen Bildschirm. Duke redete mit sanfter Stimme auf ihn ein. Die Party war vergessen, es gab jetzt nur noch zwei Zombies: einen, der wie ein kleines Reh auf der Fahrbahn ins gleißende Licht schaute und einen Oberzombie mit der Magie der Hypnose. Jetzt konnte er nur hoffen, dass niemand an die Tür trommeln und so diesen ersten Versuch unterbrechen würde. Konzentriert sprach Duke auf Billy B. ein und bemerkte zunehmend, wie dieser sich entspannte und in tiefe Trance abrutschte. Duke hatte das Gefühl, dass Billy B. bereit war.

»Du musst jetzt nicht mehr pinkeln, deine Blase ist vollkommen leer. Du bist aber noch sehr durstig. Bevor die Party vorbei ist, wirst du deine Begleiterin zum letzten langsamen Tanz auffordern. Während des Tanzens wirst du deine Blase entleeren, ohne etwas dagegen unternehmen zu können. Erst dann wirst du aus der Hypnose aufwachen. Wenn ich jetzt den Bildschirm ausschalte, wirst du dich nicht mehr an mich erinnern. Du zählst bis zwanzig, gehst hinaus und wirst dich betrinken.«
Duke schaltete das Tablet aus, bückte sich, um das Taschenmesser an sich zu nehmen und mischte sich anschließend wieder unter das Partyvolk. Das Ganze hatte keine sechs Minuten gedauert und Duke hatte dabei einen irren Spaß gehabt. Alles hatte besser geklappt, als er es erwartet hätte. Er wusste aber nicht, ob er tief genug in das Bewusstsein von Billy B. eingedrungen war und dessen Programmierung ausreichte. Aber darauf kam es gar nicht an. Sein Programm jedenfalls hatte funktioniert, was für sich schon ein voller Erfolg war.
Er beobachtete den Piratenzombie, wie er zu seinen Freunden trottete. Es war ihm nicht anzumerken, dass er unter Dukes Hypnose stand. Bisher hatte er sich vollkommen normal verhalten. Angeberisch, vorlaut und mit einem zu großen Durst ging die Party für Billy B. weiter. Keine zwei Stunden später wurde zum letzten Tanz aufgerufen. Wie verwandelt ging Billy B. zu seiner Zombiebraut, um sie zum Tanz aufzufordern. Duke machte einen langen Hals, damit er genau beobachten konnte, was nun passieren würde. Kurz nachdem beide die ersten langsamen Drehungen hingelegt hatten, blieb Billy B. wie angewurzelt stehen und schaute an sich hinunter. Die Tanzbraut machte erschrocken einen Schritt rückwärts und signali-

sierte damit Duke, dass er erfolgreich war. Peinlicher konnte es nicht werden. Duke verließ die Party mit einem breiten Grinsen. Der perfekte Abend.

***

Natürlich war Billy B. am nächsten Tag das Gesprächsthema unter den Studenten. Wer ihn nicht live mit nasser Hose gesehen hatte, der bekam den Bildbeweis ungefragt auf das Handy. Duke wollte sich nicht vorstellen, wie der sich gerade fühlte. Da es so gut funktioniert hatte, den Oberbully dazu zu bringen, sich in aller Öffentlichkeit nass zu machen, fragte sich Duke nachdenklich, was noch alles mit Hypnose möglich wäre. Je länger er darüber nachdachte, desto mehr Möglichkeiten sah er. Duke konnte in den folgenden Tagen beobachten, wie unpopulärer Billy B. wurde. Er war das Gespött aller, ein zweibeiniger Mittelfinger, dem man aus dem Weg ging. Am Ende der Woche sah er ihn alleine auf einer Parkbank sitzen. Niemand wollte wohl mehr etwas mit ihm zu tun haben. Schon seltsam, dachte sich Duke, wie schnell Menschen einen fallen lassen, sobald man nicht mehr ins gesellschaftliche Schema passte. Ohne lange zu zögern, setzte er sich frech neben Billy B.. Der schaute verwundert zu ihm herüber und nickte.

Duke hob grüßend die Hand, schaute sich um und fragte: »Sag mal, kennst du die Braut hier? Ich habe sie bei Facebook gefunden.«

Billy B., höchst erfreut, dass sich mal jemand wieder mit ihm unterhielt, rutschte näher auf der Bank zu Duke heran, der sein Hypnoseprogramm in dem Moment startete, als Billy B. interessiert darauf schaute. Wie die Woche zuvor glotzte dieser auf das Farbenspiel, das ihn geistig einfrieren ließ. Duke konnte es

kaum glauben, dass er ihn schon wieder an der Angel hatte. Bevor er anfing, ihn zu hypnotisieren, schaute Duke sich ein weiteres Mal um, ob sie jemand beobachtete. Doch niemand war in der näheren Umgebung. Er sprach leise einige magische Worte, um Billy B. auf die Reise zu schicken. Bei dem gewagten Open-Air-Experiment, jemanden eine Botschaft einzupflanzen, stand Duke etwas unter Druck, was ihn veranlasste, sich noch mehr auf seine Wortwahl zu konzentrieren. Tatsächlich benötigte er zwei Anläufe, um den Hosennässer für die entscheidende Suggestion in den notwendigen Trancezustand zu bekommen. Nach dem letzten einlullenden Satz holte Duke tief Luft und erklärte: »Du bist ein Verlierer, keiner mag dich mehr und jeder lacht über deinen alten Mustang. Es ist besser, wenn du ihn verkaufst. Sobald sich jemand vorstellt, der sich Duke nennt, wirst du ihm den Wagen für 500 Dollar verkaufen. Wenn ich jetzt den Bildschirm ausschalte, setzt du dich in dein Auto und fährst nach Hause. Du wirst dich nicht mehr an mich erinnern.«
Duke löschte den Bildschirm und nutzte die Sekunden, bis Billy B. wieder klar war, um sich von ihm zu entfernen. Der Plan war gut, bald ein eigenes Auto zu besitzen, fehlten nur noch die 500 Dollar.

***

Er erledigte zwei Wochen lang ein paar Jobs und verkaufte sein Fahrrad. Dann, an einem Freitag, wartete Duke auf dem Parkplatz der Uni am Mustang des Hosennässer. Er lehnte sich lässig gegen den Wagen, um gleich einmal Stress zu provozieren, damit er einschätzen konnte, wie Billy B. reagieren würde. Und er wollte sehen, wie weit er mit ihm gehen konnte. Alles war ein Test, alles war ein Studium, um zu sehen, wie Leute sich in solchen Situationen verhielten. Schon von Weitem konnte Duke erkennen, dass sich bei Billy B. die Schrittgeschwindigkeit erhöhte, als er sah, dass Duke seinen Wagen berührte. Seine Körpersprache war unverkennbar. Mit gerunzelter Stirn und erhobenen Mittelfinger lief er geradewegs auf ihn zu. Duke hatte keine Zweifel, dass Billy B. dachte, jemanden gefunden zu haben, an dem er seinen aufgestauten Frust ablassen könnte. Duke war gespannt, denn genau in dieser Situation würde sich zeigen, ob nach fast drei Wochen die unbewusste Botschaft immer noch in ihm verankert war.

»Hey, du Freak, was fällt dir ein, dich einfach an meinen Wagen zu lümmeln? Willst du Stress und eine aufs Maul?«

Duke konnte deutlich den leichten Schaum in Billy B.s Mundwinkeln erkennen und er bemerkte, dass jetzt nur ein falsches Wort reichte, um ihn ausrasten zu lassen.

»Ich bin Duke und möchte dein Auto kaufen«, sagte er und lächelte entwaffnend.

Die Schultern von Billy B. rutschten herunter, seine Hände öffneten sich und ein leises „500 Dollar" kam aus seinem Mund.

»Gut, dass ich das Geld und auch einen Kaufvertrag bei mir habe«, sagte Duke und hielt ihm diesen zusammen mit einem Kugelschreiber vor das Gesicht.

Fünf Minuten später saß Duke in seinem neuen Mustang, der locker das Zwanzigfache wert war, und machte sich auf den Weg nach Hause. Er lachte sich schlapp. Den linken Arm locker aus dem Fahrerfenster hängend, fühlte er sich mit einem Mal wie „The King of the World". Das erste Herbstlaub wirbelte zur Seite, als er Gas gab. Mal schauen, was gerade im Radio läuft, fragte er sich, als er den Sendersuchlauf drückte.

Seine Eltern schauten nicht schlecht, als er mit dem Mustang vorfuhr. Er musste ihnen mehrfach versichern, dass er ihn nicht geklaut hatte, und selbst der Kaufvertrag wollte sie anfangs nicht so recht überzeugen. Für Duke war das Thema nach einer kurzen Diskussion erledigt. Leider nicht für den Ex-Piraten, als dieser ohne Auto nach Hause kam. Dessen Eltern waren mehr als sauer, als er ihnen beichtete, dass er seinen Wagen verkauft hatte. Auch wenn es kein Neuwagen war, hatte es sie einige finanzielle Anstrengungen gekostet, um Billy B. den Wagen zum Semesteranfang zu schenken. Dieser konnte nicht wirklich erklären, was ihn dazu veranlasst hatte, den Wagen zu verkaufen oder eher gesagt, fast zu verschenken, als er von ihnen zur Rede gestellt wurde. Das war bereits die zweite Peinlichkeit, die ihm passierte. Jetzt hatte er komplett sein Gesicht verloren, denn seine Eltern mussten ihn nun zur Uni fahren.

***

Am Montag fuhr Duke stolz zur Uni. Er konnte direkt fühlen, wie jeder ihn ansah. Ein ungewohntes Gefühl für ihn, da er sonst immer unter dem Radar bleiben wollte. Doch auch diese Erfahrung war wichtig und in gewisser Weise genoss er es. In dem Moment, als er aus seinem neuen Wagen steigen wollte, bemerkte er, dass es dunkler wurde. Auf der Fahrerseite stand jemand und dieser jemand öffnete seine Tür. Zu seiner Überraschung stand Billy B. vor ihm.

»Ich will meine Karre wiederhaben«, rief er aufgeregt aus.

Diese Situation hatte Duke nicht vorausgesehen.

»Hast du mich nicht gehört? Du gibst mir meinen Mustang zurück!«, brüllte er schon fast.

Duke stieg langsam aus, ohne etwas zu sagen, schloss den

Wagen ab und war im Begriff zu gehen. Billy B. stellte sich ihm in den Weg. Duke erkannte, wie dieser aufgebracht und kurz vor dem Durchdrehen war. Er hatte keine Angst vor ihm, obwohl Mr. Blasenschwäche einen Kopf größer war als er selbst.
»Hier sind die 500 Dollar. Wir machen den Verkauf rückgängig«, sagte Billy B. jetzt in einem ruhigeren Ton.
Dabei wedelte er mit ein paar grünen Scheinen vor Dukes Gesicht. Duke öffnete langsam seinen Rucksack und griff nach dem Tablet, doch dann entschied er sich dagegen. Er wollte diese Situation nicht mit Hypnose klären. Langsam zog er seine Hand wieder heraus und verschränkte provozierend die Arme vor der Brust.
»Nein«, sagte Duke, »du hast mir den Wagen verkauft und du bekommst ihn nicht wieder.«
»Hast du mich nicht verstanden? Du gibst mir jetzt sofort meinen Mustang zurück!«, wiederholte er erneut seine Worte, als wenn er damit mehr Erfolg bei Duke haben würde.
Billy B. baute sich jetzt bedrohlich vor ihm auf. Duke blieb unbeeindruckt stehen. Andere Studenten bemerkten den aufziehenden Sturm, der sich hier ankündigte und verlangsamten ihre Schritte, bis sie in einiger Entfernung stehen blieben, um zu sehen, wer hier gleich ein paar blaue Augen bekam. Die ersten Schaulustigen zückten sensationslustig ihre Handys und fingen an, das Geschehen zu filmen. Duke sah gegen Billy B. körperlich unterlegen aus, doch das war nur der äußere Schein, das, was andere sahen. Wenn es handgreiflich werden würde, da war Duke sich sicher, würde er ihn platt machen. Doch wollte er das? Duke musste sich entscheiden. Er wollte unbedingt vermeiden, dass diese Szene hier ein YouTube-Hit wurde.

»Du hast mir den Wagen verkauft. Du bekommst ihn nicht wieder. Keine Chance!«, antwortete er in einem selbstbewussten Ton und ging an Billy B. vorbei.
»Wir sind noch nicht fertig!«, brüllte dieser mit der Faust drohend.
Duke hörte die Worte und war sicher, dass hier doch noch Ärger in der Luft hing, den er nicht vorausgesehen hatte.
»Und ihr scheiß Gaffer verpisst euch!«, brüllte Billy B. die Schaulustigen an.

***

Der Tag verging wie im Fluge. Duke hatte keine Ahnung, was er heute eigentlich gelernt hatte. Sicher nichts, da er sich nicht erinnern konnte, was überhaupt Thema gewesen war. Gedanklich war er nur mit dem Problem Billy B. und dem Mustang beschäftigt, was ihm mehr Kopfschmerzen bereitete, als er erwartet hatte. Eine Rückgabe war definitiv ausgeschlossen, das hieße ja Kapitulation. Doch von alleine würde sich diese Situation auch nicht auflösen, stellte er fest, als er in Gedanken seine Sachen einpackte, um sich auf den Weg zur Bibliothek zu machen. Er schwankte zwischen der Entscheidung, ihm noch eine weitere Hypnose zu verpassen oder ihm besser einen körperlichen Denkzettel zu geben. Gesellschaftlich lag Billy B. ja schon am Boden nach seiner Blasenschwäche. Doch das Letzte, was Duke wollte, war, ihn zum Feind zu haben. So etwas würde auf lange Sicht nur Ärger bringen und ungewollte Aufmerksamkeit auf Duke lenken. Doch wie sollte er aus dieser Nummer wieder herauskommen? Nachdem er sich in der Bibliothek ein wenig abgelenkt hatte, kam ihm erneut die Frage in den Sinn, was er mit Billy B. machen sollte. Vollkommen in Gedanken

vertieft lief er über den Campus zum Parkplatz. Doch noch bevor er diesen erreichte, versperrte ihm Billy B. erneut den Weg. Dieser hatte sich zwei Kumpel zur Verstärkung mitgebracht und glaubte wohl, ihn damit einschüchtern zu können. Wahrscheinlich ebenfalls ein paar Bettnässer, dachte Duke belustigt. „Gleich und Gleich gesellt sich gern", war schon immer seine Meinung.
»Okay, du Punk, du gibst mir jetzt den Wagen wieder! Ich habe die Faxen dicke. Das Dummgelaber hat hier ein Ende. Wenn du weiter Stress machst, ist dein nächstes Gefährt ein Rollstuhl.«
Lachend drehte er sich zu seiner Verstärkung um, als wolle er sich eine Bestätigung abholen, wie cool er war. Duke nutzte diesen kurzen Moment, um sich zu vergewissern, dass keine weiteren Studenten in der Nähe waren und änderte leicht seine Körperhaltung, um einen festen Stand zu haben. In dem Augenblick, als Billy B. wieder seine Aufmerksamkeit auf ihn richtete, holte Duke mit voller Kraft aus und entlud einen kraftvollen Punch auf den unteren Teil des Brustkorbs seines Gegners. Billy B. blieb die Luft weg und knickte sofort ein. Vor Duke kniend, hielt er sich die Hände an die getroffene Stelle und japste nach Luft. Die Verstärkung schaute sich gegenseitig verblüfft an und bewegte sich nicht. Duke beugte sich langsam herunter zu Billy B., bis er ganz nah an seinem Ohr war.
»Hier trennen sich unsere Wege, Pissbirne. Kommst du mir noch einmal in die Quere, bist du es, der hier mit dem Rollstuhl über den Campus heizt.«
Duke erhob sich langsam und schaute die beiden Hilfssheriffs an. Dann ging er an ihnen vorbei zu seinem Wagen und fuhr davon. Das war nicht, was er gewollt hatte, aber alles besser als

eine sinnlose Prügelei mit drei Schwerverletzten und zu vielen Fragen ohne Antworten. Er konnte nur hoffen, dass Billy B. genug gedemütigt war und nun endlich Frieden geben würde. Doch im Innersten wusste Duke, dass es nur die erste Runde war, die er gewonnen hatte. So wie ein Pirat, der erst aufgibt, wenn er am Galgen hängt, hatte er hier die Befürchtung, dass er den Ex-Piraten wiedersehen würde und ein weiterer Kampf angesagt war. Doch Duke war entspannt. Für jeden Schritt, den der Hosennässer als Attacke vorhatte, würde er eine passende Antwort für ihn haben. Und sollte es zu nervig werden mit ihm, ja dann würde Billy B. eben einen Unfall haben. Er hatte seinen Rachefeldzug eigentlich beendet, doch in letzter Instanz hätte er keine Bedenken, ihn so zu stoppen.

***

Die nächsten Tage blieben ruhig. Billy B. machte keinen weiteren Versuch, ihn zu belästigen. Duke vertraute jedoch nicht darauf, dass der Pirat zum Priester geworden war. Er investierte ein wenig seiner Freizeit, um zu erfahren, wer Billy B. eigentlich war und wie er so tickte. Zuerst schaute er nach, was er online über ihn finden konnte. Dessen Facebook Seite war voll mit Selfies, im Fitnessstudio, beim Bowling und natürlich endlose Bilderreihen mit dem Mustang. Eine sinnlose Aneinanderreihung von Selbstdarstellungen, so wie beim Großteil aller Nutzer dieser sozio-medialen Plattformen. Also nichts, was Duke wirklich informativ fand. Das Einzige, womit er etwas anfangen konnte, war der angegebene Wohnort: Leyden.

Leyden war eigentlich kein richtiger Ort und lag eine knappe Stunde von Keene entfernt. Genau genommen war es nur eine Durchfahrtsstraße mit ein paar Häusern. Persönlich konnte er sich nicht erinnern, da schon einmal durchgefahren zu sein. Er öffnete auf seinem Tablet Google Maps, zoomte in den Ort hinein und erkannte, dass es zu auffällig wäre, dort mit dem Mustang herumzufahren, um ein paar Erkundungen von der Umgebung einzuholen. Duke verabschiedete sich von der Idee, ihm nachzustellen. Solange Billy B. Ruhe gab, würde er sich darauf konzentrieren, unauffällig sein Campusleben zu genießen. Wahrscheinlich musste er einfach spontan reagieren, sollte eine weitere Bedrohung von Billy B. ausgehen.

***

Es war schon irre zu sehen, in was für einer aufregenden Zeit er lebte und was es für Möglichkeiten gab. Wenn er sich auf seinen Dachboden zurückzog und das alte Zeug betrachtete, stellte er nicht zum ersten Mal fest, wie einfach das heutige Leben war. Egal, ob er eine Zeitung las, Nachrichten online durchstöberte oder auch nur gleich zwei Stockwerke tiefer seinen Eltern zuhörte. Jeder stöhnte, wie schwer doch alles ist und wie unfair das Leben im Allgemeinen wäre. Duke konnte bei solchem Gejammer nur den Kopf schütteln. Er nahm eine alte Petroleumlampe in die Hand und staubte diese ab. Wie selbstverständlich alles geworden ist, stellte er fest, als er diese betrachtete. Selbst er konnte sich kaum vorstellen, wie schwer es früher war, als man noch sein Essen erjagen musste oder so eine Lampe einmal die neueste Erfindung war. Er konnte sich nicht beklagen, er war mit allem zufrieden. Langsam legte er die Lampe wieder weg und widmete sich seinem Computer. Es wurde Zeit, all seine Aufzeichnungen, die er jemals über seine Opfer angelegt hatte, zu löschen. Ein letztes Mal schaute er seine Unterlagen durch und formatierte anschließend seine Memory Sticks.

KAPITEL 11

Der Herbst mit all seiner Schönheit war vorüber, der Winter kündigte sich an und schickte die ersten kalten Stürme als Vorboten. Umso mehr freute sich Duke über seinen Mustang. Er liebte diesen Wagen mit seinem unverkennbaren röhrenden Sound. Mit dem Mustang und einem zu leichten Lehrstoff fand Duke, dass es an der Zeit wäre, seine Aufmerksamkeit erneut dem weiblichen Geschlecht zu widmen. Doch als er auf den leeren Beifahrersitz schaute, wünschte er sich plötzlich Holly zurück. Irgendwie bekam er sie nicht so recht aus dem Kopf. Nach all den Monaten dachte er immer noch an sie und an den einzigen Kuss, den sie zusammen hatten. Holly hatte sich nicht mehr bei ihm gemeldet und auch online fand er nichts über sie heraus. Sie hatte wahrscheinlich anderes zu tun, als Zeit in sozialen Netzwerken zu verschwenden. Es war an der Zeit, sein verbeultes Verhältnis zur Romantik neu zu beleben. Bei der nächsten Party würde er ein wenig selbstbewusster auftreten und sich an so einen Rock heranmachen, um sein Singleleben zu beenden. Es konnte ja nicht so schwer sein, mit seinem Aussehen und Charme bei einem Girl zu punkten. Doch dieses Mal wollte er sich nicht wieder Hals über Kopf in jemanden verlieben.

Und die nächste Party kam schneller als erwartet. Keene bereitete sich auf den Jahreswechsel vor. Bevor sich Duke nach der Uni auf den Weg nach Hause machte, schlug er den Weg zur Mensa ein. Am Schwarzen Brett, so hörte er, sollten die besten Partys beworben sein und hier wollte er sich die coolste aussu-

chen. Er war überrascht, wie viele verschiedene Mottopartys angepinnt waren. Bisher war er der Meinung gewesen, dass der Jahreswechsel allein schon ausreichen würde, um Party zu machen.
Doch er musste feststellen, dass es wohl „in" war, ein bestimmtes Motto zu haben und dafür korrekt verkleidet zu erscheinen. Vertieft in sein Partystudium, bemerkte er plötzlich, dass sich ihm jemand von hinten näherte. Duke ging innerlich automatisch in Kampfmodus, um sich Sekunden später aber wieder zu entspannen. Leicht drehte er seinen Kopf. Neben ihm stand jemand mit Kurven, die nicht bedrohlich wirkten. Duke musste fast über sein Verhalten lachen.
Miss Kurvenmodel schaute ebenfalls zu den Werbeflyern und sprach ihn zu seiner Überraschung an: »So, auf welche Party gehen wir?«
»Wir?«, fragte Duke ein wenig verdutzt.
»Ja, oder hast du vor, lieber alleine zu feiern?«, fragte sie schon leicht provozierend.
Jetzt erst drehte sich Duke zu ihr um und betrachtete sie.
»Gefällt dir, was du siehst?«
»Entschuldige, ich wollte dich nicht so offensichtlich mustern. Ich war nicht vorbereitet, von so einer Schönheit angesprochen zu werden«, erwiderte Duke jetzt wieder mit einer selbstbewussten Stimme. »Es würde mich freuen, mit dir zu einer Party zu gehen. Welche würde dir gefallen?«, setzte er nach.
Sie lächelte ihn an, zauberte einen Kugelschreiber hervor, nahm seine Hand und schrieb ihre Telefonnummer darauf.
»Such uns eine nette Party aus und schreibe mir eine SMS. Ich liebe Überraschungen!«

Noch bevor sie den Satz beendet hatte, drehte sie sich um und verschwand. Duke blickte ihr fasziniert hinterher und konnte es nicht lassen, auf ihren hübsch wackelnden Hintern zu schauen. Träumte er oder hatte er gerade sein erstes Date an Land gezogen? Duke hatte sie noch nie hier an der Uni gesehen, doch sie sah nett aus. Nett, dachte er, wie kann man nur so steif sein? Sie sah absolut umwerfend aus, sie war der Hammer auf Stöckelschuhen.
Jetzt, als er sich die Nummer auf seiner Hand ansah, fiel ihm auf, dass er nicht einmal ihren Namen kannte. Wie seltsam doch das Schicksal manchmal mit einem spielte. Duke überlegte, welche Party es sein sollte. Was könnte ihr gefallen, fragte er sich. Sie war selbstsicher, keine Frage, gut aussehend und machte einen frechen Eindruck. Also durfte er keine zu steife Party wählen. Zu abgefahren wollte er es aber auch nicht haben und sich verkleiden, kam ebenfalls nicht in die Tüte. Zu romantisch wäre aber auch falsch. Dann hielt er den Flyer einer Band in der Hand. Der Veranstaltungsort in der alten Möbelfabrik hörte sich cool an und ihm gefiel, dass es keine extreme Mottoparty werden sollte. Ordentliches Feuerwerk wurde auch versprochen, also sollte da nichts falsch laufen. An der Uni hatte er sich noch schnell eingeloggt und sich die Webseite des Veranstalters angeschaut. Er fand ein Video der ihm unbekannten Gruppe, „Jimmy Gee & Band", und stellte fest, dass er eine gute Wahl getroffen hatte. Er bestellte online zwei Tickets und machte sich leichtfüßig und mit einem Lächeln im Gesicht auf den Weg nach Hause. Duke hatte mit einem Mal wieder so ein wunderschönes Bauchgefühl und war voller Vorfreude auf dieses unbekannte Girl, das die nette Frechheit besessen hatte, ihn anzusprechen.

Eine Stunde später befand er sich wieder in seinem Zimmer, holte sein Handy hervor und textete ihr: *„Hallo, süße Unbekannte. Es war eine Freude, dich kennenzulernen, obwohl ich noch nicht einmal deinen Namen kenne. Um das zu ändern, würde es mich freuen, wenn du mit mir zur Neujahrsparty gehen würdest. Da du Überraschungen magst, hole ich dich ab und wir fahren zusammen zur Party".*
Sekunden später erklang ein leises „Ping", was den Erhalt einer SMS ankündigte. Sie textete ihm eine Adresse mit einer Uhrzeit. Wow, war das aufregend, dachte sich Duke. Ohne es zu merken, war jeder Gedanke an Holly verschwunden. Jetzt gab es nur dieses unbekannte Mädchen, das ihn so keck und locker angesprochen hatte. Leider musste er noch zehn Tage warten, bis er sie wiedersehen würde. Zwischenzeitlich dachte er darüber nach, ob er ihr eine weitere SMS schreiben sollte, um ihr mitzuteilen, dass er sie gerne vorher treffen würde. Doch er verwarf den Gedanken. Er würde sich gedulden können.

***

Der Jahreswechsel stand vor der Tür. Die übertriebene Dekoration der Stadt stand im krassen Gegensatz zu der leeren Stadtkasse. Schließlich war die Stadt pleite, aber trotzdem wurden die Straßen auf Hochglanz poliert und ausgeschmückt bis zum Gehtnichtmehr, um für kurze Zeit von den alltäglichen Problemen abzulenken. Duke war es im Grunde egal, Show war eben alles. Er nutzte die Tage bis zur Party, um sich ein paar coole Klamotten zu bestellen. Duke hatte sich für die Party einen Spencer mit den passenden Schuhen ausgesucht. Damit sah er wahrscheinlich etwas ungewöhnlich für diesen Abend aus, doch er wollte ein wenig Klasse zeigen. Der erste Eindruck zählt immer, egal wo und wann. Er hatte Miss Telefonnummer nur kurz gesehen, doch er war sich sicher, wenn sie sich in Schale warf, dann durfte er neben ihr nicht verblassen.

***

Pünktlich wurden die bestellten Sachen geliefert und er probierte alles an. Duke sah nicht nur gut aus, er fühlte sich auch einen Inch größer, was nicht durch die neuen Schuhe kam. Wie er sich vor dem Spiegel hin und her drehte, fiel ihm auf, dass er zwar durch den Spencer edel aussah, aber irgendetwas vermisste er, um komplett zu sein. Dann hatte er es, ihm fehlte der richtige Duft. Sein Sport Deo wäre hier unpassend, da musste etwas Besseres her.

Wieder in normalen Klamotten saß er fünf Minuten später im Mustang und röhrte ins Shopping Mall. Kurz schlauchte er sich bei seiner Mutter im Geschäft einen Kaffee und machte sich kurze Zeit später wieder auf die Socken, um vier Läden weiter in eine der besten Parfümerien von Keene zu gehen. Kaum im Laden drängte sich ihm eine Verkäuferin auf. Sie quatschte penetrant auf ihn ein, ohne Luft zu holen, bis er kurz darüber nachdachte, sein Tablet herauszuholen, um ihr einmal den Stecker zu ziehen. Doch Duke blieb ruhig und erklärte ihr, dass er nichts Fruchtiges suche, auch nichts Sportliches oder den letzten Hit, der gerade angesagt war. Missgestimmt drehte sie sich um und ließ ihn stehen. Duke probierte einige Düfte durch, bis bald alles gleich für ihn roch.

Dann überlegte er sich, was er eigentlich suchte. Was für ein Typ war er? Er hatte noch nie ein richtiges Parfüm besessen. Wie sah er sich? Selbstbewusst und charakterstark, schätzte Duke sich ein. Jetzt hatte er eine Vorstellung, wonach er suchte. Nach einer Weile fand er den Hammer in einem braunen Flacon. Schon der erste Kontakt mit der Nase bestätigte ihm, dass er den perfekten Duft gefunden hatte: *Odin 11*. Er erinnerte sich schwach, dass so ein nordischer Gott hieß. Die Verkäuferin war von seiner Wahl sichtlich beeindruckt und erklärte vorsichtig, dass dieser Flacon aber nicht gerade preiswert sei. Der Preis war ihm egal, in diesem Parfüm erkannte er sich wieder. Selbst die Verkäuferin schaute ihn verliebt an, als er sich leicht einsprühte. Der Hauch von Whisky, der sich anschließend verbreitete, wirkte fast magnetisch. Jedenfalls kam ihm die Verkäuferin wie verwandelt vor. Was für ein würzig holziger Hammerduft! Jetzt konnte er es kaum erwarten, zur Neujahrsparty zu gehen und mit Miss Telefonnummer zu flirten.

***

Duke war bereit für den kommenden Abend und von nun an zählte er die Stunden, bis er die hübsche Unbekannte wiedersehen würde. Es hatte schon vor einigen Tagen angefangen zu schneien. Und auch heute sah es so aus, als wenn es nicht viel schöner werden würde. Egal, dachte sich Duke, heute konnte ihm nichts die Laune verderben, auch kein mieses Wetter. Noch drei Stunden, dann würde er sie abholen. Duke ging in die Garage und checkte den Mustang. Alles funktionierte, das Auto war sauber und vollgetankt. Perfekt, er freute sich wie schon lange nicht mehr.

Dann wurde es Zeit, sich fertigzumachen. Nachdem er geduscht und sein neues Parfüm aufgelegt hatte, zog er seinen Spencer an. Duke erkannte sich kaum wieder, als er sich vor dem Spiegel musterte. Ja, wie cool sah er denn aus? 18 Minuten später verließ er selbstsicher das Elternhaus und freute sich auf sein erstes richtiges Date. Die Straßen waren geräumt, freie Fahrt war angesagt und im Radio liefen bereits die Hits des gesamten Jahres als Countdown. Er rechnete sich aus, dass er bei diesen guten Straßenverhältnissen nicht länger als eine halbe Stunde brauchen würde, um den vereinbarten Treffpunkt zu erreichen. Duke hatte das Haus ein wenig früher verlassen, um nicht doch noch in eine unvorhergesehene Situation zu gelangen. Es wäre ein Desaster, einen so gut vorbereiteten Tag wegen eines vermeidbaren Fehlers zu ruinieren. Wie immer war er überpünktlich und erreichte 15 Minuten vor der vereinbarten Zeit den Treffpunkt. Sie hatte ihm eine Adresse getextet, die sich als eine Waffelbude entpuppte. Duke verlangsamte seine Geschwindigkeit und schaute zum leeren Parkplatz. Wie er es erwartet hatte, war Miss Telefonnummer noch nicht zu sehen. Nachdem er zum Stehen gekommen war, drängte sich ihm kurz die Frage auf, warum sie sich eigentlich hier mit ihm treffen wollte. Doch bei seiner Aufregung, ihr nach zehn Tagen endlich gegenüberzustehen, verblasste dieser Gedanke rasch und machte Platz für kribbelnde Fantasien. Duke war gut gelaunt und hatte viel Spaß, seinen Mustang zu fahren, weshalb er sich für eine Ehrenrunde um den Block entschied. Als er vom Parkplatz losfuhr, drängte sich erneut seine kreative Hirnhälfte auf. Sie ließ nicht locker und fragte, warum Miss Telefonnummer sich mit ihm bei dem kalten Wetter nicht in einem geöffneten kuschligen Café verabredet hatte, das in der Innenstadt lag. Duke trommelte verunsichert mit den Fingern auf dem Lenkrad. Es ergab keinen rechten Sinn, dachte er, als er vom Parkplatz rollte. Im Inneren vibrierte ein Nerv, irgendetwas stimmte hier nicht. Duke fuhr ein paar Straßen weiter und fand eine nahe liegende Parkgelegenheit. Zwischen all den anderen Wagen fiel der Mustang nicht weiter auf. Er zog sich seinen langen Mantel über, setzte sich eine dunkle Mütze auf und nahm seine Handschuhe mit. Als kleine Versicherung steckte er vorsichtshalber seinen 26-Inch-Baton ein. Duke liebte diesen ausziehbaren Schlagstock, der so handlich in seine Hosentasche passte und jedes Mal bei einer Berührung nachfragte, wann er endlich einmal Arbeit bekam. Er lief die nur spärlich beleuchtete Straße zurück, bis er an einer Stelle stand, von wo aus er den Parkplatz, den er nur Minuten vorher verlassen hatte, gut einsehen konnte. Duke schaute auf seine Uhr. In zehn Minuten würden sie sich offiziell treffen. Eventuell sah er nur Gespenster. Doch als er von seiner Uhr wieder aufschaute, fuhr ein Ford Bronco auf den Parkplatz vor, genau an die Stelle, wo er kurz zuvor mit seinem Wagen gestanden hatte. Sobald der Bronco zum Stehen kam, öffneten sich die Türen. Duke beobachtete, wie Billy B. und drei Typen rasch ausstiegen und im Schatten der Waffelbude verschwanden. Kein schlechter Plan, dachte sich Duke und lächelte. Wäre er hier wie geplant zehn Minuten später erschienen, hätte er die Falle niemals mitbekommen. Das Überraschungsmoment wäre voll auf der Seite von Billy B. und seinen Kumpanen gewesen. Jetzt erst öffnete sich die Fahrertür und Miss Telefonnummer stieg aus. Duke konnte sich durchaus vorstellen, was hier abgehen sollte. Da wollte wohl jemand seine Karre wiederhaben. Er musste ein wenig schmunzeln, wie kreativ sich Billy B. ins Zeug legte. Doch dann verging Duke die gute Laune, als er realisierte, wie ernst diese Situation hätte werden können. Die Nummer hier wäre nicht mit ein paar blauen Augen erledigt gewesen. Nach einem doppelten Mo-

ment hatte Duke genug gesehen. Leicht frierend erreichte er seinen Wagen. Er startete den Motor und ließ die Heizung hochlaufen. Im selben Moment vibrierte sein Handy und im Display erschien das Symbol einer wartenden SMS. Nur widerwillig öffnete er sie, wissend, was er gleich lesen würde.
„Wo bist du? Ich warte schon auf dich". Duke zog sich die Handschuhe aus, um zu antworten: *„Schade, ich hätte dich gerne kennengelernt, Gruß an Billy".*
Nachdem er die Versandbestätigung gelesen hatte, blockte er enttäuscht ihre Nummer. Okay, Plan B, sagte er zu sich. Er würde sich nicht das Jahresende versauen lassen und er hatte nicht vor, jetzt über das Problem Billy B. nachzudenken. Sicher war, dass er sich nach dieser Aktion um ihn kümmern musste, aber nicht heute. Er war zu gut angezogen, um deprimiert wieder nach Hause zu fahren. Es war Party angesagt und der Eintritt war schließlich auch schon bezahlt. Nachdem er 20 Minuten später den Mustang eingeparkt hatte, konnte er die Musik wummern hören. Seine Stimmung verbesserte sich schlagartig. Als er seinen Namen an der Kasse nannte, wurden ihm zwei Karten ausgehändigt. Die eine wurde ihm am Eingang wieder abgenommen und die andere behielt er als teures Lesezeichen. Kurz nachdem er sich an das diffuse Licht im beheizten Partyzelt gewöhnt hatte, fiel ihm auf, dass er wie vermutet für den Abend zu fein angezogen war. Doch es störte ihn in keiner Weise. Im Gegenteil. Nachdem er sich zur Bar durchgekämpft hatte, bemerkte er, wie ihn die Bräute anschauten. Er bestellte sich einen alkoholfreien Long Island Iced Tea und schaute sich neugierig um. Eine Menge gut gelauntes Partyvolk rockte zur Musik, was ansteckend wirkte. Dabei hatte die Band noch nicht

einmal angefangen zu spielen. Noch knapp drei Stunden bis Mitternacht. Die Band startete ihr Programm und Dukes Aufmerksamkeit richtete sich auf eine Gruppe von drei Girls, die sich unweit von ihm grazil zur Musik bewegten. Duke musste ein zweites Mal zu der Kleineren der drei schauen, um zu sehen, ob über ihrem Kopf ein Heiligenschein lag oder hier nur der Scheinwerfer trickste. Dann nahm er einen längeren Augenkontakt zu ihr auf. Sie lächelte frech zurück und prostete ihm zu. Duke nahm dies als Einladung, mit ihr ins Gespräch zu kommen. Die Musik war eigentlich zu laut, um sich zu unterhalten, doch er erfuhr, dass sie Bristol hieß, aus Florida kam, in seinem Alter war und hier in Keene am State College studierte. Bristol, ein wirklich netter Name, dachte sich Duke. Sie war ihm auf Anhieb sympathisch. Nicht, weil er eine Entschädigung für das entgangene Date suchte. Nein, sie hatte einen gewissen Glanz in den Augen, der schon viel verriet und ihn neugierig machte, noch mehr über sie zu erfahren. Er machte auch Bekanntschaft mit den beiden anderen Mädchen und alle hatten eine gute Zeit. Von der Musik bekam er nicht so viel mit, da er nur noch Augen für Bristol hatte. Beide flirteten und tanzten ausgiebig, bis es Mitternacht wurde. Der Countdown wurde heruntergezählt und wie selbstverständlich hielten sie sich an den Händen, schauten sich in die Augen und zählten mit. Dann knallten die Korken und das neue Jahr hatte begonnen. Beide schauten sich lange an und flüsterten sich ein „Happy New Year" zu, was sie mit einem langen Kuss besiegelten. Drei Stunden später hatten sie sich müde getanzt. Zusammen verließen die Vier die Party, um sich auf dem Parkplatz zu verabschieden.

»Bristol, ich hatte heute Abend viel Spaß und ich würde mich freuen, wenn wir uns wiedersehen könnten. Was hältst du davon?«, fragte Duke, noch immer ihre Hand haltend.

»Gefragt wie ein wahrer Gentleman. Es wäre mir ein Vergnügen«, flüsterte sie ihm ins Ohr und drückte ihm einen Kuss auf die Wange. »Hier ist meine Nummer, lass uns telefonieren und was ausmachen. Bis bald.«

Sie winkten sich gegenseitig zu, als sie in ihre Autos stiegen und Duke schaute ihr noch lange nach, bis sie außer Sicht war. Was für ein verrückter Abend. Das neue Jahr fing mit einem besseren Feuerwerk an, als er erwartet hatte. In ihm brannten die schönsten Wunderkerzen und in seinem Kopf explodierten die buntesten Raketen, die sich zu großen Herzen formten. Sobald er einem Mädchen zu nahekam, auf die er reagierte, wurde Duke zum hilflosen Träumer. Er glaubte, sich schon wieder verliebt zu haben. Ein Kuss und er benahm sich, als hätte er die Frau seiner Träume getroffen. Doch dieses Mal würde er mit der romantischen Sache ein wenig cooler umgehen. Außerdem musste er sich noch um Billy Bettnässer kümmern. Auf der Fahrt nach Hause ging er noch einmal die Situation durch, die er nur ein paar Stunden vorher erlebt hatte. Billy B. hatte tatsächlich versucht, ihn mit einem Schlägertrupp fertigzumachen. Auch wenn es nur Sekunden waren, hatte er erkennen können, dass da eine gewaltige Muskelmasse auf ihn gewartet hatte. Eventuell war es ein Fehler gewesen, sein Auto zu nehmen. Aber das war jetzt nicht mehr rückgängig zu machen, er wollte ihn nicht zurückgeben. Zum einen passte der Wagen zu ihm und zum anderen würde er wie ein Verlierer dastehen, wenn er jetzt einknicken würde. Keine Chance, er würde die richtige Lösung parat haben, so wie immer.

KAPITEL 12

Zwei freie Wochen lagen vor ihm, ohne Unistress und einen zu vorlauten Wecker, der ihn jeden Morgen ärgern wollte. Der erste Tag des Jahres grüßte mit Neuschnee, der alles mit einem friedlichen weißen Mantel einhüllte. Er hatte super geschlafen und ging gut gelaunt in die Küche, wo das Frühstück schon leicht nach Mittagessen roch. Seine Eltern hatten wie jedes Jahr alles verpennt. Für die beiden war Silvester nur ein Abend wie jeder andere. Beim gemeinsamen Mittagessen betrachtete er sie aufmerksam. Mitleid stellte sich bei ihm ein, als er bei genauerer Betrachtung zwei Scheintote sah, die nur noch gesellschaftlich funktionierten. Konsumsklaven, ohne wirklich eine historische Rolle zu spielen. Die einzige Leistung ihres Dahinlebens war, ihn gezeugt zu haben, doch selbst das war wahrscheinlich mehr ein Unfall gewesen. Wenn sie jemals Träume hatten, waren diese schon lange verpufft.

Duke schlang sein Essen herunter, um schnell wieder auf sein Zimmer gehen zu können. Er brauchte definitiv nicht solch eine depressive Atmosphäre an diesem für ihn so wunderschönen Tag. Zurück in seinem Zimmer holte er sein Handy hervor und speicherte Bristols Nummer ein. Nachdem er sich gefragt hatte, ob es zu früh wäre, ihr eine SMS zu schreiben oder sie direkt anzurufen, fiel sein Blick auf seinen Spencer. Duke spürte immer noch, wie selbstbewusst er sich in dem Teil gefühlt hatte, wie cool er damit auftrat.

Doch er brauchte keine coolen Klamotten, um selbstbewusst zu

sein. Er war es auch so. Es klingelte dreimal, bevor sie abnahm.
»Hallo?«, hörte er ihre süße Stimme.
Duke holte tief Luft und sagte: »Bristol, ich bin es, Duke, von der Party. Ich wollte nur wissen, ob du gut nach Hause gekommen bist?«
Er hielt kurz die Luft an und schloss die Augen.
»Oh hi, ja klar, so weit weg war es ja nicht. Und selber?«, fragte sie.
»Auch prima. Sag mal, hast du schon etwas für die nächsten Tage eingeplant oder hättest du Lust, mit mir irgendwo einen Kaffee zu trinken?«
Er hämmerte sich gegen die Stirn und hoffte, nicht zu voreilig gefragt zu haben.
Ein lang gezogenes „Mhmmmm" kam aus seinem Telefon, gefolgt von einem: »Sehr gerne, wie wäre es übermorgen um drei in der Mall im italienischen Café?«
Duke lächelte ins Telefon und sagte ihr, dass er sich freuen würde und es kaum erwarten könnte, sie wiederzusehen.
»Okay, dann bis Donnerstag«, sagte sie und mit einem kleinen Kichern legte sie auf.
Zwei Tage. Irgendwie wird das Leben davon bestimmt, dass man immer auf irgendetwas wartet, dachte er sich, als er auflegte und auf ihre Nummer schaute. Na ja, dann hatte er wenigstens Zeit, sich Gedanken über Billy B. zu machen. Doch wo sollte er anfangen? Mehr als dessen Wohnort war ihm nicht bekannt und der lag nicht gerade in seiner unmittelbaren Nähe. Mit dem Mustang konnte er schlecht dort hinfahren, ohne aufzufallen. Selbst mit dem Auto der Eltern war es zu gefährlich, erkannt zu werden. Wie er online bei Google Maps erkennen

konnte, lag das Haus unmittelbar an der einzigen Straße, die durch diesen Ort führte. Duke benutzte Google View, um mehr von der Umgebung zu lernen. Rasch erkannte er, dass es aussichtslos war, mal eben da vorbeizufahren, um unauffällig ein Profil von Billy B. zu erstellen.
Also musste er sich etwas einfallen lassen, das hier in Keene stattfinden würde. Wahrscheinlich müsste er sich wieder seiner Hypnose bedienen, um im schlimmsten Fall etwas Drastisches zu arrangieren. Die Schwierigkeit würde darin bestehen, Billy B. an einen isolierten Ort zu locken. Die weitere Frage war, was er mit ihm anstellen sollte. Er kannte keinerlei Schwächen von Billy B. Die Einfachheit bei der Planung für die anderen sechs Trottel hatte eine eigene Dynamik gehabt. Bei ihnen hatte er den Vorteil, dass er sie in aller Ruhe studieren konnte. Nun war er dummerweise ein wenig unter Zeitdruck. Jederzeit konnte er wieder von Billy B. überrascht werden. Und je länger der ohne den Mustang war, umso gefährlicher und unberechenbarer könnte er werden.
Wer war eigentlich diese zweibeinige Telefonnummer, fragte er sich. Eine Menge unbekannter Faktoren, die er berücksichtigen musste. Doch je länger er darüber nachdachte, desto mehr kam er zu der Erkenntnis, dass es die beste Lösung sein würde, Billy B. ein weiteres Mal zu hypnotisieren. Und sobald er nach den Ferien zurück in der Uni wäre, würde er als Erstes versuchen, den Namen von Miss Telefonnummer in Erfahrung zu bringen.

***

Duke war wie immer überpünktlich zum Treffen erschienen. Er sah sich vorsichtshalber um, ob irgendetwas auffällig wirkte, das ihn alarmieren sollte. Doch nichts Außergewöhnliches war zu entdecken. So langsam fühlte er sich wie ein Geheimagent. Eventuell wäre das ja eine coole Karriere nach dem Studium. Duke ging schon einmal in das italienische Café und suchte sich einen Platz mit dem Rücken zur Wand, von wo aus er den Raum gut überblicken konnte. Wenn er nicht auf die Wanduhr starrte, schaute er auf seine Armbanduhr. Als er sah, wie Bristol endlich das Café betrat, stand er auf und ging ihr entgegen. Auf dem Weg fragte er sich kurz, wie er sie begrüßen sollte. Sollte er ihr nur die Hand geben oder doch lieber einen kleinen Kuss auf die Wange? Er atmete tief durch und versuchte zu relaxen.

»Hi«, sagte sie und stand verlegen vor ihm.

»Hi, Bristol. Schön, dass du Zeit hattest zu kommen.«

Und so standen sie weitere Sekunden und schauten sich an, bis er fragte, was sie trinken wollte. Das Eis war gebrochen. Duke führte sie zu seinem Tisch und beide bestellten sich einen großen Cappuccino. Sie unterhielten sich zwei Stunden und weitere zwei Cappuccino lang, bis er so ziemlich alles von ihr wusste und sie einiges über ihn. Beide hatten eine Menge Spaß und Duke hatte das Gefühl, mit ihr auf einer Wellenlänge zu sein. Er mochte sie wirklich.

Doch dann passierte der Albtraum in 3D. Der Preis, den man bezahlt, wenn man in einer kleinen Stadt lebt, in der die Wahrscheinlichkeit leider groß war, jemanden genau dann zu treffen, wenn es am ungünstigsten ist. Duke entschuldigte sich bei ihr und verschwand auf die Toilette. Das konnte doch nicht wahr sein, sagte er sich und schlug sich mit der Hand gegen die Stirn. Mit der Flucht aufs Klo hatte er gerade noch verhindern können, dass er von der unbekannten Telefonnummer und Billy B. entdeckt wurde. Er konnte nur hoffen, dass sich die beiden einen Pappbecher holten und wieder verschwinden würden. Duke überlegte sich, wie lange er bei seinem ersten Date auf dem Klo bleiben könnte, ohne wie ein Idiot zu wirken. Peinlicher ging es nicht mehr. Mann, was für eine bescheuerte Situation, dachte er sich, als er am Waschbecken stand und sich im Spiegel betrachtete. Duke hatte sein Tablet noch greifen können, als er auf die Toilette verschwand, für den Fall, dass Billy B. pinkeln musste. Doch dann verwarf er die Idee gleich wieder. Es würde zu lange dauern, um ihm eine neue Botschaft zu verpassen.

Duke schaute auf seine Uhr. Drei Minuten war er jetzt weg. Er hatte gesehen, dass die Theke leer war und die beiden Störenfriede die einzigen Kunden waren. Das Warten nervte, aber er gab sich noch eine Minute. Wenn er recht hatte, dann würden Billy B. und seine Begleitung jetzt bezahlen und langsam verschwinden. 30 Sekunden noch, und dann hoffte Duke innig, dass sie weg wären, wenn er hinausging. Doch heute lachte ihn das Universum aus, Wunschdenken traf auf Realität. Beide saßen nur einige Tische entfernt von Bristol. Miss Telefonnummer entdeckte ihn zuerst und stupste Billy B. an, der fast sein Getränk verschüttete. Duke setzte sich lässig und grüßte selbstbewusst mit der Hand in ihre Richtung. Angriff war bekanntlich die beste Verteidigung. Ohne die beiden weiter zu beachten, widmete er sich wieder Bristol in der Hoffnung, dass keiner der beiden eine Show abziehen würde. Erneut wurde sein Wunsch nicht erfüllt, denn beide standen auf und näherten sich seinem Tisch.

»Hey, du mieser Penner, du hast dich mit meiner Schwester

verabredet und sie dann abblitzen lassen. Was denkst du, wer du bist?«, bellte ihn Billy B. an.
Duke wünschte sich in diesem Moment einen riesigen Flachbildschirm, auf dem sein Hypnoseprogramm lief. Er wollte die Sache hier nicht eskalieren lassen. Das Letzte, was er wollte, war von einer Überwachungskamera gefilmt zu werden, wie er sich mit dem inkontinenten Arsch prügelte.
»Zeit zu gehen, Bristol«, sagte Duke zu ihr und stand auf.
Bristol schaute die beiden verdutzt an und folgte ihm wortlos, doch man sah ihr an, dass sie von dieser Situation etwas überrumpelt war.
»Ja, renn nur, du Dorfhupe. Ich bin noch nicht mit dir fertig.«
Das hörte Duke nun schon zum zweiten Mal.
»Wer waren denn die beiden?«, fragte Bristol, nachdem die Tür hinter ihnen zugefallen war.
Duke lief wortlos neben ihr her.
Dann nahm er ihre Hand, was sie zuließ, und sagte: »Das ist eine lange Geschichte.«
»Kein Problem«, erwiderte sie, »ich habe Zeit.«
Schweigend und in Gedanken schlenderte er mit ihr zum Food Court, wo sie sich einen großen Eisbecher gönnten. Als sie sich hingesetzt hatten, fing Duke an, ihr alles zu erzählen. Dass er den Mustang unbedingt haben wollte und Billy B. ihn günstig an ihn verkauft hatte, dann aber kurze Zeit später Stress gemacht hatte, um ihn wieder zu bekommen. Den Teil mit der Hypnose ließ er natürlich weg. Dann berichtete er ihr von der plumpen Anmache von Miss Telefonnummer an der Uni und von der Falle, die ihm am Partyabend gestellt worden war. Zum Schluss erklärte er ihr, dass er erst jetzt mitbekommen hatte,

dass es Billy B.s Schwester war und es so aussah, als wäre das alles von den beiden geplant gewesen.

»Was hast du jetzt vor?«, fragte sie. »Der Typ machte nicht den Eindruck, dass er so schnell Frieden geben würde.«

Duke rührte nachdenklich in seinem halb leeren Eisbecher, schaute zu Bristol und nickte leicht. Beide unterhielten sich mit einer Vertrautheit, die ihm das Gefühl gab, als wenn sie sich schon ewig kannten.

»Keine Ahnung«, sagte er schließlich. »Rechtlich gehört der Wagen mir. Doch du hast recht, er wird keine Ruhe geben.«

Dann lächelte Duke sie an und als sie zurücklächelte, sagte er: »Bristol, tu mir den Gefallen und bleib hier kurz sitzen. Ich bin gleich wieder da.«

Er ging zurück ins Café und sah, dass die beiden Zankteufel noch an ihren Pappbechern nuckelten. Da sie beide mit dem Rücken zum Eingang saßen, bemerkten sie nicht, wie er hineinkam. Duke warf den Autoschlüssel auf den Tisch und blickte in ihre verdutzten Gesichter. Er schmunzelte sie kurz an, bevor er sich umdrehte und das Café wieder verließ. Kein Auto und sicher nicht die Billy. B Karre war den Kampf wert, wo es nur Verlierer geben konnte. Zu viele Unsicherheitsfaktoren, um einen Fehler zu begehen. Es war nur ein bekopptes Auto, ein rollendes Stück Blech, was den Regen abhält. Warum sollte er es nicht zurückgeben? Es wäre nur falscher Stolz und falscher Stolz ist wie eine ungesehene Stufe, über die man stolpern und sich die Nase schrammen konnte. Das Hypnoseprogramm zu entwickeln war eigentlich nur eine Spaßaufgabe gewesen, doch schnell fand er heraus, dass mit den Handysüchtigen richtig Kohle zu machen war. Seit gerade einmal zwei Wochen bot

Duke ein eigenes kleines Game zum Verkauf an und der Erfolg war nicht so schlecht. Letztlich hatte er nicht vor, während der Uni zu kellnern oder sich bei bekloppten Gartenjobs weiterhin krumm zu machen. Wenn er einen Mustang haben wollte, dann würde er sich eben einen kaufen.

»Wo bist du denn gewesen?«, fragte Bristol besorgt, als er zu ihrem Tisch zurückkam.

»Ich habe den Mustang zurückgegeben«, erklärte er trocken und schaute ihr dabei in die Augen.

»Wieso hast du das gemacht?«, fragte sie verblüfft.

Er nahm ihre Hände und erwiderte: »Den Wagen sollte ich nur bekommen, damit ich dich kennenlerne. Es ist nur ein Auto.«

Sie beugte sich über den Tisch und küsste ihn lange.

»Das war eine schlaue Entscheidung. Ich mag Menschen mit Charakterstärke.«

»Danke«, sagte Duke. »Was kann ich noch verschenken, um noch einmal so einen wunderbaren Kuss zu bekommen?«

Bristol wuschelte ihm über den Kopf.

»Komm, ich fahre dich nach Hause.«

***

Eine Woche später waren die Semesterferien vorbei. Duke war nicht gerade glücklich darüber, wieder den Bus zu benutzen, aber er wusste, dass es nur vorübergehend war. Online war er bereits in Kontakt mit einem Autohändler in Boston, der sogar ein neueres Modell des Mustangs anbot. Auch wenn die älteren Mustangs mehr Wildheit ausstrahlten und cooler wirkten, wollte Duke nicht auf Sicherheit und modernen Schnickschnack verzichten. Er hatte sich für einen 2011er Ford Mustang GT Convertible entschieden. Ein dunkelrotes Cabrio, das nur so einlud, das Gaspedal zu quälen und Billy B.s Karre in den Schatten zu stellen. Nicht, dass er sich messen müsste, aber er würde den cooleren Wagen besitzen. Definitiv!

Der Verkaufserfolg seines Onlinespiels überraschte ihn selbst. Er hatte es nur nebenbei programmiert, mehr zum Spaß, um zu sehen, was möglich war. Umso mehr freute er sich, dass sich nun sein Konto unaufhaltsam füllte. Er hatte in nur zwei Monaten das Jahresgehalt seines Vaters eingenommen und beim Betrachten der Statistiken bekam er nicht den Eindruck, dass die Popularität des Spiels kurzfristig schwinden würde. Parallel arbeitete er trotzdem an einer neuen Variante. Hier hatte er vor, einen wirklichen Kracher zu landen. Es war schon seltsam, dass man mit solch sinnlosen Dingen so einfach Geld machen konnte. Seinen Eltern verheimlichte Duke, was er verdiente. Um nicht aufzufallen, hatte er vor den Wagen auf Kredit zu kaufen.

Nachdem er nun bereit war, lud er Bristol ein, mit ihm nach Boston zu fahren, um den Mustang abzuholen. Sie freute sich auf den Ausflug und sagte begeistert zu. Auch wenn sie nur zwei Stunden bis Boston brauchen würden, dachte Duke darüber nach, aus dem Abstecher ein langes Wochenende zu machen. Bei einer kurzen Onlinerecherche fand er eine interessant klingende Zaubershow, die nur an diesem einen Tag im Mandarin Oriental Boston Hotel gastierte. Kurzentschlossen bestellte er zwei Karten für die Show und reservierte außerdem in dem Luxushotel ein Zimmer mit zwei Betten, was eine Überraschung für Bristol sein sollte.

***

Die Fahrt nach Boston dauerte ein wenig länger als geplant, da sie unterwegs noch für einen Cappuccino anhielten und einen

weiteren Stopp für ein paar Cinnamon Rolls einlegten. Duke genoss es neben ihr zu sitzen, war aber ein wenig nervös, ohne dass man es ihm anmerkte. Er hatte während der Fahrt kurz anklingen lassen, dass man ja in Boston übernachten könnte, was sie für eine klasse Idee hielt. Als sie die Stadt erreichten, waren die Cinnamon Rolls schon längst verdaut und sie entschieden, erst einmal Mittag zu essen. Duke wusste, dass der Autohändler um drei Uhr schließen würde. Seine Idee war es, erst kurz bevor dieser Feierabend machen würde, bei ihm vorzufahren. Er rechnete damit, dass der Verkäufer pünktlich ins Wochenende gehen wollte und sich so eventuell noch zu einem Rabatt hinreißen ließ. Sie fanden ein nettes Restaurant und bestellten ein 24er-Familienpack Honey Chicken Wings und Eistee. Duke wusste nicht genau, warum diese Dinger heute so besonders lecker schmeckten. Wahrscheinlich lag es auch daran, dass es ihm Spaß machte, ihr zuzusehen, wie sie genüsslich aß und ihre Finger ablutschte. Bristol bestellte für beide zum Abschluss noch einen Schokokuchen und als auch dieser verdrückt war, konnten sie sich kaum noch bewegen. Sie lachten sich halb schlapp darüber. Er genoss wirklich den Ausflug mit ihr. Dann checkte er die Uhr und es wurde Zeit, sich das Spaßmobil anzusehen.
20 Minuten später fuhren sie auf den Parkplatz des Autohändlers. Die obligatorischen bunten Fähnchen flatterten synchron im Wind und empfingen sie. Rauchend und stirnrunzelnd wartete der Verkäufer bereits und sah alles andere als entspannt aus. Duke ahnte schon bei der Begrüßung, dass sie keine Freunde werden würden, was ihm aber auch so was von egal war. Der Mustang sah toll aus, hatte einen perfekten Lack und

sogar der Geruch eines Neuwagens kam ihm beim Öffnen der Fahrertür entgegen. Duke wäre am liebsten um den Wagen herumgetanzt, doch mit seiner Körperhaltung signalisierte er pure Langeweile.

Wie abgesprochen fragte Bristol ihn verwundert: »Gefällt dir der Wagen nicht?«

»Keine Ahnung«, sagte Duke gedehnt. »Für das gleiche Geld bekomme ich einen besseren Camero.«

Duke schaute mit den Händen in den Taschen den Verkäufer an und dann wieder zu Bristol. Er konnte direkt sehen, wie dieser mit sich kämpfte, um locker zu bleiben, und der eisige Wind, der allen an den Ohren zwickte, machte es ihm dabei nicht leichter. Bristol kapierte sofort, was er vorhatte.

»Ja Duke, ich fand die Ledersitze auch viel schöner.«

Der Händler knickte ein, köderte sie mit einem guten Rabatt und eine halbe Stunde später fuhr Duke mit durchdrehenden Rädern vom verschneiten Gelände. Sein Navigationsgerät zeigte ihm den Weg zum nächsten Koffeinshop an, den sie nur Minuten später erreichten. Nachdem sie sich einen XL-Becher bestellt hatten, suchten sie sich eine kuschelige Couch, um den erfolgreichen Kaufabschluss zu feiern.

»Okay, was wollen wir jetzt machen? Irgendeine Idee?«, fragte sie ihn.

Er holte die beiden Eintrittskarten hervor und sagte: »Wenn du möchtest, lassen wir uns heute verzaubern.«

Duke redete sich immer wieder ein, dass er es mit ihr langsam angehen lassen wollte, doch wenn er ihr so nahe war und sie ansah, merkte er, wie verknallt er war. Schon wenn er ihren leichten Parfümduft einatmete, spürte er, wie seine Sinne verrücktspielten.

»Das ist aber eine wunderbare Überraschung. Ich liebe solche Shows«, sagte sie und bestätigte es ihm mit einem Kuss.

»Wollen wir versuchen im Hotel, in dem die Show stattfindet, ein Zimmer zu bekommen?«, fragte Duke vorsichtig.

»Ja, prima!«, sagte Bristol. »Dann haben wir es nicht so weit nach der Show. Doch ich befürchte, dass die Zimmer recht teuer sind.«

»Du hast mir geholfen, den Rabatt zu bekommen, schon das müssen wir gebührend feiern.«

Die Zimmerpreise waren tatsächlich irre hoch, doch Duke störte es nicht im Geringsten. Im Gegenteil, ihre erste gemeinsame Nacht hätte in keiner schöneren Umgebung stattfinden können. Er hoffte auf einen wundervollen Abend, ohne sich selbst zu viel zu versprechen. Wie ein Gentleman fragte er an der Rezeption nach einem Zimmer mit zwei Betten, wurde aber von Bristol gestoppt. Ein Kingsize Bett sei absolut in Ordnung, warf sie ein und kniff Duke sanft in den Hintern. Er merkte, wie er ganz leicht errötete. Nachdem sie mit dem Fahrstuhl in die 15. Etage gefahren waren, versuchte er sich zu erinnern, wann er das letzte Mal feuchte Hände bekommen hatte. Auch wenn das Zimmer teuer war, schon beim Eintreten erkannte er, dass es jeden Cent wert war. Duke schmiss seinen Rucksack auf den Sessel und sie legten sich nebeneinander aufs Bett, um sich wortlos anzuschauen. Duke brach zuerst das intime Schweigen.

»Wir haben noch mehr als vier Stunden Zeit bis … .«

Doch bevor er den Satz beenden konnte, legte sie ihren Finger auf seinen Mund und brachte ihn zum Schweigen. Sie rutschte langsam zu ihm und fing an, ihn zu küssen. Die Liebkosungen waren voll leidenschaftlicher Hingabe. Eine neue Erfahrung, die Duke genoss. Seine Hose wurde enger und da sie auf ihm lag, spürte sie es auch. Bristol hob den Kopf ein wenig und lächelte ihn an. Sie war so sinnlich und selbstsicher, dachte er und bemerkte, dass er zu viel nachdachte. Bristol setzte sich auf ihn und zog langsam ihren Pullover aus. Duke beobachtete fasziniert, wie sie ebenso langsam ihr Jeanshemd aufknöpfte. Er schob behutsam seine Hände unter ihr Top, um Sekunden später ihre Brüste zu streicheln. Seine anfängliche Unsicherheit wurde durch ihre Selbstsicherheit wieder ausgebügelt. Beide ließen sich Zeit, um sich gegenseitig zu entdecken. Dukes erste sexuelle Erfahrung war schöner, als er es sich jemals erträumt hatte, und beide genossen ihr intimes Abenteuer in vollen Zügen.

Es fiel ihnen schwer, wieder aus dem Bett zu kommen, um sich für die Show fertigzumachen. Sie gingen zusammen in das übertrieben großzügige Bad, wo beide sich an ihren perfekten Körpern nicht sattsehen konnten. Auch beim Duschen hatten sie es nicht eilig, fertig zu werden. Es hätte nicht viel gefehlt und sie wären zu spät zur Show erschienen.

Duke hatte mit dem Magier genau ihren Geschmack getroffen, besser hätte er es nicht planen können. Den Abend ließen sie mit einem letzten Cappuccino ausklingen, ihrem neuen Lieblingsgetränk, von dem sie nicht genug bekamen. Kurz vor Mitternacht kehrten sie in ihr Zimmer zurück, drehten die Couch vor das Panoramafenster, nahmen ihre Bettdecke und machten es sich dort am Fenster bequem. Angekuschelt schauten sie über die Stadt, die in Licht geflutet war. Irgendwann trug

Duke die schlafende Bristol vorsichtig ins Bett und betrachtete sie noch lange. Sie war so wunderschön, so perfekt.

***

Der nächste Morgen startete mit Zimmerservice, denn keiner von ihnen hatte vor, das gemütliche Bett zu verlassen. Der Cappuccino durfte natürlich nicht fehlen, brachte er doch die extra Energie, die sie für den Tag benötigten. Das Zimmer nutzten sie bis zur letzten Minute. Nur ungern packten sie ihre drei Sachen und verließen den Raum, in dem beide ihre Jungfräulichkeit verloren hatten. Nachdem sie die Rechnung beglichen hatten, machten sie sich zum berühmten Boston Harbor Walk auf. Hier wollten sie noch ein wenig langschlendern, bevor sie sich wieder nach Keene aufmachen würden. Vom Hafen aus hatten sie eine spektakuläre Aussicht auf die Skyline der Stadt und die vielen Kreuzfahrtschiffe. Beide liefen an unzähligen Restaurants und Souvenirläden vorbei, doch nach einer Stunde waren sie durchgefroren und machten sich auf den Weg zu ihren Autos. Duke liebte seinen neuen Wagen. Der Sound beim Beschleunigen war schon extrem Macho und einmal mehr war er davon überzeugt, die richtige Entscheidung getroffen zu haben, den Konflikt mit Billy B. zu beenden. Auf der Fahrt nach Keene stoppten sie noch einmal, um etwas zu essen und danach ihre Autos zu tauschen. Bristol war wie er begeistert von dem Mustang, was aber auch nicht allzu sehr überraschte, denn sie fuhr einen älteren Toyota, der schon seinen Frühling und Sommer hinter sich hatte.

Zurück in Keene, fuhren sie zu Bristols Haus, das sie während des Studiums angemietet hatte. Sie teilte es sich mit den beiden anderen Mädchen, die sie damals auf der Neujahrsparty im

Schlepptau hatte. Nachdem er ihren Wagen vor dem Haus geparkt hatte, blieb sie noch in seinem Mustang sitzen. Er öffnete die Beifahrertür und setzte sich zu ihr hinein.
»Duke, das waren die romantischsten Tage, die ich bisher erlebt habe. Vielen Dank.«
»Mir geht es genauso. Du bist wunderbar und ich hatte die beste Zeit. Jede Minute davon habe ich mit dir genossen. Wenn du mir keinen festen Freund verschwiegen hast, würde ich es gerne werden«, sagte er, wobei die letzten Worte beim stürmischen Küssen fast untergingen.
Nachdem sie beide wieder Luft geholt hatten, sagte sie: »Das würde mir gefallen und das liegt nicht nur an deinem coolen Mustang«, wobei die Scheiben im Wagen langsam beschlugen.
Duke brachte sie zur Tür, wo ihnen beiden der Abschied sichtlich schwerfiel.
»Bis morgen, Bristol. Ich komme dann nach der Uni vorbei«, versprach er.
Dann küsste er sie ein letztes Mal, bevor er in seinen neuen Mustang stieg und davonröhrte. Seine Eltern waren alles andere als erfreut zu sehen, womit er vorfuhr und machten ihm Vorwürfe, wie er den Wagen finanzieren wollte. Zum Rasenmähen und Pool putzen wäre es ja nicht gerade die richtige Jahreszeit und von etwas anderem hätte er ja wohl kaum Ahnung. Duke vermied es, sich zu rechtfertigen, um die Stimmung nicht komplett umkippen zu lassen. Er sah bei seinen Eltern nur die typische Projektion ihrer eigenen Unfähigkeit auf andere Personen. Im richtigen Moment erklärte er, dass er krasse Kopfschmerzen hätte und zog sich schleunigst auf sein Zimmer zurück. Das Letzte, was er brauchte, war diese negative Stim-

mung, die wie Pest an einem kleben konnte. Er hatte gerade das beste Erlebnis in seinem Leben erfahren und dieses Gefühl wollte er sich heute noch so lange wie möglich erhalten.

***

Duke freute sich, am nächsten Morgen nicht den Bus nehmen zu müssen. Schneefrei begrüßte ihn der Mustang, mit dem er gut gelaunt zur Uni fuhr. Als er den Wagen parkte, schrieb er Bristol eine SMS und wünschte ihr einen schönen Tag mit dem Hinweis, dass er es kaum erwarten könnte, sie wiederzusehen. Und noch bevor er den Wagen abgeschlossen hatte, kam ihre Antwort, die ihm schon wieder weiche Beine bereitete. Gut gelaunt wie nie marschierte er zur ersten Vorlesung im neuen Jahr.

Er nutzte den Unterricht, um an seinem Spiel zu arbeiten. Was sie zu lernen hatten, nahm er nebenbei mit auf. Es war nicht wirklich schwer und so konnte er, ohne wirklich Zeit zu investieren, in Ruhe programmieren. Duke machte mit dem neuen Spiel gute Fortschritte und sollte alles so funktionieren, wie er es geplant hatte, könnte er in weniger als drei Wochen ein weiteres Produkt online stellen. Zur Pause in der Mensa zog er sich gerade einen Powerriegel rein, den er mit einer Cola herunterspülte, als er von Bristol eine SMS bekam. Sie würde sich gerade eine Cappuccino Maschine besorgen, die sie heute gerne mit ihm ausprobieren wollte. Er konnte es kaum glauben, dass er sie kennengelernt hatte. Was für ein Girl, stellte er ein weiteres Mal fest. In Gedanken versunken lief Duke zu seinem Auto und überlegte sich gerade, was er Leckeres zum Cappuccino mitbringen könnte. Doch als er seinen Mustang erreichte, brauchte er sich nicht mehr zwischen Torte und Donuts zu entscheiden.

Vier platte Reifen nahmen ihm die Entscheidung ab. Beim näheren Betrachten waren Einstichstellen zu sehen. Fassungslos über diese mutwillige Zerstörung, holte er sein Handy heraus, textete Bristol seine Entdeckung und entschuldigte sich dafür, dass er sich verspäten würde. Stinksauer steckte er das Handy weg und lief um das Auto herum. So richtig konnte er sich nicht vorstellen, dass es Billy B. gewesen war, der ihm seine Reifen zerstochen hatte. Warum sollte er jetzt weiterhin Stress veranstalten, nachdem er doch sein Auto wiederbekommen hatte? Doch jemand anderes würde kaum infrage kommen. Nachdenklich schaute Duke sich um, ob ihn jemand beobachtete. Soweit er es beurteilen konnte, war er alleine auf dem Parkplatz. Klasse, dachte sich Duke, er kam den ersten Tag mit dem neuen Wagen und schon gab es Ärger. Kopfschüttelnd telefonierte er umher, bis er einen Abschleppdienst fand. Der vertröstete ihn, da sie gerade schwer beschäftigt wären und er sich so um die zwei Stunden gedulden müsse. Die gute Nachricht aber war, dass sie vier neue Reifen auf Lager hätten. Duke lief zurück aufs Unigelände, direkt zur Bibliothek. Dort war es schön warm und er konnte ein wenig nachdenken. Leider musste er sich mit einem Automatenkaffee begnügen, der eine Beleidigung für seine Geschmackszellen war. Trotzdem hoffte er, dass wenigstens ein wenig Koffein in der Brühe war, damit sein Gehirn noch einmal ansprang. Er hatte sehr hart an der Spieleprogrammierung gearbeitet und war eigentlich schon im „Bristolmodus“. Mit beiden Händen umschloss er den Pappbecher, wärmte sich die Hände und überlegte, wo er anfangen sollte, hier eine Lösung zu finden. Der Parkplatz hatte keine direkte Überwachungskamera, das wusste er. Er holte sein Notebook hervor und ging online. Dann suchte er nach der Webcam der Uni, doch auch hier war die Ausrichtung am Parkplatz vorbei und somit unbrauchbar. Duke ging anonym auf eine Webseite, wo man das Handy-Signal seines Kindes verfolgen konnte. Es dauerte keine fünf Minuten und er hatte die Handynummer von Billy B. registriert. Von nun an konnte er in Echtzeit sehen, wo sich dieser Penner befand. Sein Standort war beweglich, offensichtlich war er gerade unterwegs und es sah so aus, als wenn er nach Hause fuhr. Duke registrierte ebenfalls die Nummer der Schwester. Als das Ortungsprogramm sie fand, sah er, dass sie bei ihm im Auto sitzen musste. Interessant, aber kein richtiger Beweis, dass es die beiden gewesen waren. Er holte sich einen zweiten schrecklichen Kaffee, doch auch dieser war keine koffeinhaltige Unterstützung. Okay, sagte er sich, eventuell war es nur eine einmalige Sache und die dämliche Billy Parodie würde jetzt aufhören. Hatte sein neues Hypnoseprogramm eventuell irgendwelche Langzeitnebenwirkungen auf Bekloppte? Er schickte den Link für die Handyortung auf sein Tablet, um die beiden jederzeit lokalisieren zu können. Dann verstaute er sein Notebook und machte sich auf zu seinem Auto. Duke wartete eine weitere halbe Stunde, bis der Abschleppwagen erschien, seinen Mustang auflud und ihn mitnahm. Während dem Mustang ein paar neue Socken aufgezogen wurden, telefonierte er mit Bristol, um ihr mitzuteilen, dass der Wagen demnächst fertig wäre und er sich dann auf den Weg zu ihr machen würde. Eine gefühlte Ewigkeit später erreichte er Bristols Haus mit vier neuen Reifen am Auto und einem Dutzend Donuts in der Hand. Sie musste schon am Sound des Mustangs gehört haben, dass er kam, denn als er ausstieg, stand sie bereits am Eingang und winkte ihm lächelnd zu. Er war überrascht zu sehen, wie großzügig die Mädchen wohnten. Eine Menge Platz für die Drei, bemerkte er anerkennend. Bristol stellte ihm ihre beiden Mitbewohnerinnen erneut vor. Duke kannte sie ja schon vom Sehen und nun hatte er die Möglichkeit, Maggie und Lisa richtig kennenzulernen. Danach bekam er noch einen Rundgang durch das Haus, der in der Küche endete. Bristol stellte ihre neue Cappuccino Maschine an, die sofort ein leckeres Lied quietschte. Die Donuts kamen gut an und alle machten es sich gemütlich. Duke fühlte sich in der neuen Gesellschaft wohl. Maggie und Lisa verabschiedeten sich nach dem zweiten Donut, um sich galant in ihre Zimmer zurückzuziehen. Duke nutzte die Situation, nahm Bristol in die Arme und küsste sie leidenschaftlich. Zehn Minuten später holte Bristol ihn in die Wirklichkeit zurück.

»Wer, denkst du, hat dir die Reifen zerstochen?«, fragte Bristol, wobei sie ihn noch in den Armen hielt.

Duke löste sich von ihr und ging zur Cappuccino Maschine.

»Möchtest du noch einen?«, fragte er.

»Ja, sicher. Und nimm ein wenig mehr Espresso, damit er stärker wird.«

»Ich bin mir nicht sicher«, fing er das Thema ungern wieder an. »Billy B. hat seinen Wagen wiederbekommen und ich habe nicht einmal den Kaufpreis zurückverlangt.«

Dann beschrieb er ihr auch kurz die Situation, als er ihn auf die Bretter geschickt und vor seinen Kumpel gedemütigt hatte.

»Wow, ich hätte nicht gedacht, dass du dich mit ihm anlegst. Sehr wahrscheinlich war das die späte Rache dafür«, stellte sie fest.

»Ich habe echt Bedenken, dass der Typ weiterhin Stress machen wird.«
Duke nickte und sagte: »Ich werde die Sache erst einmal vergessen. Eventuell hat er sich damit ausgetobt und wir sind nun quitt.«
»Und wenn nicht?«, fragte sie ihn nachdenklich.
Duke überlegte, wie er darauf überzeugend antworten sollte, ohne wie eine Schlaftablette zu wirken oder zu cool rüber zu kommen.
»Dann werde ich ihn zur Rede stellen und eine passende Lösung finden. Doch lassen wir uns nicht die gute Laune verderben«, erklärte er lächelnd. »Er ist ein Niemand. Vergessen wir ihn. Lass dich lieber küssen, ich kann nämlich nicht genug von dir bekommen.«
Der Cappuccino wurde kalt. Bristol zog Duke hinter sich her mit der Begründung, dass er noch nicht ihr Zimmer gesehen hätte.

***

Auf dem Rückweg nach Hause fuhr Duke einen kleinen Umweg, um in einem Elektronikgeschäft ein einfaches Smartphone zu kaufen. Kaum war er bei sich im Zimmer, installierte er darauf ein intelligentes Überwachungsprogramm mit Bewegungsmelder. Sobald jemand im Bereich der Kamera des Handys erscheint oder ein bestimmter Geräuschpegel erreicht wurde, würde ein automatischer Videomitschnitt starten und ihn per SMS informieren. Ein anschließender kurzer Test war mehr als überzeugend. Noch am Abend baute er das neue Handy, von außen unsichtbar, in den Mustang ein. Wenn jetzt jemand eine Hand an seinen Wagen legen würde, könnte er ihn mit Leichtigkeit identifizieren.

KAPITEL 13

Der Rest der Woche verlief ohne Zwischenfälle, sein Wagen blieb unbeschädigt. Duke hackte sich in den Schulrechner und fand den Stundenplan von Mr. Stress. Zusätzlich entdeckte er den Eintrag, dass dieser nicht wegen seiner hohen Intelligenz an der Uni angenommen wurde, sondern vielmehr nur der sportliche Lückenfüller war, um die Quote der Uni zu halten. Er würde von jetzt an ein Auge auf ihn werfen, ihn beobachten und hoffentlich frühzeitig erkennen, ob und wann eine Gefahr von Billy B. ausgehen würde.

Das Wochenende stand vor der Tür. Duke hatte ein wenig früher Schluss als Bristol, doch hatte keine Lust, nach Hause zu gehen und wollte lieber noch etwas in der Bibliothek abhängen, um dann direkt zu ihr zu fahren. Er schaute auf seine Uhr. Mehr als zwei Stunden hatte er Zeit, um zu erforschen, was es an Neuerscheinungen gab. Die Universität gab sich wirklich große Mühe, hier Schritt zu halten, um den Ansprüchen der Studenten gerecht zu werden. Die Bibliothekarin grüßte ihn freundlich, als er seinen Leihausweis vorzeigte. Doch er hatte kaum das erste Bücherregal erreicht, als sein Handy vibrierte. Duke checkte rasch die neue Nachricht, die von seinem Überwachungshandy versandt worden war. Er packte sein Tablet aus und ging online. Sekunden später schüttelte er den Kopf, als er auf dem Ortungsprogramm einen blauen Punkt neben seinem Mustang erkennen konnte.

Es handelte sich eindeutig um Billy B., der an seinem Wagen war. Dann checkte er die Nummer von Billys Schwester. Ihr blauer Punkt wechselte auf der Onlinekarte zu einer anderen Ecke von Keene. Somit war Billy B. alleine. Duke packte sein Tablet wieder ein und machte sich im Laufschritt auf zu seinem Mustang. Nun ging ihm der Typ wirklich auf die Nerven. Es verließen einige Studenten den Parkplatz, doch Billy B. war nicht unter ihnen. Von Weitem sah er, dass die Reifen unversehrt waren, doch als er um das Auto herum zur Fahrerseite ging, sah er einen tiefen Kratzer, der sich vom vorderen Kotflügel bis zum hinteren durchzog. Kurz schloss er die Augen, holte tief Luft, legte den Nacken nach links und rechts, bis die Wirbel knackten. Einen doppelten Moment später öffnete er seine Hände, die er Sekunden vorher zu Fäusten geballt hatte, denn am liebsten hätte er dem Nächstbesten das Zahnfleischjucken beseitigt.

Als Duke sich wieder beruhigt hatte, schloss er den Wagen auf und holte das Handy hervor. Er wusste, was ihn erwarten würde, trotzdem startete er das Video. Billy B. hatte ein fieses Grinsen im Gesicht, während er sich nach allen Seiten umschaute, um sicherzustellen, dass ihn niemand beobachtete. Unvermittelt hörte Duke, wie sein Lautsprecher jammerte, weil etwas Spitzes über den Lack schrammte. Der Ton wollte nicht aufhören, anscheinend genoss Billy B. seine Tat in vollen Zügen. Mit einem Mal herrschte wieder Ruhe und das Video endete Momente später.

Duke strich nachdenklich mit dem Finger über den Kratzer. Billy B. hatte mit dieser Aktion definitiv eine Grenze überschritten. Bis zum Treffen mit Bristol hatte er noch zwei Stunden Zeit. Kurzentschlossen stieg er in den Mustang, holte ein zweites Handy heraus, startete seinen Browser und öffnete das Ortungsprogramm. Sekunden später zeigte ihm der blaue Punkt den Standort von Mr. Stress an. Wie erwartet bewegte sich der Punkt über die Navigationskarte. Sofort startete er den Motor und machte sich auf den Weg, ihm zu folgen. Eine Viertelstunde später stoppte der blaue Punkt, ohne sich weiter zu bewegen. Anscheinend hatte Billy B. sein Ziel erreicht. Auf dem Kartenausschnitt erkannte Duke eine Tankstelle. Keine acht Minuten später steuerte er die Adresse an und parkte in ausreichender Entfernung, um nicht von Billy B. entdeckt zu werden. Mit dem Fernglas, das zu seiner Grundausrüstung zählte, beobachtete er die Tankstelle. Seinen alten Mustang konnte er erkennen, doch der Feigling war nirgends zu sehen. Rasch wechselte er die Nummer im Ortungsprogramm, um zu erkennen, wo sich die Schwester befand. Doch sie war nicht in der Nähe. Je länger er durch die Sehhilfe blickte, umso mehr kämpfte er gegen sein Verlangen, einfach auszusteigen und Billy B. mit seinem Baton dessen bescheuerten Hipster-Bart zu rasieren. Er merkte regelrecht, wie er sich verkrampfte, doch er wusste, dass er jetzt cool bleiben musste. Mit einer unüberlegten Handlung würde er nichts erreichen. Nach ein paar Minuten sah er, wie Billy B. mit einem Becher in der Hand in seinen Wagen einstieg. Duke wechselte von der Nummer der Schwester wieder zu Billy B.s Nummer, nur so konnte er sicher sein, ihn auch bei einem größeren Abstand nicht zu verlieren. Spontan bekam er eine Idee, die er ausprobieren wollte. Nachdem Billy B. von der Tankstelle gefahren war, folgte er ihm. Wenn dieser kein anderes Ziel hatte, dann sah es so aus, als wenn er zu sich nach Hause fuhr. Duke spielte im Kopf seine Idee durch und war sich sicher, dass es klappen könnte.

Da Keene kein sehr großer Ort war, dauerte es nicht allzu lange, bis sie die letzten Häuser hinter sich gelassen hatten. Sie fuhren an Wiesen und Wäldern vorbei, auf Straßen, die nur spärlich befahren waren. Duke kannte die Gegend und wusste, dass der nächste bewohnte Ort eine Viertelstunde entfernt war. Mit einem Mal drückte Duke aufs Gaspedal und fuhr mit überhöhter Geschwindigkeit an Billy B. heran, bis er den Abstand so verkürzte, dass Billy B. ihn jetzt im Rückspiegel sehen musste. Er hupte kurz, gab noch einmal Gas, überholte und setzte sich vor Billys Mustang, um ohne Vorwarnung kräftig in die Eisen zu steigen. Billy B. wurde von der Aktion vollkommen überrascht und bremste hart ab, um nicht aufzufahren. Duke hatte sein Tablet bereit, um schnell sein Hypnoseprogramm starten zu können. Wie erwartet flog die Fahrertür auf und mit einem überheblichen Siegerlächeln stampfte Billy B. auf ihn zu. Duke stieg ebenfalls aus.

»Bist du wirklich so dämlich, hier einen auf Helden zu machen, du dämlicher Arsch? Jetzt gibt es aber wirklich eine gegen die Glocke«, schrie er Duke wie von Sinnen an.

Gut, dass er ankündigte, was er vorhat, dachte sich Duke und wollte fast den Kopf schütteln. Was war das für ein Idiot, den er da vor sich hatte? Schon an Billy B.s Körperhaltung konnte man ablesen, dass dieser gleich einen primitiven rechten Schwinger gegen ihn einsetzen wollte. Duke stellte sich darauf ein und änderte seinen Schwerpunkt so, dass er ausweichen und einen Gegenschlag ausführen konnte. Wie er es vorausgesehen hatte, holte Billy B. schwerfällig aus, um ihn im Gesicht zu treffen. Duke duckte sich seitlich weg, um damit gleichzeitig Schwung zu holen für den schon bewährten Schlag auf den Brustkorb. Da dies beim ersten Mal bereits erfolgreich gewesen war, hatte er keine Bedenken, ihn erneut damit von den Füßen zu holen. Duke hatte nicht vor, ihn bewusstlos zu schlagen oder ihn hier zum Invaliden zu machen. Der Wunsch bestand schon, doch er hatte sich im Griff und beließ es bei dem einen kräftigen Punch. Wie im Drehbuch knickte Billy B. ein und fiel auf die Knie, um verzweifelt nach Luft zu schnappen. Ohne Mr. Atemnot Zeit zu geben, sich von dem Wirkungstreffer zu erholen, griff er zum Tablet, startete das Hypnoseprogramm und hielt es so, dass Billy B. genau hinsehen musste. Mit den fließenden Farben beruhigte sich Billy B.s Atmung nach wenigen Sekunden. Duke hoffte, dass in den nächsten Minuten kein anderes Fahrzeug kommen würde und niemand sah, was hier gerade abging. Ein kurzes Spaßgebet ans Universum sollte helfen. Duke ließ sich Zeit, bevor er anfing, leise auf Billy B. einzureden. Nachdem sich dessen Atmung wieder normalisiert hatte, fing er an, ihn tiefer in Trance zu ziehen. Nach einer Minute fröstelte es Duke so mitten auf der Straße, doch er ließ sich nicht in seiner Konzentration stören.

»Du wirst einen Anruf bekommen, wenn du mit deinem Wagen fährst. Wenn du das Wort „Kollision" hörst, lenkst du deinen Mustang frontal gegen einen Baum. Sobald ich mit den Fingern schnippe, setzt du dich in dein Auto und fährst nach Hause. Du wirst dich an mich nicht mehr erinnern.«

Duke schaltete das Programm wieder ab und war neugierig, was gleich geschehen würde. Dann schnipste er mit den Fingern und wie ferngesteuert richtete sich Billy B. emotionslos vor ihm auf, drehte sich um und ging zu seinem Wagen. Ohne Duke weiter zu beachten, fuhr er an ihm vorbei. Lächelnd

schaute Duke Billy B. hinterher, stieg ebenfalls ein, erweckte die 450 Pferde unter der Motorhaube und stellte die Heizung auf volle Pulle. Es war Zeit, nach Keene zurückzukehren, denn Bristol wartete sicherlich schon auf ihn. Er tippte ihre Adresse ins Navigationssystem ein, das ihm eine Fahrzeit von 27 Minuten anzeigte. Das konnte nur ein Gerät für einen koreanischen Kleinwagen sein, dachte er sich, aber doch nicht für seinen Mustang. Jedenfalls war noch genügend Zeit, um ein paar Blumen zu besorgen.
Er konnte es kaum erwarten, Bristol wiederzusehen. Seit vergangenem Montag hatten sie zwar jeden Abend miteinander telefoniert, fanden aber nicht die Zeit, sich zu treffen. Sie nahm ihr Kunststudium sehr ernst und das akzeptierte er. Was er auf keinen Fall wollte, war, dass er sie mit seiner täglichen Anwesenheit in irgendeiner Form bedrängte. So kurz, wie sie sich kannten, war es wahrscheinlich gut, alles etwas langsamer angehen zu lassen. Er entschied für sich, dass sie das Tempo bestimmen sollte. Duke ließ sich bei der Blumenwahl beraten, fand aber die Vorschläge der Verkäuferin langweilig. Schon die bunte Zusammenstellung war peinlich und vollkommen kitschig. Die Sträuße, die er sah, wären für einen Kindergeburtstag gut gewesen, da es den Kids sowieso egal ist, ob sie Blumen bekommen oder nicht. Duke bedankte sich für ihre Vorschläge, entschied sich aber für 15 cremefarbene Rosen ohne Schnickschnack. Kommentarlos packte die sichtlich angesäuerte Blumentante die Rosen ein und Duke war froh, zwei Minuten später wieder im Mustang zu sitzen. Depeche Mode begleitete ihn die restlichen vier Meilen zu Bristol, wo die Band über einen schmutzigen, klebrigen Fußboden sang und versuchte in

verschiedenen Tonlagen daraus etwas Tanzbares zu machen. Bei solchen Songs fragte er sich manchmal, ob bei den Typen ein Drogenverbot überhaupt Sinn ergab.
Der Cappuccino lief gerade durch, als er an der Tür klingelte. Bevor Bristol die Tür öffnete, dachte er über einen Kosenamen für sie nach, doch eigentlich mochte er ihren süßen Namen. Die Blumen kamen gut an. Sie als Künstlerin war beeindruckt von der Schlichtheit des Straußes, ohne unnötiges Grünzeug, das die wunderschöne Farbe der Rosen verdeckt hätte. Ihre beiden Mitbewohnerinnen waren für die Nacht in Boston, um mal richtig Party zu machen, wie Bristol ihm erklärte. Mit anderen Worten, sie hatten das Haus für sich alleine. Darauf gab es einen Cappuccino, der, nachdem sie es sich auf der Couch gemütlich gemacht hatten, wiederum kalt wurde. Sie bestellten sich ihr Abendessen bei einer Pizzeria und schauten sich im Classic Channel den Film „Roman Holidays" an. Wirklich viel bekamen sie vom Film jedoch nicht mit, da sie zu sehr miteinander beschäftigt waren. Er konnte nicht genug von ihr bekommen. Sie war die Fröhlichkeit in Person, lustig, sinnlich und selbstsicher. Duke hatte sich über beide Ohren in sie verliebt und ihr ging es ebenso.

***

Das Wochenende verging zu schnell. Maggie und Lisa kamen schon vor dem Mittagessen zurück und waren noch total aufgedreht. Beide erzählten gleichzeitig, aber komplett verschiedene Geschichten. Aufgeregt berichteten sie, was sie alles erlebt hatten, wobei das verwischte Make-up der beiden den Rest erzählte. Duke merkte, dass sie ihren Schlaf brauchten, für den sie in Boston keine Zeit gefunden hatten. Nach ein paar innigen Küssen und mit dem Versprechen, am Abend noch einmal anzurufen, verabschiedete er sich nur ungern von Bristol.

Er fuhr zum Mittagessen in ein Restaurant, bestellte sich einen Turm Waffeln und ging online. Als die Kellnerin mit dem Eistee anwackelte, schaute sich Duke gerade in Google Maps die mögliche Fahrstrecke an, die Billy B. vermutlich immer zur Uni nahm. Duke schaffte nur den halben Waffelturm, so richtig großen Appetit hatte er nicht, denn in Gedanken war er bereits beim Planen des morgigen Tages. Auf der Route waren zwei interessante Stellen erkennbar, die er eingehend prüfen wollte.

Zurück im Auto tippte er die Adresse von Billy B. und die beiden Zwischenstopps in sein Navigationsgerät ein. Noch während das Gerät die Route berechnete, rollte er vom Parkplatz und fuhr in die Richtung der ersten möglichen Unfallstelle. 25 Minuten später befand er sich an der zweiten Stelle, die er auf der Karte entdeckt hatte. Die nächsten Meilen fuhr er ein wenig langsamer, um eine Idee zu bekommen, wie er es anstellen könnte, dass Billy B. hier verunglückte. So recht war er noch nicht von der Stelle überzeugt und gab Gas. Nach weiteren zehn Minuten auf der Straße sah er plötzlich genau die Situation vor sich, die er sich wünschte. Er nutzte die nächste Chance, um zu drehen und fuhr mit erlaubter Höchstgeschwindigkeit die Allee entlang, die ihm mit sauber aneinandergereihten Bäumen nahezu perfekt erschien. Wenn man hier ungebremst in einen der Bäume fuhr, dann war es das, dachte er sich, markierte die Stelle der Straße in sein Hand-GPS und fuhr gut gelaunt nach Hause. Morgen war ein neuer Tag, ein gefährlicher Tag.

***

Duke erwachte an diesem Montagmorgen eine Stunde früher als notwendig und machte sich fertig, um in einem Fast Food Restaurant zu frühstücken. Er hatte am Abend zuvor den Stundenplan von Billy B. gecheckt, um zu sehen, wann dieser vermutlich zur Uni fahren würde. In aller Ruhe ging Duke bei einem mittelmäßigen Cappuccino online. Der blaue Punkt im Ortungsprogramm verriet ihm, dass Billy B. noch zu Hause war. Nachdem er die koffeinlose Braunbrühe ausgetrunken hatte, holte er eine SIM-Karte hervor, aktivierte diese in seinem billigen Handy, dann legte er es neben das Tablet und wartete. Jetzt hieß es cool bleiben. Allzu lange sollte es nicht mehr dauern, bis Billy B. sich auf den Weg zur Uni machen würde, vorausgesetzt, die Pieselbirne feiert heute nicht krank. Duke holte sich einen weiteren von diesen scheußlichen Cappuccinos und entschied, dass es sein letzter in dieser Burgerbude gewesen sein würde.
Zurück am Tisch, beobachtete Duke, wie sich der blaue Punkt in Bewegung setzte. Sofort wechselte er im Ortungsprogramm die Telefonnummern und tippte die Handynummer der Schwester ein. Letztlich hatte er nur eine Rechnung mit Billy. B. zu begleichen, es bestand kein Grund, sie zu opfern. Ihr blauer Punkt zeigte ihm, dass sie sich nicht im Wagen bei ihm befand. Sehr gut, dachte er. Er wechselte wieder auf die Nummer von Billy B. und beobachtete am Tablet aufmerksam dessen Fahrt. Unauffällig warf er einen Blick in die Runde, doch niemand befand sich in seiner unmittelbaren Nähe. Somit sollte er ungestört telefonieren können. Billy B. näherte sich langsam den Koordinaten. Duke nahm das Handy in die Hand und war bereit. Da war es wieder, dieses warme Jagdgefühl, das er schon lange

nicht mehr verspürt hatte. Es war ein interessanter Sinnesreiz, der etwas von Macht und Überlegenheit hatte und ein leichtes Kribbeln in den Fingern erzeugte. Zwei Minuten später klingelte es bei Billy B., der sofort abnahm.

»Hallo?«, grunzte er.

Duke beobachtete den blauen Punkt, sprach im richtigen Moment das Codewort und horchte angestrengt in sein Handy, was nun gleich passieren würde. Unvermittelt brach die Verbindung ab und Duke lächelte, doch anders als erwartet bewegte sich der blaue Punkt weiterhin mit der gleichen Geschwindigkeit. Das Lächeln verging ihm beim verdutzten Blick auf das Tablet. Schließlich erreichte Billys blauer Punkt die zweite Stelle, die er sich am Tag zuvor angeschaut hatte. Verunsichert von dem Misserfolg wählte Duke erneut Billys Handy an.

»Hallo?«

Noch einmal gab Duke ihm, diesmal noch deutlicher, das Codewort. Abermals wurde das Gespräch unterbrochen und der blaue Punkt bewegte sich wie zuvor unverändert weiter. Enttäuscht von sich, schaltete er das Flachhirn aus und musste feststellen, dass dieser Plan nicht funktioniert hatte. Ohne weiter über den Fehlschlag nachzudenken, nahm er die SIM-Karte aus dem Handy, zerbrach diese und zerstörte auch den Rest des Handys. Ihm war bewusst, dass es Grenzen bei der Hypnose gab und man niemandem gegen seinen Willen etwas suggerieren könnte. Wahrscheinlich hatte Duke diese Grenze bei Billy B. erreicht und ein Selbstmord mit einem Auto konnte er somit ausschließen. Da musste er wohl kreativer werden, motivierte er sich und blickte aus dem Fenster.

»Hat Ihnen der Cappuccino nicht geschmeckt?«, fragte die Verkäuferin, als er bezahlte.
Wortlos verließ Duke das Restaurant und machte sich auf den Weg zur Uni. Er war sich so sicher gewesen, mit seinem kleinen Hypnosetrick das „Billy B. Problem“ endlich lösen zu können. Missgelaunt parkte Duke den Wagen wie üblich in der Nähe der Bibliothek, aktivierte das Überwachungshandy und ging zu seiner ersten Stunde. Er war kein guter Verlierer, das musste er sich eingestehen.
An Lernen oder Programmieren war heute nicht zu denken. All seine Gedanken drehten sich um Billy B. und die verstrickte Situation. Nach drei Stunden hatte Duke genug vom Schmollen, meldete sich krank und fuhr nach Hause. Er brauchte jetzt Zeit für sich, um in Ruhe nachzudenken, wie es weitergehen sollte. Duke zog sich auf den Dachboden zurück, an den Ort, an dem bisher all seine guten Pläne entstanden waren. Eventuell hatte seine Idee nicht funktioniert, da er dieses Mal das Ganze zu schnell aus dem Bauch heraus zusammengeschustert hatte. Vielleicht war Hypnose hier auch der falsche Weg, um diese Dummnuss zu knacken. Doch die Zeit war gegen ihn. Mit Sicherheit würde der Typ bald wieder etwas unternehmen, das gegen Duke oder seinen Mustang gerichtet wäre.
Duke spürte, dass ihm Koffein fehlte. Seit er mit Bristol mehr Zeit verbrachte, hatte sich sein Körper auf einen gewissen Koffeinlevel eingestellt, der nun unterschritten war. Da er keine Cappuccino Maschine besaß, musste schwarzer Kaffee reichen. Also entschloss er sich, hinunter in die Küche zu gehen und sich was Dunkles zusammenzubrauen. Schon das Mahlen der Bohnen bescherte ihm eine bessere Laune. Als er das heiße,

schwarze Gebräu kostete, zauberte es ihm schon wieder ein schmales Lächeln aufs Gesicht. Nach dem halben Pott spürte er körperlich, dass er sich schon wieder im Kreativmodus befand. Okay, sagte er sich, was gäbe es für Möglichkeiten, den Bettnässer nun wirklich fertigzumachen? Auch wenn Selbstmord unter Hypnose nicht funktionierte, war es immer noch der einfachste Weg, ihn mit dem Programm in gewisser Weise zu manipulieren. Zu Dukes Überraschung hatte Billy B. jedes Mal schnell auf die Hypnose reagiert. Er müsste ihm die Botschaft wahrscheinlich nur besser ins Hirn bohren. Wenn er also Billy B. in keine Situation bringen konnte, in der er sich selbst etwas antat, dann mussten die Umstände ebenso sein, dass jemand anders ihn beseitigte. Duke spielte gedanklich einige Unfälle durch, doch kein Szenario war wirklich überzeugend. Auch fehlte ihm jede Information, was Billy B. für Hobbys hatte oder was er sonst so in seiner Freizeit trieb. Duke konnte nur versuchen, mit seinem Ortungsprogramm ein Bewegungsprofil zu erstellen, um damit eine Idee zu bekommen, wer sein Gegner war und was dieser so den lieben langen Tag trieb. Duke musste es vermeiden, mit ihm gesehen zu werden. Niemand durfte mitbekommen, dass es zwischen ihnen Reibereien gab. Wahrscheinlich war der Zug in der Hinsicht eh schon abgefahren, doch er durfte sich nicht mehr von Billy B. in der Öffentlichkeit provozieren lassen, um sich womöglich erneut verteidigen zu müssen. Eine wirklich verfahrene Lage. Duke dachte sich verschiedene Situationen aus, in denen er improvisieren könnte. Sollte es dazu kommen, musste er schnell reagieren und eine Lösung parat haben. Ein Klingeln an der Tür unterbrach seine Gedankengänge. Mit einem Blick auf die Uhr stellte er erstaunt fest, dass er volle fünf

Stunden vor sich hin gegrübelt hatte. Noch im Hinuntergehen zur Eingangstür fragte er sich, wer wohl der Überraschungsgast war. Als er die Tür öffnete, schaute Bristol ihn besorgt an. Da erst fiel ihm ein, dass er ja sein Handy ausgestellt hatte.
»Hi, Bristol, das ist ja eine schöne Überraschung. Komm rein, ich mache uns einen Milchkaffee«, sagte er und küsste sie zur Begrüßung.
Sie gingen in die Küche, wo Duke Wasser aufsetzte und Milch erwärmte.
Noch bevor er zum Zuge kam, sagte sie: »Ich habe mir Sorgen gemacht und mehrfach versucht, dich anzurufen!«
Duke spielte den Ahnungslosen und holte sein Handy hervor, um erstaunt auf das Display zu schauen.
»Oh, irgendwie muss ich das Telefon aus Versehen ausgeschaltet haben. Aber schön, dass du hier bist.«
Dann zog er sie an sich heran, um sie zu küssen.
Sie stoppte ihn mit den Worten: »Ich habe den Kratzer im Mustang gesehen. Erst die zerstochenen Reifen, jetzt das?«
Duke ließ von ihr ab und ging zum Küchentisch, um mit der Kaffeemühle frische Bohnen zu mahlen. Wie sollte er sich verhalten? Ihr die Wahrheit sagen, dass es Billy B. war? Oder sollte er doch lieber eine Story erfinden?
Nachdem er die Bohnen gemahlen hatte, sagte er zu ihr: »Ich hatte wirklich gehofft, dass Billy B. mich in Ruhe lassen würde. Keine Ahnung, warum er immer noch so handelt. Ich werde einmal mit ihm sprechen.«
»Denkst du wirklich, er wird sich einfach so ins Gewissen reden lassen?«, fragte sie zweifelnd. »Ich habe wirklich Angst, dass er dir irgendetwas antut. Geh doch zur Polizei und zeige ihn an.«

»Ich werde es regeln, versprochen. Lass uns nicht weiter darüber reden. Für alles gibt es eine Lösung und jetzt gibt es einen leckeren Milchkaffee.«

Mit einem netten Lächeln zog er sie wieder an sich, und als ob sie bestätigen wollte, dass sie ihm glaubte, küsste sie ihn innig. Bevor er seine Hand unter ihren Pullover schieben konnte, hörte er das Auto seiner Mutter. Zwei Minuten später stand sie in der Küche und musterte Bristol von oben bis unten.

»Hi, Mom. Das ist Bristol. Ich wollte ihr gerade mein Zimmer zeigen.«

Damit verabschiedete er sich aus der Küche und zog Bristol hinter sich her. Duke hatte keine Lust mehr auf unsinnige Gespräche, die nur in Peinlichkeiten enden konnten. Er wollte in Ruhe seinen Milchkaffee genießen und das in netter Gesellschaft.

***

Die folgenden Tage waren Routine. Uni wechselte sich mit Freizeit ab, die meistens darin bestand, weiter sein Spiel zu programmieren. Unterdessen legte Duke ein genaues Bewegungsprofil von Billy B. an und beobachtete ihn unauffällig. Das Schwierigste würde sein, dem Typen alleine zu begegnen. Obwohl er immer noch die Lachnummer war, hatte Billy B. es geschafft, wieder eine kleine Gruppe Verlierer um sich zu scharen, bei denen er den Anführer spielen konnte. Wann immer Duke ihm folgte und ihn beobachtete, waren entweder diese Hampelmänner um ihn herum oder seine Schwester. Doch um ihn noch einmal geistig zu grillen, musste er unbedingt ungestört und alleine mit ihm sein. Am Freitag überraschte Bristol ihn in der Uni. Sie wartete frech angelehnt am

Mustang mit zwei Pappbechern in der Hand und einem bezaubernden Lächeln im Gesicht.

»Bristol, du kannst meine Gedanken lesen.« Er küsste sie so, dass sie sich mit den Bechern in der Hand nicht wehren konnte. Dann nahm er ihr einen Becher ab und sagte: »Tolle Überraschung! Du bist die Beste.«

Sie lachte ihn verliebt an.

»Das dachte ich mir«, sagte sie und hielt die Hand auf. »Die Überraschung ist noch nicht vorbei. Gib mir deine Wagenschlüssel und genieß die Fahrt.«

Duke mochte es, sie anzusehen, während sie den Wagen fuhr. Dann schob er eine Marilyn Manson CD ein und ließ die Boxen singen.

»Der Wagen passt zu dir. Eventuell ist es Zeit, deine Gurke in Rente zu schicken.«

»Mein Wagen ist prima. Wenn ich angeben will, dann frage ich dich.«

Beide lachten und genossen ihren Cappuccino.

»Wo geht's denn hin? Wohin willst du mich entführen?«, fragte er sie neugierig.

»Wir sind bald da, nur Geduld«, versprach sie.

Im Grunde war es ihm egal, wohin die Reise ging. Hauptsache, sie waren zusammen und hatten eine gute Zeit. Der Wagen machte ihr Spaß und er genoss es, neben ihr zu sitzen und zu entspannen. Es war eine anstrengende Woche gewesen, neben dem Programmieren und der Billy B. Beobachtung. Eine Stunde später fuhr Bristol auf den Parkplatz vom Chester Rod & Gun Club. Sie löste ihren Gurt, schaltete die Musik aus und blieb sitzen.

»Bristol, du bist die coolste Braut. Willst du ein wenig rumballern?«, fragte Duke erstaunt, als er sah, wo sie sich befanden.
»Nein, mein Liebling, rumballern kann der Dümmste. Mein Dad ist Partner einer Shooting Range in Florida. Ich bin mit Waffen aufgewachsen und dir werde ich beibringen, wie man richtig mit Waffen umgeht.«
Duke schaute sie fasziniert an.
»Ich bin wirklich froh, dass du meine Freundin bist und nicht mein Feind. Okay, dann mal los.«
Beim Anmelden im Shop erfuhr er, dass sie vorab einen Termin mit einem Trainer vereinbart hatte. Duke war eigentlich kein Freund von Waffen. Für ihn bestand Verteidigung aus purer körperlicher Konfrontation mit dem Gegner. Doch das Leben ist ein einziges aufregendes Abenteuer und er war immer offen für etwas Neues. Schon bei der Waffenauswahl beeindruckte Bristol ihn mit ihrem Fachwissen. Sie erklärte Jack, dem Trainer, welche Waffen sie bei den ersten Schießübungen benutzen wollte. Duke hielt sich bei dem Fachgespräch im Hintergrund, das war alles Neuland für ihn. Als Jack fortging, um eine Walther PP 99 AS für ihn und eine EAA Witness Elite Match für sie zu holen, erklärte Bristol, dass man von Anfang an mit der richtigen Waffe lernen sollte. Erst, wenn er das Gefühl für die Waffe und den Respekt davor bekommen hatte, könnte er verschiedene andere Waffen ausprobieren. Einmal falsch gelernt, würde man den Fehler nur schwer wieder wegtrainiert bekommen. Weiterhin erklärte sie ihm, dass die Walther PP für ihn genau die richtige 9 mm Waffe sei und sie extra angerufen habe, ob diese hier zur Verfügung stehe. Diese Waffe hat eine schnelle Schussfolge mit einem Magazin von 15 Patronen. Von Anfang an

machte sie ihm klar, dass es hier bei den Übungen nicht darum ging, die höchste Punktzahl zu erreichen.
Sie stellte sich mit einem ernsten Gesicht vor ihm auf, stemmte ihre Hände in die schmalen Hüften und erklärte: »Ich werde dir beibringen, wie man sich richtig verteidigt. Die Zielscheibe ist der Gegner, der dich töten will. Also nicht lange nachdenken. Durchladen, zielen, abdrücken. Du musst immer schneller sein als der Gegner. Immer! Verstanden?«
Duke war sprachlos. So taff hätte er Bristol gar nicht eingeschätzt. Es machte ihm Freude, diese Seite an ihr kennenzulernen. Jack kam zurück und überreichte ihnen die gewünschten Waffen. Zum Spaß hatte Duke ab und zu die alte Schrotflinte auf dem Dachboden in der Hand gehalten, doch das hier war ein anderes Paar Schuhe. Schon als die Walther PP in seiner Hand lag, war er erstaunt, wie leicht sie war und lernte dann, dass sie mit einem Anti-Stress-Abzug ausgestattet war. Okay, dachte sich Duke, was auch immer das heißen sollte. Er bekam das erste Gefühl für die ausbalancierte Qualität dieser Waffe. Bristol bedankte sich bei Jack, der schnell bemerkte, dass er hier überflüssig war.
Sie hatte vor, Duke alles beizubringen. Nachdem sie ihm die Funktion dieser handlichen Waffe, das richtige Atmen und die Sicherheitsregeln erklärt hatte, sollte er sie beim ersten Mal einfach nur beobachten, wie sie die Waffe hielt und die Show genießen. Sie leerte in einer atemberaubenden Zeit zwei Magazine auf verschiedene Ziele. Danach war Duke an der Reihe. Es dauerte eine Weile, bis er die richtige Haltung eingenommen hatte und er zielen konnte. Als die erste Kugel die Waffe verließ, wunderte er sich über den geringen Rückstoß.

Beeindruckt schaute er zu Bristol hinüber, die ihm mit einem Daumen hoch und nickend andeutete, weiterzumachen. Was für eine Macht in so einem Ding steckte, dachte er sich, als er erneut sein Ziel anvisierte.

Er leerte das Magazin, tauschte es aus und feuerte erneut mit deutlich erhöhter Schussgeschwindigkeit. Duke wunderte sich über seine Zielgenauigkeit. Selbst Bristol gratulierte ihm anerkennend zu diesem Erfolg. Zwischen ihnen lagen noch Welten, doch nach zwei Stunden und mehreren 100 Schuss wusste Duke, was er tat. Sie zeigte ihm in kurzer Zeit ein paar wertvolle Tricks, die er mühelos umsetzen konnte. Der anfängliche Spaß, nur ein wenig die Zielscheiben zu durchlöchern, wich einem unbedingten Willen, keine Gefangenen zu machen. Duke hatte das Gefühl, unsterblich zu sein, wenn er die Zielscheiben traf. Nach dem letzten Schuss spürte er, dass er unbedingt etwas Koffeinhaltiges brauchte, um wieder runterzukommen. Und erneut war er von Bristol beeindruckt. Er spürte schon nach kurzer Zeit, wie seine Muskeln schmerzten, doch sie zeigte keine Schwäche. Anscheinend wurde sie gerade erst warm. Bristol freute sich über seine Leistung und bestätigte sein Naturtalent.

»Das war echt seit Langem das Coolste. Vielen Dank, Bristol«, erklärte Duke. »Du bist ein echter Profi.«

»Beim nächsten Mal bringe ich dir bei, wie man mit einem AR 15 Sturmgewehr umgeht«, sagte sie lächelnd und besiegelte es mit einem Kuss.

»Ich kann es kaum erwarten«, hauchte er ihr ins Ohr, nachdem sich ihre Lippen gelöst hatten. »Definitiv müssen wir das wiederholen.«

»Unbedingt«, sagte sie. »Diese Situation mit Billy B. macht mir ein wenig Angst und alles, was du lernen kannst, um dich zu verteidigen, kann nicht schaden.«
Nachdem sie die Rechnung bezahlt hatten, fuhr Duke zurück zur Uni, um ihr Auto abzuholen. Bevor sie in ihren Wagen stieg, um nach Hause zu fahren, küssten sie sich, bis die Scheiben beschlugen. Duke konnte nicht genug von ihr bekommen. Und sie mit der Waffe in der Hand zu sehen, törnte ihn zusätzlich an. Bristol lud ihn noch zu einem hauseigenen Cappuccino ein, den er natürlich nicht ausschlagen konnte.
Duke genoss die Zeit mit ihr. Was wäre der Tag ohne sie? Eine Aneinanderreihung von Ereignissen, die keinerlei Berechtigung hätten, von der Welt zur Kenntnis genommen zu werden. Ein Dahinleben, immer bemüht zu beweisen, wie wichtig man war, und immer in der Hoffnung, dass man nicht übersehen wird.

KAPITEL 14

Wie immer war das Wochenende viel zu schnell vorbei. Nach dem Mittagessen in der Uni schlich sich Duke in den Umkleideraum der Sportler und schaute sich um. Billy B. trainierte noch mit seiner Ringer Mannschaft. Alles war ruhig, Duke war allein. Er befestigte im Raum eine kabellose Kamera, die ein Livebild auf sein Handy zauberte. Mit diesem kleinen Helfer war er in der Lage, genau zu sehen, was sich in den Räumlichkeiten tat. Soweit die Theorie. Dann nahm er einen Permanentmarker und malte einen schlaffen Penis auf Billy B.s Schranktür. Unbemerkt verließ er den Umkleidebereich, um sich Minuten später auf die hinteren Ränge der Sporthalle zu setzen, wo keiner von ihm Notiz nahm. Auf seinem Handy startete er das Überwachungsprogramm. Das Livebild, das er jetzt empfang, war glasklar. Perfekt, dachte er und lächelte. Nach einer halben Stunde Gezappel und Geschiebe an verschiedenen Körperteilen verließen endlich alle Sportler die Halle und machten sich auf den Weg zur Umkleide. Duke blieb weiter gelassen auf der Bank sitzen und beobachtete in den nächsten Minuten die Aktivitäten in der Kabine. Er zählte 14 Muskelträger plus einen Bettnässer. Nachdem sich der Letzte aufmachte, aus dem Umkleideraum zu verschwinden, verließ Duke die Sporthalle, um sich um Billy B. zu kümmern. Leise öffnete er die Tür und schloss sie ebenso leise, um sie danach zu blockieren. Wie immer musste er für seine Zwecke ungestört sein. Anschließend schlich Duke lautlos durch die Gänge, nahm die Überwachungskamera wieder an sich und stand Augenblicke später wie ein Geist hinter Billy B., der immer noch verbissen und fluchend an der Tür schrubbte. Mit dem Tablet in der Hand tippte Duke ihm auf die Schulter, der sich daraufhin reflexartig umdrehte, um direkt auf den Bildschirm zu schauen. Duke war immer wieder von seinem Programm fasziniert und davon, wie schnell Billy B. darauf reagierte. Dann führte er ihn mit ruhigen Worten in Trance. Duke ließ sich Zeit und beobachtete dessen Atmung, bis er sich sicher war, dass Billy B. bereit war für die finale Botschaft.

Weitere Minuten vergingen, bevor er zu ihm sagte: »Wenn du einen Anruf bekommst und das Wort „Straße" hörst, wirst du ohne zu zögern auf eine Straße laufen, ohne nach rechts oder links zu schauen. Wenn ich jetzt den Bildschirm ausschalte, wirst du dich nicht mehr an mich erinnern. Sobald du eine Tür hörst, die zuknallt, verhältst du dich wieder normal.«

Duke schaltete den Bildschirm aus und verließ die Räumlichkeiten mit einem lauten Türkrachen. Der erste Teil der neuen Mission war erfolgreich, sagte er sich, als er wieder aus der mit Schweiß verpesteten Testosteronhöhle herauskam und frische Luft einatmete. Duke hatte sich erneut mit einem unbenutzten Handy und einer SIM-Karte präpariert. Nun hieß es warten, beobachten und verfolgen. Den richtigen Moment abpassen für seinen nächsten Schritt und dann handeln. So wie Bristol es ihm beigebracht hatte: durchladen, zielen, abdrücken. Oder einfach nur die richtige Nummer zur richtigen Zeit wählen. Sofort lief er zu dem Wagen seiner Eltern und wartete darauf, dass Mr. Hypnose aus der Umkleide kam. So wie er sich erinnern konnte, war heute die sportliche Männerrunde Billy B.s letzte Aktivität am Campus. Er sollte recht behalten. Keine zehn Minuten später erschien dieser auf dem Parkplatz. Ohne Hast reihte sich Duke in den Verkehr ein und folgte ihm im Sicherheitsabstand. Er hatte keine Bedenken, erkannt zu werden. Sein Mustang war für die nächsten drei Tage in der Werkstatt, um den Kratzer zu reparieren und mit dem Wagen seiner Eltern fiel er nicht weiter auf. Er war vorher noch nie mit deren Auto zur Uni gekommen, somit sollte er sicher sein. Billy B. fuhr anscheinend planlos in aller Gemütlichkeit durch Keene und Duke immer hinter ihm her.

Es verging eine halbe Stunde, bis Billy B. seinen Blinker setzte und den Parkplatz des Restaurants ansteuerte, in dem seine Schwester kellnerte. Natürlich hatte Billy B. seine Karre protzermäßig gleich neben dem Eingang abgestellt. Selbst auf dieser Entfernung erkannte Duke, dass die Chance, ihn von dort auf die Straße zu lotsen, mehr als ungünstig war. Die Eventualität bestand auch, dass er zusammen mit seiner Schwester herauskam und somit war der Plan hinfällig, ihm das Codewort hier zu senden. Duke war wieder im Jagdmodus und letztlich war der Tag noch jung. Die Wartezeit füllte er mit Gedanken an sein neues Spiel. Es war so gut wie fertig und bald konnte er es auf die Handysüchtigen loslassen, die davon nicht genug bekamen. Leichter konnte man wirklich kein Geld verdienen. Früher war es Gott, den sie anbeteten, heute war es ein tastenloser Bildschirm. Gut für ihn.

***

Duke musste sich fast eine halbe Stunde gedulden, bis Billy B. wieder auf der Bildfläche erschien. Er kam alleine aus dem Restaurant und als er losfuhr, klemmte Duke sich erneut an ihn heran. Nach wenigen Minuten schlug dieser die Richtung ein, die unweigerlich aus Keene heraus und höchstwahrscheinlich direkt zu seinem Elternhaus führte. Duke gab für heute auf, er ließ Billy B. davonziehen. Morgen würde er einen neuen Versuch unternehmen. Mit diesem Gedanken machte er sich auf den Weg zu Bristol, die nach seiner Uhr jetzt ihre letzte Stunde haben sollte. Rasch textete er ihr, dass er auf sie in Rubys Coffeeshop in der Winchester Street warten würde, unweit ihrer Uni. Als Duke den Wagen parkte, stellte er fest, dass er noch ein wenig Zeit hatte, bis sie erscheinen würde. Alleine wollte er nicht in den Coffeeshop gehen und so entschied er sich, ein wenig die Straße entlang zu schlendern, um herunterzukommen von seinem Jagdfieber. Auch wenn er nach außen hin cool wirkte, tat es gut, beim Laufen das überschüssige Adrenalin abzubauen. In Gedanken versunken sah Duke an einem Ladengeschäft, an dem er schon halb vorbeigelaufen war, ein Schild hängen, das anzeigte, dass dieser zu vermieten war. Mit den Händen in den Taschen musterte er den leeren Laden und sah innerhalb von Sekunden die Möglichkeit, hier ein Atelier für Bristol einzurichten. Geniale Gegend und unweit ihrer Uni. Er wählte die Nummer, die auf dem Schild im Schaufenster stand, und lauschte dem Klingelton, bis sich nach dem dritten Klingeln eine nette Frauenstimme meldete. Während er mit ihr einen Besichtigungstermin für den nächsten Tag vereinbarte, schaute Duke sich immer wieder um, ob nicht zufällig Bristol hinter ihm stand. In dem Moment, in dem er auflegte, hatte Duke das Atelier schon gedanklich eingerichtet. Super, dachte er sich. Das wird sein geheimes Projekt und hoffentlich eine große Überraschung für Bristol. Duke wusste, dass sie in dem angemieteten Haus keinen richtigen Platz hatte, um ihren Traum vom kreati-

ven Arbeiten zu erfüllen. Mit einem Lächeln der Vorfreude auf den Besichtigungstermin lief er wieder zum Coffeeshop zurück. Gerade als er diesen erreichte, klingelte sein Telefon.
»Hi, Duke. Bestell uns doch schon einmal einen großen Cappuccino. Ich bin gleich da. Und ein paar Boston Cream Donuts wären auch nicht schlecht.«

***

Am nächsten Tag folgte Duke erneut dem Wagen von Billy B., der dieses Mal ins Zentrum von Keene fuhr. Wieder war Duke mit dem Auto der Eltern unterwegs und wieder hatte er sein Handy bereit. Duke hielt an, als er sah, dass Billy B. auf einen Parkplatz einscherte. Dieser überquerte die Straße, um in ein Tattoostudio zu gehen. Interessant, dachte sich Duke, genau das, was jeder heutzutage brauchte, um „cool" zu sein. Hoffentlich lässt er sich „Idiot" auf die Stirn stechen. Duke gab wieder Gas und fuhr die Straße entlang, um eine bessere Parkmöglichkeit zu finden. Auch an ein unauffälliges Verlassen des Unfallortes musste gedacht werden. Duke drehte den Wagen an der nächsten Kreuzung und fuhr an dem Tattoostudio vorbei, um in ausreichender Entfernung mitzubekommen, wann Billy B. das Studio wieder verlassen würde. Zeit, sich einmal die unmittelbare Umgebung anzuschauen. Nach seiner ersten Begutachtung waren nirgends Kameras zu sehen, was schon fast eine Überraschung war. Die Straße war im Moment gut befahren, doch die Geschwindigkeit war für Autos beschränkt. Trucks hatten komplettes Fahrverbot und Busse kamen wahrscheinlich auch nur alle Stunde vorbei.
Alles in allem keine guten Voraussetzungen für seinen Plan. Je länger er die Szene beobachtete, umso weniger war er vom

Erfolg überzeugt, Billy B. hier in einen Unfall verwickeln zu können. Duke setzte sich wieder in den Wagen. Soweit er es einschätzen konnte, würde bei der Geschwindigkeit, die hier gefahren wurde, selbst die größte Schlaftablette zu schnell bremsbereit sein. Was hätte er davon, wenn Billy B. nur angefahren wird und ein paar blaue Flecke abbekommt? Es dauerte nicht lange, bis er sah, wie Billy B. wieder aus dem Studio herauskam. Duke machte sich nicht einmal die Mühe, das Telefon in die Hand zu nehmen. Hier war es definitiv aussichtslos. Ein wenig enttäuscht konnte er nichts weiter tun, als zuzusehen, wie Billy B. locker die Straße überquerte, in sein Auto stieg und wegfuhr. Duke drehte und fuhr erneut hinter ihm her. So mussten sich Detektive fühlen, dachte er sich, als er mit genügend Abstand an ihm dran war. Dabei drehte er am Sendersuchlauf des Radios in der Hoffnung, etwas Rockiges zu finden. Die Familienkutsche verwandelte sich in eine Konzerthalle, doch nur für kurze Zeit. Billy B. steuerte eine Tankstelle an und Duke stellte die Musik wieder ab, um im Rückspiegel zu beobachten, ob jemand hinter ihm fuhr. Noch vor der Tankstelle drehte er und bog auf den Parkplatz eines Supermarktes auf der gegenüberliegenden Seite ein. In sicherer Entfernung zur Tankstelle suchte er sich eine Parkmöglichkeit. Sekunden später fand er den perfekten Platz, von dem aus er wieder unbeobachtet verschwinden könnte. Diese Straße sah definitiv vielversprechend aus.

Fehler vermeiden, ermahnte ihn die Inselrinde im Vorderhirn und Duke überprüfte einmal mehr sein Handy. Die Signalanzeige leuchtete mit voller Balkenstärke und die Batterieanzeige gab ihm einen Daumen hoch. Der Verkehr war nicht zu dicht,

dafür aber konstant. Regelmäßig wechselten sich Pick-ups mit Trucks ab. Er stieg aus dem Wagen, um die Umgebung besser begutachten zu können. In diesem Moment konnte er Billy B. sehen, wie dieser gerade aus dem Shop kam und die Zapfsäule ansteuerte, an der er parkte. Duke schaute sich noch einmal um, ob jemand in der Nähe war. Ein Pärchen belud gerade seinen Wagen, doch sie waren zu weit weg, um ihn zu beachten. Er entschied sich, den Anruf zu tätigen. Jetzt kam es darauf an.
Wie ein Proll zapfte Billy B. in aller Ruhe Sprit und glotzte dabei Löcher in den Himmel. Die perfekte Ausgangssituation für einen Versuch, sich Mr. Inkontinent permanent vom Hals zu schaffen. Duke wollte warten, bis ein Truck vorbeikäme, denn der hätte den längsten Bremsweg mit der größten Trefferfläche, um jemanden zu erwischen. Sein Handy hatte er in der Hand und viel Zeit blieb ihm nicht mehr. Billy B. war mit Sicherheit gleich mit dem Tanken fertig. Jetzt musste er es versuchen oder die Aktion abbrechen. Viel länger konnte er nicht warten, aber mit einem Mal war kein Truck mehr zu sehen, nur ein Minivan. Er wählte das Handy von Billy B. trotzdem an, der Versuch war es wert. Schon nach dem ersten Klingelton nahm dieser ab.
»Hallo?«
Duke wartete einen Augenblick, dann gab er ihm das Codewort. Billy B. drehte sich um und lief emotionslos direkt auf die Straße, immer noch mit dem Handy am Ohr. Duke konnte nichts sehen, da der Minivan ihm die Sicht versperrte, dafür konnte er jedoch ein lang anhaltendes Hupen hören, dem ein Quietschen der Reifen folgte, um die Katastrophe musikalisch zu unterstützen. In dem Moment, als Billy B. den Fahrer des Minivans durch die zerbrechende Frontscheibe begrüßte, öffnete Duke seine

Wagentür, um Sekunden später unbeobachtet vom Parkplatz zu rollen. Sofort nahm er das Handy auseinander und zerstörte die SIM-Karte. Dann schaute er auf die Uhr und stellte zufrieden fest, dass ihm noch ein wenig Zeit blieb, bis er den Termin mit der netten Dame von dem Ladengeschäft hatte. Ja, Zeitmanagement war eben alles, sagte er sich, als er wieder einen Sender am Radio suchte.

Mit Bristol hatte er sich heute nicht verabredet, denn zum einen wollte er ungestört über die Anmietung des Ladens verhandeln und zum anderen merkte er, dass er sie ein wenig von ihrem Kunststudium abhielt. Er überbrückte die verbleibende Zeit in dem Coffeeshop vom Tage davor. Bevor er seinen verdienten Cappuccino bestellte, ging er auf die Toilette und entsorgte dort die SIM-Karte. Duke salutierte kurz, wie es sich bei einer Seebestattung gehörte und war bereit für seinen Koffeinschub.

Während er seinen Cappuccino genoss, ging er in Gedanken noch einmal die Billy B. Situation durch. Er fühlte sich dieses Mal anders als nach dem Rachefeldzug gegen die sechs Ex-Kumpel. Seltsamerweise war er weder aufgeregt noch glücklich, dass es Billy B. erwischt hatte. Was er im Rückspiegel erkennen konnte, sah nach einem bösen Unfall aus, bei dem Trümmer wild durch die Luft flogen. Dennoch empfand er keine Genugtuung. Er hatte nie vorgehabt, es soweit kommen zu lassen, aber letztlich war das Problem nur so am effektivsten zu lösen gewesen. Nun war Ruhe und Zeit, sich wichtigeren Dingen zu widmen.

***

Die Vermieterin wartete schon, als Duke den Laden erreichte. Sie war gleich begeistert von der Idee, dass Duke hier ein Atelier entstehen lassen wollte. Sie zeigte ihm noch die hinteren

Räume, die groß genug waren, um in Ruhe zu arbeiten. Die Mietfläche war insgesamt größer, als von außen zu vermuten war und dieser Umstand machte den Laden für Duke noch attraktiver. Ob es an seinem Charme lag, seinem Alter oder an der selbstbewussten Art, wie er auftrat, wusste er nicht. Jedenfalls hielt Duke keine zehn Minuten später den Schlüssel in der Hand und war stolz, Mieter seines ersten Geschäfts zu sein. Duke überwies noch am selben Abend die versprochene Mietsumme, die erfreulicherweise recht gering war. Im Laden war nicht viel zu tun, denn er wurde besenrein übergeben und war frisch renoviert. Für den morgigen Tag nahm Duke sich vor, das ein oder andere Mobiliar zu besorgen, um schnellstmöglich das Atelier einzurichten. Im Geiste war alles schon fertig. Nach seiner Berechnung könnte die Überraschung für Bristol in weniger als zwei Wochen perfekt sein.

***

Billy B.s tragischer Unfall war fortan das Gesprächsthema am Campus und in allen Nachrichten. So wie es aussah, lag er im Koma und hatte bei dem Aufprall schwerste Verletzungen davongetragen. Würde er je wieder aufwachen, wäre er nur noch ein sabbernder Idiot. Man erzählte sich, dass er aus unerklärlichen Gründen einfach auf die Straße gelaufen war und dabei telefonierte, wobei er von einem Minivan fast ungebremst erfasst wurde. Laut neuester Statistik wurden solche Unfälle immer häufiger. Game over, dachte Duke nur. Er hörte sich emotionslos all die Neuigkeiten im Radio an und war schon in Gedanken beim Bestellen der fehlenden Sachen, die er noch für das Atelier benötigte. Die Tage an der Uni zogen sich wie Gummi. Das Einzige, was ihn motivierte, war die Tatsache, dass

er nun endlich sein neues Spiel fertig hatte. Den Zeitpunkt, es online zu stellen, hätte er nicht besser wählen können, da die Einnahmen aus seinem ersten Spiel mittlerweile ein wenig nachließen. Zu schnell wurde es den Spielern langweilig und der Markt gierte nach Neuem.
Nach der Uni holte Duke freudig seinen Wagen aus der Werkstatt. Er konnte es kaum erwarten, wieder in seinem Mustang zu sitzen. Die Lackierer hatten einen großartigen Job gemacht und freuten sich über das extra Trinkgeld. Als er mit dem Finger vorsichtig über die Fahrertür strich, konnte er keinen Unterschied im Lack ausmachen. So wie der Kratzer verschwunden war, so war das Thema Billy B. vergessen. Dieser würde keine Hand mehr an seinen Wagen legen. Da der Coffeeshop in unmittelbarer Nähe vom Atelier war, entschied sich Duke, es für den Moment als Büro zu benutzen. Solange der Cappuccino alle halbe Stunde an seinen Tisch kam, konnte er in aller Ruhe seine Listen mit den noch fehlenden Einrichtungsgegenständen abarbeiten. Zuerst suchte er eine Ledercouch, die er auf Craigslist fand. Das Foto sah gut aus und nachdem er bei dem Besitzer angerufen und sich mit ihm über den Preis geeinigt hatte, konnte Duke ihn sogar dazu überreden, ihm diese für einen kleinen Aufschlag anzuliefern. Nun fehlte noch eine Cappuccino Maschine mit Style, die er bei eBay aufstöberte. Nicht unbedingt preiswert, aber das war ihm egal. Letztlich war es nur Geld anderer Leute, das er ausgab. Für eine passende Dekoration suchte er noch zwei große Scheinwerfer. Die waren überraschenderweise ebenfalls einfach bei eBay zu ersteigern. Nach dem dritten Cappuccino hatte Duke die meisten Dinge seiner Liste abgehakt und war bereit, die Couch in Empfang zu neh-

men. Diese war, wie er es sich vorgestellt hatte, ideal, um eine einladende Atmosphäre zu schaffen. Er konnte es kaum erwarten, alles komplett eingerichtet zu sehen. Doch am meisten freute er sich darauf, in Bristols Augen zu gucken, wenn er ihr das Atelier übergeben würde.

Am nächsten Morgen checkte Duke die Statistik seines neuen Spiels. Er war verblüfft, dass es schon am ersten Tag häufiger heruntergeladen worden war als der Vorgänger im kompletten ersten Monat. Unglaublich, dachte er sich und überschlug die Statistik mit den möglichen Einnahmen am Monatsende. Er stellte fest, dass er dann wahrscheinlich den Jahreslohn seiner Eltern auf dem Konto hatte. Easy Money.

***

Zwei Wochen später saß Duke mit Bristol wieder in Rubys Coffeeshop. Er war vollkommen aufgeregt und es kostete ihn einige Mühen, dies nicht zu zeigen. Duke wollte cool daherkommen und versuchte, locker wie immer zu sein. Nach dem Austausch von allgemeinen Neuigkeiten bemerkte Bristol, dass er heute nicht so recht bei der Sache war.

»Was ist los, Duke? Du bist heute so aufgeregt. Ist alles klar?«

»Ja«, antwortete er. »Komm, lass uns bezahlen und einen kleinen Spaziergang machen.«

»Gute Idee, ich habe auch den ganzen Tag gesessen. Ein kleiner Spaziergang wird uns guttun. Ich gehe noch einmal schnell auf die Toilette und dann können wir los«, sagte sie und erhob sich.

»Prima, ich warte dann draußen«, rief Duke, packte ein paar Dollar mit einem zu großzügigen Trinkgeld auf den Tisch und joggte aus dem Coffeeshop.

Duke rannte zum Atelier, schloss die Eingangstür auf, schaltete

das Licht ein und joggte wieder zurück, um auf sie zu warten. Wäre er nicht so gut in Form gewesen, hätte er wahrscheinlich nach Luft gekämpft und erschöpft vor ihr gestanden, womit er alles vermasselt hätte. Doch so war ihm nichts anzumerken, als sie sich bei ihm einhakte und sie zusammen die Straße entlang bummelten. Wie sie am Atelier vorbeikamen, schaute Duke interessiert durch das Schaufenster und blieb mit ihr stehen.
»Das ist ja komisch. Ich fahre diese Straße öfters lang und mir ist noch nie aufgefallen, dass sich hier ein Atelier befindet«, stellte Bristol verwundert fest. »Das sieht ja interessant aus!«
»Mhmm, lass uns reingehen und es uns ansehen«, schlug Duke vor und zog sie zum Eingang.
Nachdem beide eingetreten waren und einige Sekunden darauf gewartet hatten, dass sie jemand begrüßte, rief Bristol ein „Hallo?", in der Hoffnung, den faulen Künstler damit aus seinem Versteck zu locken, was natürlich erfolglos blieb.
Bristol drehte sich zu Duke um und flüsterte ihm zu: »Warum hängen hier so viele leere Leinwände an den Wänden? Was will der Künstler wohl damit ausdrücken?«, fragte sie ungläubig.
Duke nahm sie in die Arme und flüsterte ihr ins Ohr: »Der Künstler weiß noch gar nicht, was er darauf malen soll.«
»So ein Quatsch«, lachte sie.
Duke machte es sich auf der Couch gemütlich und genoss es, mit ihr zu spielen.
»Duke, bist du irre? Steh auf! Ohne den Inhaber können wir uns hier doch nicht einfach so breitmachen«, rief sie ihm flüsternd zu.
»Mach dir keine Sorgen, der Inhaber ist hier.«
Bristol drehte sich um und fragte erstaunt: »Wo denn?«

Duke stand wieder auf, ging zu ihr und sagte: »Der Künstler und der Inhaber stehen vor mir. Ich schenke dir das Atelier, es ist deins. Die leeren Bilder warten auf dich, um bemalt zu werden.«
Ungläubig und sprachlos schaute sie ihn an. Als sie immer noch nicht reagierte, holte er den Schlüssel als letzten Beweis heraus.
»Schau selbst auf dem Schlüsselanhänger steht dein Name. Komm mit, ich zeige dir den zweiten Raum, wo du in Ruhe arbeiten kannst. Sogar die Miete ist schon für die nächsten sechs Monate bezahlt.«
Er zog sie hinter sich her.
Beim Anblick des großen Arbeitstisches mit all den Farben, Pinseln und den beiden Staffeleien schaute sie ihm tief in die Augen und fragte: »Ist das wirklich wahr? Wie hast du das alles auf die Beine gestellt? Das kostet doch sicher ein Vermögen!«
Duke lächelte sie nur an und sagte: »Gefällt es dir?«
»Absolut, aber du hast meine Frage noch nicht beantwortet«, erwiderte sie.
Duke schob sie auf die Couch und als sie es sich dort gemütlich gemacht hatten, erzählte er ihr alles über sein kleines Geschäft mit den Onlinespielen. Alles wäre bezahlt und von nun an hatte sie einen Platz für sich, wo sie kreativ werden konnte und gleichzeitig einen Ort, um ihre Arbeiten zu präsentieren. Bristol war überwältigt und konnte es nicht fassen. Mit Händen und Füßen erzählte sie, was sie alles vorhabe und was alles möglich wäre. Duke freute sich zu sehen, wie begeistert sie war. Genauso hatte er es sich vorgestellt. Die vollkommen gelungene Überraschung.

KAPITEL 15

Von nun an verbrachte sie den Großteil ihrer Freizeit im Atelier, wo sie sich entfalten konnte. Die Bilder, die sie malte, waren vom Start weg beeindruckend. Duke hatte sich bei der Einrichtung des Ateliers noch einen Schreibtisch für sich selbst hineingestellt, um im Verkaufsraum programmieren zu können, während sie im hinteren Raum entspannt arbeitete. Beide hatten jetzt einen gemeinsamen Ort, an dem sie kreativ sein konnten, ohne sich zu nerven und trotzdem zusammen zu sein. Bristol war unglaublich glücklich und es dauerte eine Weile, bis sie realisierte, dass sie jetzt ein eigenes Atelier besaß.

Duke überlegte, ob sein nächstes Spiel eventuell ein Flugsimulator werden sollte. Wenn er die gängigen Spiele auf dem Markt verglich, fehlte bei allen irgendetwas. Er wusste noch nicht genau was, aber es musste anders werden als das, was er bisher sah und anspielte. Duke verbrachte eine Menge Zeit im Atelier und es machte ihm Spaß zu sehen, wie die Leute stehen blieben und sich Bristols Bilder und Skulpturen durch die Scheiben anschauten. Doch wenn jemand das Atelier betrat, war es der Moment, in dem Duke wirklich stolz war. Sogleich holte er Bristol aus ihrer Werkstatt, damit sie ihre Arbeiten erklären und verkaufen konnte. Wenn er keine Lust zum Programmieren hatte, schaute er Bristol zu oder versuchte sich selbst ein wenig an den Skulpturen. Das Atelier war wie eine kleine Insel, die sie sich geschaffen hatten. Ein Ort, an dem ihnen keiner etwas vorschreiben konnte.

***

Der Frühling stand vor der Tür. Zwar nur im Kalender, da im Allgemeinen immer noch zu oft Schmuddelwetter herrschte, aber die ersten Anzeichen auf Besserung machten ihnen Hoffnung. Eines Tages, als er wieder einmal an seinem Schreibtisch saß, fand er neben seinem Computer einen Flyer für einen Rundflug.

Duke ging in den hinteren Raum und sagte zu Bristol: »Hey, mein Schatz, ich habe gerade den Flyer einer Firma gefunden, die hier bei uns am Flugplatz Rundflüge anbietet. Hast du den besorgt?«

»Du sitzt schon so lange an deinem Flugsimulator und kommst nicht weiter. Da dachte ich mir, wir werden am Wochenende einmal hinfahren und schauen, was da so abgeht. Ich habe bereits einen Rundflug für uns reserviert. Eventuell findest du dann, wonach du suchst«, sagte sie ganz nebenbei, ohne von ihrer Leinwand hochzuschauen.

»Tolle Idee!«, antwortete Duke. »Darauf hätte ich auch kommen können. Genial, das werden wir machen. Weißt du...«, und dabei zog er sie an sich heran, um sie gleich zu küssen, »...wir sind wirklich ein gutes Team.«

Beide lächelten sich an und hätte sich ein Bett im Raum befunden, wäre es nicht nur bei den Küssen geblieben.

***

Im März wurde das Wetter mit einem Mal besser. Es war recht mild und ideal für einen Rundflug. Duke holte Bristol an diesem Tag sehr früh ab, damit sie genügend Zeit hatten, um in einer Waffelbude zu frühstücken. Er blieb an diesem Morgen bei einem einzigen Cappuccino, den er dafür umso mehr genoss. Das Letzte, was er wollte, war dem Piloten in 3000 Fuß zu

erklären, dass er aufs Klo musste. Für Punkt 11:00 Uhr hatten sie einen Termin und um 10:45 Uhr standen sie überpünktlich im Charterbüro. Es stellte sich ihnen Kapitän Pauls vor, der heute die Ehre hatte, mit ihnen zu fliegen. Duke entschuldigte sich kurz, um noch schnell den letzten Cappuccino wegzubringen, und als er wiederkam, hatte Bristol ein paar Blätter in der Hand, die er mal rasch unterschreiben sollte, was er ungelesen tat. Fünf Kreuze, fünf Unterschriften, fertig.
Kapitän Pauls klopfte ihm mit den Worten: »Jetzt kann es ja losgehen!«, auf die Schulter und schob beide sanft aus dem Büro hinaus aufs Vorfeld, wo eine hochpolierte Cessna 172 stand und „Willkommen" rief.
Duke wollte, dass Bristol neben dem Kapitän sitzt, doch nach einem kleinen Protest von ihr nahm er schließlich den Platz des Copiloten ein. Er war begeistert von all den Instrumenten, die er sah. Und als dann der Motor startete, fühlte er sich wieder wie ein Kind, dem heute ein lang gehegter Traum erfüllt wurde. Nach dem Abheben und der zweiten Kurve erreichte die Cessna kurze Zeit später ihre Reiseflughöhe. Der Kapitän fragte in bester Laune, ob alles okay wäre. Duke bestätigte, dass er sich großartig fühle und hielt beide Daumen hoch. Sogleich bekam er die Order, seine Hände auf das Steuerhorn zu legen, um die Maschine zu übernehmen. Die meiste Zeit hatte Duke aus dem Fenster geschaut, um genau zu sehen, wo sie sich gerade befinden, als er die Ansage bekam. Er drehte sich langsam zum Kapitän, um zu schauen, ob er sich verhört hatte. Doch dieser nickte nur und wiederholte seine Aufforderung. Duke fasste vorsichtig die Steuerung an, straffte seine Körperhaltung und

bemerkte, wie seine Hände leicht feucht wurden, als erneut die Kopfhörer mit ihm sprachen.
»Das machen Sie sehr gut für Ihre erste Flugstunde.«
»Meine erste was?«, fragte Duke perplex. »Da muss ein Irrtum vorliegen, wir haben nur einen Rundflug gebucht.«
»Sind Sie sich sicher? Und warum haben Sie all diese Formulare unterschrieben?«, fragte der Kapitän lachend.
»Bristol, du bist die Beste«, sagte Duke schmunzelnd ins Mikrofon.
Nach ein paar gemeinsamen Kurven, in denen der Kapitän mit Hand anlegte, ging es wieder in Richtung Flugplatz. Jetzt übernahm der Kapitän wieder die Kontrolle, um vier Minuten später eine butterweiche Landung hinzulegen. Erst beim Zurückrollen zum Hangar bemerkte Duke, dass er komplett verschwitzt war. Kaum abgeschnallt, ging er zu Bristol und küsste sie, als wenn sie sich wochenlang nicht gesehen hätten. Anschließend ging er überglücklich zu Kapitän Pauls und bedankte sich bei ihm. Der wiederum freute sich zu sehen, dass alle eine gute Zeit hatten.
»Bristol, du überraschst mich immer wieder. Das war das Zweitbeste, was ich je erlebt habe.« Und nach endlosen Sekunden, wo er ihr tief in die Augen schaute, sagte er: »Ich liebe dich.«
In diesem Moment stand die Welt still. Kein Windstoß, kein Vogelgezwitscher oder irgendein anderes Geräusch störten diesen Augenblick, in dem es nur zwei Personen gab, die sich verliebt ansahen. Weder Bristol noch Duke hatten jemals zuvor das Wort „Liebe" benutzt. Es war reserviert für diesen perfekten Zeitpunkt, für einen Moment, den es nur einmal im Leben gibt, wo zwei Herzen im selben Takt schlagen.

»Ich liebe dich auch«, sagte sie leise.
Beide drückten sich wie zwei, die sich für den Rest ihres Lebens gefunden hatten und sich nie wieder loslassen wollten.

***

Von nun an hatte Duke einen prall gefüllten Terminplan. Seine Idee mit dem Flugsimulator stellte er ein wenig hintenan. Sein neues Hobby nahm einen Großteil seiner Freizeit ein, doch Bristol kam dabei nie zu kurz. Bei einer Cappuccino-Pause auf der Ledercouch kam Duke ein Gedanke.
»Bristol, es wird Zeit, dass wir einmal den Mustang ohne Verdeck fahren.«
»Aber das Wetter ist doch dafür noch viel zu schlecht«, kommentierte sie seine Idee.
»Genau, darum fahren wir dahin, wo es schöner ist. In zwei Wochen ist Spring Break und wenn du Lust hast, reiten wir mit dem Mustang nach Florida und besuchen deine Eltern.«
Wieder zauberte er ihr ein Lächeln aufs Gesicht, das er so an ihr liebte.
Sie kuschelte sich an ihn und sagte: »Echt? Das wäre ja der Knaller. Darüber würde ich mich wahnsinnig freuen. Aber wir brauchen für die Strecke bestimmt drei bis vier Tage.«
»Ich war noch nie in Florida und die Fahrt dahin wird bestimmt ein riesiges Abenteuer. Spring Break dauert zwei Wochen, also haben wir doch genug Zeit«, beruhigte Duke sie.
»Und weißt du was? Ich werde meinen Dad anrufen und dann gehen wir auf einen offenen Schießstand, wo wir mit dem Sturmgewehr schießen«, fügte Bristol begeistert hinzu.

***

Ihr Roadtrip nach Florida startete am Atelier. Duke schmiss kurz die Maschine an, um zwei Cappuccinos für die Fahrt zu machen, und Bristol packte ein Bild für ihre Eltern ein. Und los ging es. Knapp 500 Meilen purer Fahrspaß lagen vor ihnen bis zu ihrem ersten Ziel für den heutigen Tag: Washington D.C..

Ein rockiger Sender war schnell gefunden und 20 Minuten später befanden sie sich auf der Interstate 91 in Richtung Süden. Das Wetter war perfekt, aber noch zu kalt, um das Verdeck zu öffnen. Kurz vor Erreichen der amerikanischen Hauptstadt entschieden sie sich, ein Hotel zu suchen. Das Navigationsgerät zeigte ein Hampton Inn Hotel an, welches in nur elf Meilen zu erreichen war. Ein wenig geschafft vom Fahren kam das Hotel mit dem einladenden Eindruck genau richtig. Die Rezeptionistin war überfreundlich und als Duke und Bristol ins Zimmer gingen, entdeckten sie, dass Pizza Joe happy wäre, ihnen das Abendessen zu liefern. Nach einer ausgiebigen Dusche, die sie gleich für spontanen Sex nutzten, fanden sich die beiden in weichen Betten wieder, die ein Traum von Komfort waren. Pizza Joe lieferte pünktlich und die Flimmerkiste dudelte beide in den Schlaf.

Den nächsten Morgen verschliefen sie komplett. Nachdem Duke sich die Mühe gemacht hatte, seine Uhr zu suchen, stellte er fest, dass es Sinn ergeben würde, am besten gleich im Bett zu bleiben. Bristol fand den Vorschlag hervorragend. Nach einem kleinen Frühsport im Bett besorgte er Frühstück für beide und verlängerte die Zimmerreservierung. Sie machten den Tag zur Nacht, um mit zugezogenen Vorhängen im dunklen Zimmer die Kinokanäle zu quälen. Das Mittagessen lieferte heute der

Chinese und Pizza Joe freute sich erneut, ihnen am Abend die Familienpizza zu bringen.

***

Für den nächsten Tag hatte Duke in Voraussicht den Weckservice bestellt, denn ohne den wären beide am nächsten Morgen wahrscheinlich erneut im Bett versumpft. Heute hatten sie vor, die 600 Meilen der Interstate 95 bis Savannah zu schaffen, was einen frühen Start voraussetzte. Beim Fahren wechselten sie sich ab und erreichten so das Tagesziel in knapp zehn Stunden. Wieder beschlossen sie, die Nacht in einem Hampton Inn Hotel zu verbringen, denn die Betten waren einfach zu einladend. In Savannah war der Zimmerpreis ein wenig höher, aber sie waren zufrieden, dass sie überhaupt ein Zimmer bekommen hatten. Schon in der überfüllten Lobby konnten sie sehen, dass bereits eine Menge Jugendliche unterwegs waren. Spring Break war nun im vollen Gange.

***

Am nächsten Tag fuhren sie entspannt die restlichen 400 Meilen bis in die Nähe von West Palm Beach, nun mit heruntergefahrenem Verdeck. Kurz bevor sie an ihrem Ziel eintrafen, spendierte Walmart gegen einen geringen Preis das obligatorische Geschenk, das einfallslos aus einer Orchidee bestand. Duke entschied sich zusätzlich noch für ein paar Zigarren, die er mit einem gefälschten Ausweis kaufte. Es war an der Zeit, Bristols Eltern kennenzulernen.
Anstatt direkt zu deren Haus fahren zu können, fand sich Duke vor einer Schranke wieder, auf der einladend „Willkommen" in geschwungenen Buchstaben stand. Bristol kannte die Prozedur und wies sich bei einem Hilfssheriff in Fantasieuniform aus, der

alles andere als gut gelaunt wirkte. Nachdem ihre Namen überprüft worden waren, durften sie in Schrittgeschwindigkeit durch den menschlichen Zoo fahren. Duke war noch nie in einem so gut gepflegten Gefängnis gewesen, wo Rentner mit einem Golfplatz ruhiggestellt wurden. Er kannte solche Anlagen aus der Werbung, aber real war es für ihn ein sehr befremdliches Erlebnis. In den wenigen Minuten, die sie durch die supergepflegte Anlage fuhren, kam es ihm so vor, als wenn sie jeder, dem sie begegneten, zu offensichtlich musterte. Die Leute blieben stehen, um ihnen hinterher zu gaffen, und wenn er sie grüßte, schauten sie irritiert. Mann oh Mann, dachte sich Duke, hier wurde die Gestapo in Weiß eingekleidet. Der Hilfssheriff musste Bristols Eltern schon getrommelt haben, dass sie kamen, denn beide standen bereits Spalier, als Duke in die Straße einfuhr.

»Na, haben sich alle den Hals verdreht, als ihr durch die Anlage gefahren seid?«, fragte ihr Vater, als er sie begrüßte. »Solch einen flotten Wagen fährt hier eigentlich niemand.«

»Ja«, sagte Duke, »wahrscheinlich wäre man zu schnell mit den 18 Löchern fertig.«

Alle lachten, das Eis war gebrochen. Bristol wurde bei der Begrüßung halb erdrückt und Duke bekam einen schmerzhaften, aber liebevollen Händedruck von ihrem Vater, der ihm zeigen sollte, wer der Boss im Haus war, sowie eine herzliche Umarmung der Mutter. Danach bekam er die „Fünf-Dollar-Tour" durch das weißgepinselte Haus und Bristol musste all die Neuigkeiten erzählen, die sie bei den täglichen Telefongesprächen nicht erwähnt hatte. Und dann passierte das, was Duke hoffte vermeiden zu können: Er musste sich alles über Golf anhören. Schon seltsam, dachte er sich, je schweigsamer man ist, umso mehr wird das als falsches Zeichen missverstanden, einem eine Predigt zu halten. Doch Duke war die Höflichkeit in Person, warf passenderweise immer ein „Tatsache?" oder „Wie interessant!" ein und nach 20 Minuten musste er sich eingestehen, dass ein Eisen 7 mit Sicherheit effektiver wäre als sein Baton.

Dann endlich wurde er von Bristol erlöst, als sie beide zum Essen rief. Das Bild, das Bristol ihnen als Geschenk mitgebracht hatte, wurde gelobt, die Pflanze bekam einen Ehrenplatz und nach dem Essen musste Duke sein Mitbringsel gleich einmal mitpaffen. Duke mochte Bristols Eltern von Anfang an. Sie waren so ganz das Gegenteil von seinen, die in allem nur Probleme sahen. Bristols Eltern hingegen erkannten in allem immer nur Möglichkeiten, aus dem sich ein Geschäft machen ließ. Duke kannte nicht das Gefühl, von seinen Eltern geliebt zu werden. Hier in diesem Haus jedoch war es fast greifbar, wie stolz die Eltern auf Bristol waren. Sie war der Mittelpunkt, um den sich alles drehte. Je länger sie alle zusammensaßen und sich unterhielten, desto mehr sah Duke zurück, wie er aufgewachsen war und erinnerte sich, wie wenig Zuneigung er eigentlich von seinen Eltern erhalten hatte. Erst machte ihn dieser krasse Vergleich ein wenig traurig, doch es war nur ein kleiner Moment, der rasch vorbeiging. Ein emotionaler Ausrutscher.

Auch wenn er hier gerade das Gegenteil kennenlernte, wollte er das Verhalten seiner Eltern nicht verurteilen. Er war auf der Welt und das war das Einzige, was letztlich zählte. Ende der sentimentalen und unproduktiven Gedanken, ermahnte er sich und zog kräftig an dem fetten Sargnagel. Überraschenderweise schmeckte ihm seine erste Zigarre. Es würde kein neues Hobby für ihn werden, doch in netter Gesellschaft würde er jederzeit wieder eine paffen. Der morgige Tag war leider schon verplant, wie sie beim Nachtisch erfuhren. Bristols Vater hatte bereits alles auf dem Schießstand organisiert. Ihre Idee, den ersten Tag in Florida am Strand abzuhängen, konnten sie erst einmal vergessen. Aber sie waren keineswegs enttäuscht. Schon als das Wort „Schießstand" fiel, fingen Bristols Augen an zu leuchten.

***

Der nächste Tag begann für Dukes Verhältnisse viel zu früh. Er befand sich geistig im Urlaubsmodus, doch hier herrschte ein straffes Programm. Rentner haben echt zu viel Energie, dachte sich Duke, doch er freute sich schon auf den Tag. Es war ungewohnt für ihn, nicht der Macher zu sein, sich von anderen lenken zu lassen. Es wurde ein Familienausflug im protzigen Cadillac. Die Fahrt war gemütlich und Bristols Vater erzählte eine Story nach der anderen. Erst als Bristol berichtete, dass Duke sich gerade zum Piloten ausbilden ließ, war er an der Reihe etwas von sich zu erzählen.
Bristol hatte nicht zu viel versprochen. Der Schießstand und speziell die Auswahl der Waffen ließen keine Wünsche offen. Duke bekam eine Tour durch die Anlage, die nicht zu vergleichen war mit der Shooting Range, die sie nahe Keene besucht hatten. Beim Rundgang durch den Waffenraum hatte Duke keine Zweifel mehr, dass sich hier niemand vor dem Dritten Weltkrieg fürchtete. Er fand sich mit einem alten Spencer Gewehr wieder, das er von Bristols Vater in die Hand gedrückt bekam.

»So, Duke, jetzt wirst du erfahren, was es hieß, im Bürgerkrieg mit so einer Waffe zu schießen.«

»Und pass auf, mach dich auf einen gewaltigen Rückstoß gefasst«, sagte Bristol und ging ein paar Schritte rückwärts.

Hätte Duke gewusst, was der Tag bringen würde, er hätte vor dem Frühstück ein paar extra Liegestütze gemacht. Der Rückstoß war wie versprochen heftig und ein Treffen der Zielscheibe unmöglich. Nun wusste er, warum es ein Bajonett für diese Gewehre gab. Wurde der Gegner nicht getroffen, konnte man ihn ja immer noch erstechen oder mit dem klobigen Kolben seinen Schädel verbeulen. Kaum hatte er sich von diesem Abenteuer erholt, lag vor ihm eine kampfbereite AR15. Bristol hatte die gleiche Waffe und war schon vollkommen in ihrem Element. Diese Waffe war schon eher sein Geschmack. Gutes Gewicht, perfektes Visier und der Rückstoß war lächerlich gering. Duke wurde nicht müde. Die Treffgenauigkeit war außerordentlich gut und es war ein wahrer Spaß, damit zu schießen.

Vor dem Mittagessen kam Bristol mit dem russischen Exportschlager, einer AK 47, zu ihm. Sie zeigte ihm, wo man das Teil auf Dauerfeuer einstellt und erklärte, dass er einfach nur darauf achten solle, beim Schießen die Waffe nicht nach oben wandern zu lassen. Duke konnte kaum fassen, wie schnell das Magazin verschossen und seine Schulter durchgehämmert war. Es war definitiv Zeit für eine Pause, denn er spürte Muskel, von denen er nicht einmal wusste, dass diese existierten. Die Kampfration bestand aus Hotdogs und Cola, genau das Richtige für Runde zwei. Bristols Vater baute eine Steyr HS auf und setzte Duke vor die Waffe. Duke staunte nicht schlecht, was er sah. Er kannte so

etwas nur aus TV-Dokumentationen. Solche Teile wurden im Irak-Krieg eingesetzt.
»Duke, das benutzen unsere Scharfschützen. Kaliber 12,9 mit NATO-Munition. Damit kannst du noch in 1000 Yards eine daumendicke Stahlplatte durchlöchern oder jemandem bei der Entfernung die Birne wegballern«, erklärte er begeistert.
»Wo bekommen wir den Freiwilligen her?«, scherzte Duke und Bristols Vater krümmte sich vor Lachen.
Duke massierte sich vorsichtshalber schon mal seine Schulter.
»Keine Angst. Diese Präzisionswaffen sehen gewaltig aus, aber das klobige Ding am Ende des Laufs ist eine Mündungsbremse. Die lenkt das Treibgas zur Seite ab.«
Ein kleiner Schulterklopfer sollte Vertrauen schaffen. Dukes Ziel befand sich 500 Yards entfernt: eine Metallattrappe, die es zu treffen galt. Erst durch das Visier konnte er überhaupt sehen, auf was er da zielen sollte. Unglaublich genau konnte er damit sein Ziel erkennen, welches die Kugel fast automatisch traf. Bristol schaute durch ein Fernglas und gratulierte ihm zu dem Treffer. Für Duke war es für heute genug. Er genoss es lieber zuzusehen, wie selbstverständlich Bristol mit den schweren Waffen umging und dabei ihren Spaß hatte.

***

Der folgende Tag gehörte ihnen alleine. Sie fuhren früh los, um am Ocean Boulevard in West Palm Beach zu frühstücken. Der Cappuccino war perfekt, die Bagels optimal und der Blick auf den Atlantik nicht zu bezahlen. Hand in Hand liefen sie eine Stunde später gut gestärkt und barfüßig am Strand entlang. Eine Menge Partyvolk war bereits unterwegs, dem es egal war, ob es Tag oder Nacht war. Peinliche Möchtegern-Männer torkelten mit Restalkohol umher und konnten es kaum erwarten, dass die nächste Party stattfand. In einem Touristenshop, der nette Badebekleidung anbot, fanden sie nach kurzer Zeit ein paar Klamotten und gingen zurück zum Strand, an dem sie die Sonne genossen. Der Nachmittag eines wunderschönen Tages verging wie im Fluge.

»Was würdest du noch gerne unternehmen, bevor wir zurück nach Keene fahren?«, fragte Bristol, als sie wieder auf dem Weg zum Golf-Ghetto waren.

Auf diese Frage hatte er doch nur gewartet, um endlich einen Hochglanz-Flyer hervorzuzaubern.

»Indoor Skydiving?«, fragte sie in einem begeisterten Ton. Als sie sich den Flyer gründlich durchgelesen hatte, stellte sie fest: »Orlando liegt fast auf dem Weg. Das hört sich nach Extremspaß an.«

»Genau!«, sagte Duke. »Und mal sehen, was wir sonst noch dort anstellen können.«

Die nächsten vier Tage verbrachten sie am Strand oder bummelten an den Touristenfallen entlang. Das Wetter war super, doch langsam wurden beide unruhig. Es war Zeit, weiterzuziehen. Nach einem riesigen Frühstück am letzten Morgen verabschiedeten sich Bristol und Duke bei den Eltern, wobei die Umarmung dieses Mal noch herzlicher ausfiel. Duke hatte das Gefühl, dass er mehr als willkommen gewesen war. Dies bestätigte ihm auch Bristol, nachdem beide wieder im Auto saßen und sich winkend aus dem offenen Mustang verabschiedeten. Drei Stunden und zwei Cappuccinos später standen sie vor einem dreistöckigen Gebäude, von dem ein irrer Krach ausging. Gerade war die riesige Turbine in Betrieb, die das Herz der

Anlage war. Beide hatten Glück, denn es musste nur eine geringe Wartezeit überbrückt werden bis zu einer professionellen Einweisung und dem Erhalt von coolen Klamotten. Nachdem sie sich umgezogen hatten, musste Duke immer wieder auf ihren knackigen Hintern schauen, denn Bristol sah absolut hinreißend in ihrem Jumpsuit aus. Nach der zweiten Gruppe waren sie dann an der Reihe. Duke ließ Bristol den Vortritt. In einer riesigen verglasten Röhre wartete ein Profi, der Bristol an die Hand nahm, als sie in den senkrechten Windkanal eintrat. Die Turbine unter ihnen erwachte zum Leben und beide fingen an, auf dem Luftpolster zu schweben. Wie im freien Fall bewegten sie sich in der Strömung und tanzten graziös wie ein paar Kirschblüten, die im Frühling vom Baum fallen. Zwei Minuten später war Duke an der Reihe. Auch er stellte sich geschickt an, sich im künstlichen Sturm zu bewegen. Es dauerte nur Sekunden, bis er die richtige Haltung hatte, um nicht wie ein verwelktes Blatt zu wirken. Bristol war voller Adrenalin, als die Turbine auslief und alles vorbei war.
»Das müssen wir unbedingt in Keene ausprobieren. Im Sommer sind da Fallschirmspringer«, war ihr erster verzückter Kommentar.
Duke massierte sich den Rücken und antwortete nur: »Okay, aber jetzt brauche ich eine eiskalte Cola.«
Beide entschieden, nichts weiter in Orlando zu unternehmen. Hotels waren entweder mit Partyvolk überfüllt oder die Preise waren so übertrieben hoch, dass selbst Duke nicht bereit war, für solche Höhlen diese Summen auszugeben. Er rief in dem Hotel an der Interstate 95 an, in dem sie auf dem Hinweg übernachtet hatten. Bis dahin würden sie nur fünf Stunden

benötigen und da sie dort gut geschlafen hatten, freuten sie sich jetzt schon auf das weiche Bett. Beide genossen die Fahrt, als sie im Mustang dahinsegelten. Duke sah, dass die gleiche Rezeptionistin im Dienst war, und als er an der Reihe war einzuchecken, ließ er all seinen Charme spielen für ein kostenloses Upgrade des Zimmers. Noch am selben Abend telefonierte Duke mit dem Hotel in Washington D.C. und machte auch dort ein Zimmer klar. Somit stand für den nächsten Tag eine stressfreie Fahrt an.

***

In Washington D.C. machten sie Pläne, um noch eine Nacht in New York zu bleiben. Keiner von ihnen war vorher in Manhattan gewesen, und da es kein großer Umweg war, planten sie in Midtown ein Hotel zu finden. „The Big Apple" lag nur wenige Meilen vor ihnen, doch schon kurz nachdem sie die Interstate 95 verlassen hatten, standen sie im Stau. Kein guter Anfang, dachte sich Duke. Bristol surfte auf ihrem Handy und wurde nach kurzer Suche fündig.

»Ich habe ein Hampton Inn Hotel in der 43. Straße gefunden«, sagte sie.

»Das hört sich doch super an«, antwortete Duke und versuchte sich nicht anmerken zu lassen, wie genervt er vom Stau war.

»Und ich sehe gerade, es befindet sich unweit vom Empire State Building. Ich rufe einmal an und frage, was es kostet.«

Bristol fand heraus, dass es zwar Zimmer gab, aber für einen ziemlich hohen Preis. Duke beruhigte sie und fünf Minuten später hatten sie einen Raum reserviert. Nun hieß es nur noch irgendwie dort hinzukommen. Das Navigationsgerät zeigte im

Live Update entweder gelb oder rot verstopfte Straßen an. Duke schüttelte den Kopf.
»Es macht keinen Sinn noch weiter zu fahren, Bristol«, sagte er letztlich. »Was hältst du davon, wenn wir den Wagen abstellen und mit dem Zug nach Manhattan reinfahren? Mit Sicherheit sind wir schneller und wir sparen es uns, in der City einen Parkplatz zu suchen.«
»Ja, ich glaube, das wäre die bessere Entscheidung.«
Duke programmierte den nächsten „Park and Ride" ins Navigationsgerät, den sie 20 Minuten später erreichten. Nachdem sie im Hotel eingecheckt hatten, gingen sie erst einmal an die Bar, um sich koffeinmäßig wieder zu erholen. Die Fahrt mit der U-Bahn war alles andere als lustig und hatte länger gedauert, als sie gedacht hatten. Doch als sie ihr Zimmer betraten, wurden beide mit einem wunderschönen Bett belohnt, inklusive einem Stück Schokolade auf jedem Kissen.
»Besser, wir bestellen gleich einen Weckruf für morgen, sonst lässt uns das Bett wieder nicht los«, sagte Bristol lachend.
»Es ist schon spät, aber wollen wir noch auf das Empire State Building?«, fragte er. »Ich könnte mir vorstellen, dass die Aussicht im Dunkeln spektakulär ist.«
»Diesen Vorschlag wollte ich dir auch gerade unterbreiten«, dabei legte sie die Arme um ihn und küsste ihn.
Sie nahmen ein Taxi für die kurze Strecke, das sie direkt vor den Eingang des imposanten Wolkenkratzers fuhr. Wie erwartet, war der Blick von hier oben spektakulär. Man hatte eine Fernsicht bis zum Horizont, der an diesem Abend ohne Smog war.
»Wow, all diese Lichter! Schau einmal da, das Chrysler Building

und daneben befindet sich unser Hotel«, sagte Bristol und zog Duke am Ärmel.
Der Straßenlärm war eine Kakofonie aus Hupen, Alarmanlagen und Sirenen, die in verschiedenen Tonlagen alle das Lied sangen: „Wir sind zu viele Menschen". Alles war, wie man es aus dem Fernsehen kannte, nur viel schöner und bunter. Eine halbe Stunde verbrachten sie auf der Besucherplattform, von der aus sie immer wieder etwas Interessantes entdeckten in dieser betonierten Landschaft. Bristol gähnte vor Müdigkeit und läutete damit die letzte Runde des Abends ein. Sie machten sich zu Fuß auf, um die paar Blocks bis zum Hotel zu laufen. Sein Handy lotste sie zurück und ließ sie wissen, dass sie es in 16 Minuten erreichen würden. Sie hatten etwa die Hälfte des Weges zurückgelegt, da fingen mit einem Mal Dukes Gefahrenrezeptoren an zu vibrieren. Der kleine Nerv, der immer irgendwie Wache hielt, sprang an. Duke hatte eigentlich nicht das Gefühl, in einer unsicheren Gegend zu sein, doch letztlich waren sie in New York City und nicht im verschlafenen Keene, wo man zu solch später Stunde bedenkenlos durch die leeren Straßen laufen konnte. Doch nun witterte er Gefahr hinter sich. Und wie zur Bestätigung standen zwei wie Rapper verkleidete Typen vor ihnen, als er sich umdrehte.
»Yo, Weißbrot, du und deine Schlampe benutzen hier unsere Stra ... .«
Duke ließ ihn den Satz nicht beenden und noch bevor die Typen schnallten, dass sie die falschen Touristen beklauen wollten, wurde er nachtaktiv. Reflexartig rammte er den am nächsten Stehenden seinen Ellbogen hart ins Gesicht, der daraufhin sofort nach hinten kippte. Duke nutzte die Überra-

schung des Zweiten aus, um in einer Vorwärtsbewegung sein Knie in dessen Weichteile zu jagen. Da dieser zu laut stöhnend vor Duke auf die Knie fiel, musste er ihm noch eine gegen die Schläfe verpassen, damit er schlafend umfiel wie sein Kumpel. Duke checkte die Lage: einmal Gesichtschirurg mit Zahnarztbehandlung und Hämatom Salbe mit einem 100er Pack Aspirin. Drei Sekunden Körperkontakt und vier Wochen Reha. Rasch packte er Bristol am Arm und beide liefen wortlos wieder in Richtung ihres Hotels, doch nun mit doppelter Geschwindigkeit. Alles war so schnell gegangen, dass niemand bemerkt hatte, was gerade passiert war. Jedenfalls wurden sie von niemandem angesprochen oder aufgehalten. Bristol sagte kein Wort, bis sie sicher in der Lobby waren.
»Duke, das war unglaublich. Ich stand da und konnte mich vor Angst nicht bewegen. Ich habe mir fast in den Schlüpfer gemacht.«
»Vergiss einfach, was geschehen ist«, sagte Duke nur und lächelte sie beruhigend an. »Thema erledigt, denke nicht weiter darüber nach. Wir gehen jetzt heiß duschen und verdrängen den Vorfall, als wäre er nie passiert.«
Bristol nickte nur und ging mit ihm eng umschlungen in Richtung Fahrstuhl.

***

Beide verwöhnten sich am nächsten Morgen mit einem ausgelassenen Frühstück im Bett. Sie hatten es nicht eilig, das gemütliche Zimmer zu verlassen und nach dem gestrigen Vorfall war es ihnen vergangen, Manhattan noch weiter zu erkunden. Den Mustang fanden sie unberührt auf dem Parkplatz vor. Auf der Fahrt zurück mit der U-Bahn hatten sie sich nach dem Vorfall ein wenig Sorgen um den Wagen gemacht, doch alle Bedenken waren umsonst gewesen. Nach den ersten Meilen in Richtung Keene kam ihre gute Laune schon wieder zurück, und als sie spät am Abend vor Bristols Haus vorfuhren, war alles bereits Teil einer coolen Abenteuerstory. Duke war der Held, mehr zählte schon gar nicht mehr.

KAPITEL 16

Billy B. war in ihrer Abwesenheit verstorben. Seine Familie hatte sich entschlossen, den Stecker zu ziehen, da trotz intensiver Tests keinerlei Hirnfunktionen mehr messbar waren. Duke freute sich in keiner Weise über diese Nachricht, diese Situation hatte er nicht gewollt. Letztlich war auch er nur ein Teil der Evolution, bei der nicht der Stärkste überlebt, sondern der Skrupelloseste. Er betrachtete die Situation recht nüchtern, letztlich schlummerte in jedem noch ein Urmensch. Nicht die Felljacke, die faul am Feuer saß, überlebte zu dieser Zeit. Wer die Evolutionsleiter hinaufstieg, war der mit der größeren Keule, die er dann dem faulen Sack über die Rübe zog, um anschließend in die Höhle zu latschen und der Alten zu erklären, wer jetzt hier der neue Boss war.

***

Duke nutzte den Rest der freien Tage bis zum Semesterbeginn, um weitere Flugstunden zu sammeln. Seinen theoretischen Unterricht hatte er schon so gut wie absolviert. Bristol hingegen freute sich darüber, dass sie mehrere Tage hintereinander im Atelier arbeiten konnte.

Knapp vier Wochen später begann die neue Saison der Fallschirmspringer und Bristol konnte es kaum erwarten, zum Flugplatz zu fahren. Ihre Begeisterung wirkte ansteckend und auch er wurde zunehmend neugieriger, die ersten Skydiver zu sehen.

»Lass uns einen Tandemsprung machen. Wäre das nicht aufregend?«, fragte sie ihn auf einmal, als sie zusahen, wie die Ersten sich aus einer Maschine stürzten.

Duke kratzte sich am Kopf, obwohl da nichts juckte. Eine Geste, die er unbewusst machte in einer Situation, in der er ganz gerne ein paar Sekunden länger nachdenken wollte.

»Machen wir doch gleich einen Kurs«, antwortete er in der Hoffnung, dass sie den Vorschlag ablehnen würde.

»Meinst du das im Ernst?« Und bevor er „Nein!" sagen konnte, fiel sie ihm um den Hals und rief verzückt: »Prima, das wird unser gemeinsames Hobby für diesen Sommer.«

Duke schlug sich einige Male mit einem unsichtbaren Baseballschläger gegen den Kopf.

»Willst du das wirklich?«

Er schaute ihr direkt in die Augen, um dort ein Anzeichen zu entdecken, dass sie nur Spaß machte.

Mit einem unschuldigen Blick schaute sie ihn an und sagte ganz leise: »War es nicht das, was wir uns nach dem Indoor Abenteuer gewünscht hatten?«

Als Duke spürte, wie ernst sie es meinte und dass sie nicht nur mit ihm spielte, war sein einziger Kommentar: »Warum eigentlich nicht.«

Es gab sogar noch einen Rabatt, da sie sich zu zweit anmeldeten. Im Geiste bedankte er sich bei allen Fans, die seine Onlinespiele kauften und die ihnen damit das neue Hobby finanzierten. Beide durften den abgesperrten Hangar betreten, der sonst nur für die Springer reserviert war. Hier bekamen sie einen ersten Eindruck davon, auf was sie sich eingelassen hatten. Bristol kam mit ihrer freundlichen Art gleich mit jedem ins Gespräch. Für Duke hingegen war es wieder eine neue Situation. Normalerweise waren solche Vereinsaktivitäten nichts für ihn, doch er wurde nach einer Weile lockerer und die Begeisterung sprang schließlich auch auf ihn über. Beide verabschiedeten sich nach ein paar Stunden mit ihrem ersten Termin in der Tasche. Somit war das kommende Wochenende schon einmal verplant für Theorie und den ersten Sprung.

Duke reduzierte seine Flugstunden, um mehr Zeit mit Bristol zu verbringen und um gemeinsam für ihren ersten Sprung zu büffeln. Mit jedem Tag, den sie dem Wochenende näherkamen, wurde Bristol aufgedrehter. Ihre ersten sechs Sprünge würden Automatiksprünge sein. Bristol sah ein, dass ihre Indoor Erfahrung nichts mit der Realität zu tun hatte. Freier Fall stand noch lange nicht auf dem Stundenplan, doch die ersten Sprünge würden nicht weniger aufregend werden, versprach ihnen der Lehrer. Duke fand einen Weißkittel, der beide am Freitag untersuchte und ihnen bescheinigte, dass sie fit und dumm genug waren, um aus einem funktionierenden Flugzeug zu springen.

***

Der Sonnabend bestand aus Theorie, Schirme packen und noch mehr Theorie. Am Sonntag war es dann soweit. Beide hingen zur Probe in einem Gurt unter dem Dach des Hangars, um ein erstes Gefühl dafür zu bekommen, was auf sie zukommen würde, nachdem sich der Schirm geöffnet hatte. Alles fühlte sich gut an und beide waren bereit für den ersten Sprung. Man sah es Duke nicht an, aber er war irre nervös. Bristol hingegen war locker und scherzte. Erst als der Motor der Twinotter im Standgas warmlief, beruhigte sich Duke und konzentrierte sich auf das Gelernte. Mit dem Abheben war er wieder komplett bei der Sache und freute sich auf den bevorstehenden Absprung.

Beide hielten sich für die nächsten 15 Minuten an den Händen, bis sie endlich ihre Absetzhöhe erreicht hatten. Der Pilot reduzierte in 3000 Fuß die Geschwindigkeit und beide machten sich bereit. Der Sprunglehrer hing mit dem Kopf aus der nicht vorhandenen Tür und signalisierte, dass sie über dem Absprunggebiet waren. Dann klinkte der Lehrer die Karabiner ihrer Automatikreißleinen ein, prüfte noch einmal kurz ihre Ausrüstung und machte anschließend Platz für die zwei Wagemutigen. Bristol verschwand als Erste in die Tiefe. Duke hatte keine Zeit darüber nachzudenken, wie locker sie abgesprungen war und sprang ihr hinterher.
Wie im Windkanal zottelte der Wind an seiner Kleidung und Duke zählte 23, 24, und bei 25 öffnete sich mit einem Mal ruckartig der Schirm automatisch über ihm. Duke schaute nach oben und prüfte, ob irgendetwas nicht stimmte. Alles sah gut aus, nichts hatte sich verdreht und alle Leinen waren straff. Er schlüpfte in die Handschlaufen und löste die Bremse, um mit voller Fahrt sein Gleiten zu stabilisieren. Wo war Bristol? Vorsichtig zog er an der rechten Steuerleine und drehte den Schirm um 180° Grad. Er war erleichtert, sie zu sehen. Sie schwebte keine 300 Fuß von ihm entfernt. Fast gleichzeitig drehten sie langsam in die Richtung der Landezone. Der Absetzpunkt war von dem Lehrer optimal berechnet worden und ohne großartige Kurskorrektur konnten sie sich auf ihre erste Landung vorbereiten. Duke war froh, als sie beide wieder auf der Wiese standen und ihren Schirm provisorisch einrollten. Er hatte seit dem Start der Maschine Angst um Bristol gehabt, dass ihr irgendetwas passieren könnte. Doch sie verhielt sich wie ein Profi. Erst als er bei ihr war und ihr gratulierte, konnte er seinen

eigenen Sprung gefühlsmäßig genießen. Sie fielen sich in die Arme und tanzten um sich herum, bis sie jubelnd und von den Leinen verknotet auf ihre Fallschirme stürzten. Sie blieben noch auf der Wiese liegen und schauten in den Himmel, um nach der Twinotter Ausschau zu halten, die für die erfahrenen Springer noch höher gestiegen war. Dann fanden sie den kleinen Punkt am Himmel und warteten auf die restlichen Springer. Acht von ihnen verließen fast gleichzeitig die Maschine und formten wenige Augenblicke später einen nahezu perfekten Kreis. Sie fielen eine gefühlte Ewigkeit und Duke und Bristol hielten den Atem an. Dann löste sich die Formation auf und nacheinander öffneten sich die Schirme, die sich wie bunte Punkte am Himmel verteilten. Nach der Landung bekamen beide von allen Springern überschwängliche Gratulationen, doch viel Zeit zum Feiern blieb ihnen nicht. Nun ging es ans Packen der Schirme für den zweiten Sprung des Tages. Dieser war für Duke entspannter. Er sah, dass Bristol alles im Griff hatte und versuchte, nicht an irgendwelche Gefahren zu denken. Auch der zweite Sprung war ein voller Erfolg und Genuss. Ein Erinnerungsfoto mit allen Springern des Tages rundete das neue Abenteuer ab. Er war mächtig stolz auf ihre Leistung und diese Erfahrung erzeugte bei beiden ein Gefühl von Selbstvertrauen mit der Überzeugung, alles im Leben schaffen zu können.

***

Bristol arbeitete hart und hatte bereits eine beeindruckende Anzahl von Bildern gemalt, was sie dazu motivierte, ihre erste Vernissage vorzubereiten. Die letzten Monate hatte sie ununterbrochen gearbeitet und nun sollte sich zeigen, ob ihr Style den Geschmack der Kritiker traf und Anerkennung fand. Duke

kümmerte sich um die Werbung und in den sozialen Medien stieg ihr Bekanntheitsgrad zunehmend. Ihre Arbeit handelte von einer Serie verschiedener Sonnenblumen. Es war eine Auswahl von groben Landschaften bis hin zu detaillierten Makrodarstellungen von Sonnenblumenkernen. Ihre Werke reichten von monochromen Zeichnungen bis hin zu fantasiehaft übertriebenen Illustrationen. Duke empfand es als ein Gesamtkunstwerk, wenn er im Atelier stand und ihre Bilder betrachtete.
Bristol hatte den Juni für die Vernissage gewählt. Duke fand es originell, dass sie den Tag des Sommeranfangs gewählte hatte, um ihrer Veranstaltung den passenden Rahmen zu geben. Es kamen mehr Interessierte, als sie an Einladungen ausgegeben hatten und die Ausstellung wurde ein voller Erfolg. Neben anerkennenden Worten und Glückwünschen wurde an diesem Abend sogar die Hälfte ihrer Bilder verkauft. Doch die große Überraschung für Bristol war, dass Duke ihre Eltern überreden konnte zu kommen. Diese unternahmen nur ungern Reisen, die außerhalb Floridas lagen. Doch als sie von Duke erfuhren, wie sich ihr kleiner Engel entwickelt hatte, waren sie begeistert von der Idee, sie hier in Keene zu überraschen. Bristol hatte selbst nicht mit diesem Erfolg gerechnet und auch nicht damit, dass ihre Arbeiten so gut angenommen wurden. Duke hielt sich an diesem Abend im Hintergrund, genoss den Rummel um sie und sorgte dafür, dass die Ausstellung zur perfekten Show wurde.
Seit dem Fallschirmsprung hatte Bristol eine komplett neue Selbstsicherheit bekommen. Duke liebte es zu sehen, wie sie herumwirbelte und voller Stolz ihre Arbeiten verkaufte. Er hatte natürlich auch dafür gesorgt, dass ein Journalist der lokalen

Zeitung erschien und über sie berichtete. Somit schaffte sie es, im Kulturteil eine ganze Seite zu bekommen, und die nächsten Tage wurde sie von E-Mails und Telefonanrufen nur so belagert. Erfolg auf der ganzen Linie. Von nun an war sie eine kleine Berühmtheit in Keene.
Doch mit dem Erfolg im Atelier hatte sie es nicht automatisch leichter mit ihrem Kunststudium. Neid war bekanntlich die beste Anerkennung, doch im Studium bemerkte sie zunehmend die Missgunst ihrer Kommilitonen. Selbst ihre Kunstlehrer nahmen sie nun härter ran als zuvor. Doch das störte Bristol nicht im Geringsten, sie war souverän und konnte damit umgehen. In einem Monat waren Semesterferien und da hatte sie dann erst einmal sechs Wochen Ruhe vor den Miesepetern. Duke hingegen nutzte jede freie Minute und hatte bis zu den Ferien alle seine theoretischen Prüfungen der Pilotenlizenz absolviert. Nun wollte er die kommenden Wochen nutzen, um den praktischen Teil hinter sich zu bringen, damit er zum neuen Semester den Pilotenschein in der Tasche hat. Schon jetzt träumte er davon, mit Bristol alleine im Cockpit zu sitzen und mit ihr ein paar Runden zu fliegen. Bis er sich zur Prüfung anmelden konnte, fehlten ihm nur noch fünf Flugstunden und ein paar Landungen. Keine große Sache, dachte er sich.

***

Duke und Bristol vermieden es, auf die obligatorische Feier zum bestandenen Semester zu gehen. Sie wollten lieber fit sein für ihren ersten Sprung im freien Fall. Die sechs anderen Automatiksprünge hatten sie schon am Wochenende davor absolviert und nun brannten sie auf den freien Fall, wo sie selber die Reißleine ziehen mussten. Der Wetterbericht versprach ihnen einen perfekten Sommertag. Wie so oft, wenn die Sonne schien, waren einige Schaulustige mit am Platz, die beim Picknick die Show genossen, die manche Springer veranstalteten. Sie bekamen noch einmal eine intensive Einweisung und Ratschläge von den alten Hasen. Heute ging es für die beiden das erste Mal auf 9000 Fuß hoch. Ein wenig mehr Höhe hieß mehr Zeit zu haben, um sich auf die komplett neue Situation einzustellen, damit sie Gelerntes umsetzen konnten. Wieder machte sich bei Duke eine gewisse Nervosität breit, die er bei Bristol nicht annähernd erkennen konnte. Sie war wie gewohnt cool. Bevor die Twinotter ihre Motoren anließ, mussten beide noch einmal einen Absprung aus dem stehenden Flugzeug simulieren. Der Ausbilder war zufrieden, was er sah und ab ging es. Duke ging noch einmal in Gedanken die einzelnen Abläufe durch: Körperspannung für eine Flugstabilisierung, Höhenkontrolle und Erkennen, wo sich der andere Springer in der Luft befindet, stabile Lage einnehmen, um schließlich den Fallschirm auszulösen. Eigentlich ganz einfach, dachte er sich. Bristol strahlte beim Aufstieg wie ein Honigkuchenpferd und hielt dabei seine Hand umklammert. Der Ausbilder machte sich bereit und brüllte dem Piloten ein paar Kommandos zu, der daraufhin ein wenig den Kurs veränderte. Sekunden später kam der erhobene Daumen mit der Anweisung, dass sie gleich bereit sein müssten zum Absprung. Bristol sprang wie die anderen Male wieder als Erste und Duke sprang sofort hinter ihr her. Beide befanden sich nach den ersten 300 Fuß im freien Fall in einer stabilen Fluglage und er näherte sich Bristol, bis beide parallel fielen. Bei 3500 Fuß sollten sie ihre Schirme öffnen.

Duke beobachtete seinen Höhenmesser und gab Bristol das

Zeichen zum Ziehen. Gleichzeitig zogen beide die Reißleine. Duke erkannte sofort den Fehler, den sie begangen hatte, und in ihren Augen konnte er ablesen, dass sie ebenfalls wusste, was sie gerade getan hatte. Bristol hatte die falsche Leine gezogen. Es war die Leine, die den Hauptschirm im Notfall trennte. Bevor sich Dukes Hauptschirm komplett öffnete, hatte er selber seine Trennleine gezogen und fiel nun weiter mit Bristol in die Tiefe. Es war genug Zeit für den Reserveschirm, den sie jetzt ziehen musste. Und das tat sie auch. Doch anstatt, dass dieser sich komplett entfaltete, flatterte nur ein Stückchen weißer Stoff aus ihrem Container. Duke gefror das Herz bei dem, was er sah und gerade erleben musste. Ohne nachzudenken, steuerte er kopfüber auf sie zu, um ihren Reserveschirm zu befreien. Seine veränderte Körperhaltung ließ ihn ein wenig trudeln, doch der Erfolg war sofort spürbar. Seine Fallgeschwindigkeit erhöhte sich. 2300 Fuß zeigte sein Höhenmesser. Bristol fing an, in Panik zu zappeln, als sie bemerkte, dass der Reserveschirm sich nicht öffnete. Duke kam näher, immer näher. Bei 1500 Fuß hörte er sie schreien, dann verzweifelt seinen Namen rufen. Duke hatte sie fast. 1200 Fuß, 1100 Fuß....

»Bleib stabil«, schrie er hinter ihr her, »gleich habe ich dich.«

Er konnte mit den Fingerspitzen schon fast den Fallschirmstoff berühren, als bei 1000 Fuß plötzlich ein Ruck durch seinen Körper ging. Die automatische Notauslösung machte sich selbstständig und öffnete seinen Reserveschirm. Duke konnte nicht begreifen, was gerade geschah. Das konnte nicht sein, das passierte jetzt nicht. Er hing hilflos am Schirm und schrie ihren Namen. Dann musste er zusehen, wie Bristol schreiend dem Erdboden entgegenstürzte. Sein Gehirn setzte aus, als er beobachtete, wie sie Sekunden später aufschlug. Duke landete nur unweit neben ihr. Sein Universum geriet aus dem Gleichgewicht. Er riss sich die Gurte vom Körper und rannte zu ihr. Als er sie erreichte, ließ er sich auf die Knie fallen und löste sich in Tränen auf. Im Schock nahm er sie in die Arme und rief ihren Namen. Duke bemerkte nicht, dass neben ihm weitere Springer landeten und Leute angerannt kamen. Er hielt sie, streichelte sie, rief immer wieder ihren Namen. Noch blockierte sein Gehirn die Erkenntnis, dass er sie leblos in den Armen hielt. Duke sah sich hilflos um. Die Welt um ihn herum bewegte sich in Zeitlupe, dann setzte er geistig aus.

KAPITEL 17

Duke erwachte im Krankenhaus mit einer Gehirnwolke. Die Rettungssanitäter hatten ihn noch an der Absturzstelle mit Beruhigungsmitteln vollgepumpt, da er Bristol nicht aus seinen Händen geben wollte. Nur langsam kam er zu sich und bemerkte einen seltsamen Geschmack im Mund. Dann erinnerte er sich wieder an diesen Geschmack von seinem letzten Aufenthalt im Krankenhaus. Es war ein Nebeneffekt der starken Beruhigungsmittel. Mit einem Mal schlug bei ihm die Realität brutal zu. Er schloss die Augen und fing an zu weinen. Eine innere Leere überwältigte ihn. Es gab keine Worte, in keiner Sprache der Welt, um auszudrücken, wie er sich fühlte. Er musste mit ansehen, wie das Liebste in seinem Leben von einem Augenblick zum anderen ausgelöscht worden war. Duke war sich bewusst, dass er vorher auf brutalste Weise andere in den Tod geschickt hatte. Aber doch nicht Bristol – nicht seine Bristol. Immer wieder erschienen ihm dieselben schrecklichen Bilder und er hörte immer noch ihre verzweifelten Schreie kurz vor dem Aufprall. Duke krümmte sich im Bett. Er hatte körperliche Schmerzen bei den Erinnerungen. Warum sie? Warum konnte er sie nicht retten? Er war doch so nah an ihr dran.

Duke wünschte sich in diesem Moment, er wäre ebenfalls auf der Wiese gestorben. Wie sollte es ohne sie weitergehen? Mit einem Mal wurde alles sinnlos. Man trifft nur einmal im Leben den perfekten Partner, den Seelenverwandten, die zweite Hälfte, die einen erst komplett macht. Und nun? Er konnte nicht ohne sie weiterleben. Er hatte keinen Backup-Plan. Was hätte es

für einen Sinn? Er hatte seine Chance bekommen und er hatte es versaut in dem Moment, als er damals den Flyer für diesen bescheuerten Indoor Kick fand. Duke schüttelte den Kopf, als er erkannte, dass er Bristol umgebracht hatte. Er war schuld an ihrem Tod. Dann wurde er in seinem Selbstmitleid unterbrochen, als sich jemand seinem Bett näherte. Duke war nicht in der Stimmung, sich mit jemandem zu unterhalten und auf keinen Fall wollte er über Bristol reden.
»Ich weiß, es muss traumatisch gewesen sein, was Sie heute erlebt haben«, sagte dieser Jemand neben ihm mit einer warmen und beruhigenden Stimme.
Duke machte sich nicht einmal die Mühe, die Augen zu öffnen, um zu sehen, wer mit ihm sprach. Selbst wenn er gewollt hätte, er hätte keine Worte gefunden.
»Es ist vollkommen normal, nach so einem schrecklichen Erlebnis zu trauern. Lassen Sie all Ihre Emotionen heraus. Das ist ein wichtiger Teil, um das Erlebte und den Schmerz zu verarbeiten. Doch bedenken Sie, es war ein Unfall und Sie haben keinerlei Schuld. Sie hätten es nicht verhindern können.«
Er antwortete nicht und schluckte trocken.
Nach einer kleinen Pause sagte dieser Jemand: »Ruhen Sie sich aus. Ich schaue in zwei Stunden wieder nach Ihnen.«
Duke hörte, wie eine Tür leise geschlossen wurde und weg war die Stimme. Es war kein Unfall, er hätte es verhindern können. Er war schuld und diese Schuld würde er sein Leben lang mit sich herumtragen müssen. Eben noch hatten sie miteinander gelacht, sich geküsst, sich umarmt. Er konnte noch ihre warmen Hände spüren, die er gehalten hatte. Die Tränen liefen wieder unkontrolliert, noch nie im Leben war er so traurig gewesen. Er

hasste sich. Seit er anfing, diese Unfälle zu planen, bestimmte der Tod sein Leben. Egal, was er tat, irgendjemand starb.

Nach einer Weile stand er auf und zog seine Schuhe an. Er konnte nicht mehr hierbleiben, schon der penetrante Krankenhausgeruch machte ihn verrückt. Duke ging in die Toilette und als er vor dem Waschbecken stand, sah er in den Spiegel. Er schaute sich lange an, doch was er sah, war nicht er. Hier stand jemand, der aussah wie er, doch bei genauerer Betrachtung sah er nur einen Versager. Duke war nur noch jemand, der funktionierte, mehr nicht. Der ihn da im Spiegel anstarrte, hatte keine Träume mehr, keine Ideen, keine Motivation. Am liebsten hätte er vor Wut den Spiegel zertrümmert. Ohne Bristol war er wieder ein Niemand. Einer von Millionen, die ihr Glück suchen und doch nur Kompromisse eingehen. Bristol war sein Leben, das er für die nächsten 100 Jahre mit ihr teilen wollte. Er hatte seinen Lottogewinn im Klo versenkt. Nachdem er sich nicht mehr im Spiegel betrachten konnte, drehte er den Wasserhahn auf und reinigte sich sein verheultes Gesicht. Gerade als er im Begriff war, das Zimmer zu verlassen, öffnete sich die Tür und eine doktorähnliche Gestalt trat ein. Es war wieder die nette Stimme von zuvor.

»Ich bin Dr. Kollbert. Sind Sie der Meinung, dass Sie schon bereit sind, das Krankenhaus zu verlassen?«

Der Ton war bewusst ruhig gewählt und er sprach sehr langsam. Duke antwortete wieder nicht.

»Ich würde Sie gerne über Nacht hierbehalten. Wir könnten ein wenig reden. Sie könnten sich ausruhen und ich gebe Ihnen ein paar meiner Wunderpillen. So aufgewühlt und wütend wie Sie sind, könnten die Ihnen helfen.«

Duke hatte nicht vor, über seine Gefühlslage zu sprechen oder sich trösten zu lassen. Dr. Kollbert setzte sich langsam in den Besuchersessel und kreuzte die Beine übereinander. Er machte es sich gemütlich und signalisierte damit, dass er alle Zeit der Welt hatte. Duke musterte ihn und setzte sich ihm gegenüber aufs Bett. Dr. Kollbert wartete, bis Duke das Schweigen brach.
»Wie würden Sie denn weiter durch das Leben gehen wollen, wenn Ihnen das Wertvollste weggenommen wurde, was man niemals ersetzen kann?«, fragte Duke mit einer kaum hörbaren Stimme.
Dr. Kollbert wechselte seine Körperhaltung, beugte sich nach vorne und antwortete: »Manche Dinge kann man nicht ersetzen und ein geliebter Mensch, den man verloren hat, wird immer eine Lücke hinterlassen.« Nach einer kleinen Pause fuhr er fort: »Fragen Sie einen Einbeinigen nach seiner Prothese. Er wird Ihnen sagen, dass sie Mist ist und sein fehlendes Bein nicht annähernd ersetzen kann. Doch er wird Ihnen auch sagen, dass er damit trotzdem wieder tanzen kann. Das Leben besteht sehr oft aus Niederlagen und Rückschlägen. Zu trauern über einen so schweren Verlust ist normal. Auch Sie werden wieder tanzen.«
Duke stand auf und ging wortlos aus dem Zimmer. Diesen Psychomist konnte er sich nicht anhören. Bristol war nicht zu ersetzen, sie war einmalig. Duke schlürfte mit hängenden Schultern und ohne sich zu verabschieden durch die Flure in Richtung Ausgang. Vor dem Krankenhaus kramte er in seiner Hosentasche, wo er den Autoschlüssel, sein Handy und seine Uhr fand. Es wurde langsam dunkel. Sein Auto stand wohl noch am Flugplatz, erinnerte er sich, als er seinen Wagen nicht auf

dem Parkplatz fand. Er schaute mit brennenden Augen in den Himmel, wo sich die ersten Sterne zeigten. Erneut liefen unkontrolliert Tränen, als er realisierte, dass er von nun an alleine war. Mit hängenden Schultern und keinem Blick mehr für seine Umgebung, fing er an zu laufen. Sein Ziel war das Atelier. Wie ein Geist schlich er durch die Straßen, bis er eine Unendlichkeit später vor dem dunklen Laden stand. Er schloss auf und ohne das Licht einzuschalten, schob er die Couch ins hintere Zimmer, wo er sich in den Schlaf weinte.

***

Nur das starke Trommeln an der Tür veranlasste ihn, sich am nächsten Morgen von der Couch zu erheben. Die Nacht war kurz gewesen, Albträume quälten ihn unablässig und jetzt nervte jemand an der Tür. Vorsichtig schaute er um die Ecke und erblickte seine Eltern. Ohne sie weiter zu beachten, ging er wieder auf die Couch zurück und zog sich die Decke über den Kopf. Wenn sie es nicht geschafft hatten, ins Krankenhaus zu kommen, wo er sie gebraucht hätte, dann wollte er sie jetzt auch nicht sehen. Das Klopfen ließ nach und Duke versuchte ein wenig zu schlafen, doch er fand keine Ruhe. Immer wieder sah er dieselben Bilder. Der erschrockene Blick, als Bristol bemerkte, dass sie einen Fehler gemacht hatte, brannte sich bei ihm ein. Die Angst in ihren Augen fraß ihn von innen auf. Er fühlte sich elend, doch ob er wollte oder nicht, er musste etwas essen. Vorsichtig schaute er in den vorderen Raum, doch draußen war niemand zu sehen. Dann machte er sich auf zu Rubys Coffeeshop, doch als er die Türklinke in der Hand hielt, zögerte er. Zu viele Erinnerungen waren mit dem Café verbunden. Duke drehte sich um und lief weiter, bis er drei Blocks später einen

Minimarkt betrat, um sich mit ein paar Sandwiches und ein paar Dosen Cola einzudecken. Zurück im Atelier schaltete er sein Handy ein. Bristol lachte ihn auf dem Display entgegen und wieder konnte er nicht vermeiden, dass er anfing zu weinen. Er war total fertig, gebrochen. Duke fand mehrere Nachrichten auf seinem Handy und löschte sie alle ungelesen. Mit fremdem Mitleid konnte er nichts anfangen, nicht jetzt. Er suchte im Handy die Nummer von Bristols Eltern. Mehrere Minuten schaute er auf das Display, doch letztlich schaffte er es nicht, sie anzurufen. Er schaltete das Gerät komplett aus. Was hätte er ihnen auch sagen sollen? Duke lief im Atelier umher und schaute sich um, als wenn er zum ersten Mal hier wäre. Alles was hier hing, alles was hier stand, war sie und nie wieder würde etwas Neues dazukommen, stellte er traurig fest. Im hinteren Raum stand er vor der Staffelei, wo sie ihr letztes Bild gemalt hatte. Es war noch verdeckt. Zum ersten Mal wollte sie nicht, dass er es sah, bevor es fertig war.

Vorsichtig hob er den Stoff über das Bild und erkannte das Motiv sofort: die Nacht in New York auf dem Empire State Building. Sie hatten ein Foto von sich beiden gemacht, wo sie ausgelassen in die Handykamera lachten. Duke stand da wie versteinert und schaute auf die Leinwand. Sie hatte den Moment perfekt getroffen, den die Kamera von ihnen eingefangen hatte. Er drehte die Staffelei und setzte sich auf die Couch. Duke konnte nicht den Blick von dem Bild nehmen. Wie gebannt schaute er in zwei Gesichter, denen die Welt zu Füßen lag.

***

Am nächsten Tag lief Duke zu Bristols Haus, wo Maggie ihm die Tür öffnete. Auch ihr konnte man ansehen, wie nah es ihr ging,

dass Bristol nicht mehr lebte. Nachdem sie sich gegenseitig getröstet hatten, machte sie einen Tee für beide. Nach einer Weile fragte Duke, ob sie seinen Wagen vom Flugplatz abholen könnte. Er selber hatte nicht die Kraft, noch einmal dorthin zurückzukehren. Zwei Stunden später rief er ihr ein Taxi. Als sie das Haus verließ, um den Mustang zu holen, ging Duke in Bristols Zimmer. Nachdem er die Tür geöffnet und den Raum betreten hatte, schloss er seine Augen. Deutlich hing noch ihr Parfüm in der Luft. Mit geschlossenen Augen atmete er ihn mehrfach langsam ein, um ihn sich einzuprägen, um ihn abzuspeichern für die Ewigkeit, sie festzuhalten in seinem Archiv der Wunder. Wieder strömte eine Flut von Emotionen auf ihn ein, die als Bilder von ihr in seinem Kopf entstanden und ihn weinend auf die Knie sinken ließ. Er konnte einfach nicht aufhören zu weinen. Maggie brachte ihm eine Stunde später den Mustang. Beide umarmten sich lange, bevor er sich von ihr verabschiedete. Traurig winkten sie sich zu und er fuhr zurück ins Atelier. Hier verschanzte er sich in den nächsten sechs Tagen, wo er von der Couch aus auf das Bild starrte und sich immer wieder dieselbe Frage stellte: warum?
Essbares ließ er sich anliefern oder er holte sich ein Fertiggericht aus dem Minimarkt. Am siebten Tag fuhr er zum Duschen nach Hause und wechselte seine Klamotten. Er fuhr am Vormittag hin, um zu vermeiden, seinen Eltern zu begegnen. Sie hatten inzwischen aufgegeben, ihn anzurufen oder ins Atelier zu kommen. Duke lebte im Moment in einer Parallelwelt, wo Zeit nicht zählte, wo nichts wirklich wichtig war und andere Menschen nur störten. Er fühlte sich wund und verletzlich. Nachdem er geduscht und sich frische Sachen angezogen hatte, fühlte er

sich endlich bereit, Bristols Eltern anzurufen. Mit zittrigen Händen wählte er die Nummer ihres Vaters. Es klingelte und nach einer gefühlten Ewigkeit meldete sich dieser. Dukes Hals war staubtrocken und er dachte beinahe, er würde keinen Ton herausbekommen. Beide unterhielten sich einige Minuten und Duke konnte deutlich den Schmerz in der Stimme des Vaters hören. Er selbst musste sich zusammenreißen, um überhaupt logische Sätze bilden zu können. Am Ende des Gesprächs erfuhr er, dass die Beerdigung in zwei Wochen in Florida stattfinden würde. Nach dem Telefonat stand er minutenlang einfach nur da, leer, geistig ausgepumpt. Dann ging er hinaus auf die Terrasse, um frische Luft zu bekommen. Alles war so aufwühlend, in seinem Kopf herrschte mit einem Mal pures Chaos. Nachdem er sich wieder beruhigt hatte, packte Duke ein paar Klamotten ein und fuhr zurück ins Atelier.

***

Die nächsten Tage nutzte er dazu, alle Bilder und Skulpturen einzupacken. Nur ein Bild ließ er auf der Staffelei stehen, dort, wo er es vorgefunden hatte. Drei Tage vor der Beerdigung beauftragte er eine Transportfirma, alles nach Florida zu Bristols Eltern zu befördern. Dem Fahrer gab er ein extra Trinkgeld mit der Bitte, vorsichtig mit den Kunstwerken umzugehen. Eine Stunde später schaute Duke dem Transporter nach, der sich auf den Weg nach Florida machte. Zurück im leeren Atelier setzte Duke sich auf die Couch und betrachtete das einzige noch verbliebene Bild von Bristol.

Er schloss die Augen und versuchte, sich an ihre schönsten Momente zu erinnern. Doch es fiel ihm schwer, immer wieder schoben sich die brutalen letzten Augenblicke dazwischen.

Duke konzentrierte sich, schob den Horror beiseite und rief im Geiste das Bild hervor, als Bristol in ihrer farbverschmierten Latzhose an der Staffelei stand und malte. Er hatte es geliebt, sie zu beobachten, wenn sie gedankenversunken arbeitete und ihn dann plötzlich anschaute, um ihm ein Lächeln zu schenken. Duke öffnete die Augen, als er bemerkte, dass sie wieder feucht wurden. Nachdem er sich halbwegs zusammengerissen hatte, stand er auf und nahm das Bild von der Staffelei, ging damit zum Arbeitstisch und befreite es vom Spannrahmen. Vorsichtig wickelte er es in Schutzfolie ein und schob es in eine Papierrolle. Für den nächsten Tag hatte er eine Reinigungsfirma bestellt, die neben einer Komplettreinigung auch die Aufgabe hatte, alles bis auf seine Couch zu entsorgen. Ohne Bristol war das Atelier für ihn nutzlos. Es wäre nur eine weitere schmerzhafte Erinnerung an eine zu gute Zeit gewesen.
Während der Reinigungsarbeiten war Duke bei Maggie im Haus, um eine Weile mit ihr zusammen in schönen Erinnerungen zu schwelgen. Sie war auch die einzige Person, bei der er den Mut fand, über seine Traurigkeit und den Schmerz zu reden, der ihn so belastete. Seit er das letzte Mal bei ihr gewesen war, wurde Tee sein neues Heißgetränk. Ein guter Ersatz für Cappuccino, den er nicht mehr trinken konnte. Ohne Bristol schmeckte ihm keiner mehr.

***

Den letzten Abend vor seiner Abreise nach Florida verbrachte er im leeren Atelier. Er wollte in aller Ruhe Abschied nehmen, bevor er es ein letztes Mal zuschließen würde. Und so saß er drei Stunden lang auf dem Fußboden an die Wand gelehnt und beobachtete, wie Leute am Schaufenster vorbeiliefen. Langsam wurde es dunkel. Duke hatte nicht vor, auf dem Weg zur Beerdigung irgendwo zu übernachten, die 22 Stunden würde er in einem Stück herunterreißen. 20 Minuten, nachdem die Sonne untergegangen war, legte er sich auf die Couch, um noch eine Nacht im leeren Atelier zu schlafen.

Am nächsten Morgen wachte er mit brennenden Augen auf und ging ein letztes Mal durch das Atelier, um sich im Geiste final zu verabschieden. Duke nahm das Bild und verließ den Raum, holte tief Luft, als er den Schlüssel im Türschloss drehte und schloss kurz die Augen. Ohne sich noch einmal umzudrehen, stieg er in seinen Wagen. Den Schlüssel packte er in einen vorbereiteten Umschlag, den er später versenden würde.

KAPITEL 18

Auf der Fahrt nach Florida stoppte er nur, um zu tanken. Schon bei seinem ersten Tankstopp hatte er sich mit mehreren Dosen Energydrinks und verschiedenen Powerriegeln eingedeckt. Wie ein Roboter fuhr er die Interstate entlang mit dem Ziel: West Palm Beach. Ab und zu gab sein Navigationsgerät ein paar Hinweise von sich, ansonsten sang nur der Fahrtwind für ihn und die Rollgeräusche der Reifen klackerten im Takt der geflickten Fahrbahn. Duke verzichtete auf jede künstliche Ablenkung, das Radio blieb stumm. In diesen 22 Stunden wollte er nur mit sich alleine sein. Das Letzte, was er jetzt brauchte, war jemandem zuzuhören, der über Liebe sang.

Solange er nach vorne blickte und sich auf den Verkehr konzentrierte, hatte er sich recht gut im Griff. Doch sobald er den Kopf drehte und den leeren Sitz neben sich sah, musste er sich zusammenreißen, um nicht durchzudrehen. Mehrfach auf dieser langen Fahrt stellte er sich vor, seinen Mustang auszufahren und einfach gegen einen entgegenkommenden Truck zu lenken. Doch so mutig er sonst war, für diesen Schritt war er zu feige. Er hatte in den vielen Stunden monotoner Fahrt genügend Zeit, um sich Gedanken über seine Zukunft zu machen, doch immer wieder kam er zu demselben Ergebnis. Er wusste nicht, was er wollte, woran er Spaß haben könnte ohne seine Bristol. All die Monate mit ihr waren nicht ein nur Verliebtsein, es war ein stetiges miteinander Wachsen, ein Vertrauen, das immer größer wurde. So wie ihre Liebe. Seine Gedanken drehten sich im Kreis und machten ihn verrückt. Duke war froh, dass der Mustang immer wieder durstig wurde und er somit ab und zu aus dieser geistigen Sackgasse gerissen wurde.

***

Am nächsten Morgen kam er ohne Probleme in Florida an. Bis zur Beerdigung blieben ihm noch einige Stunden. Duke nutzte die Zeit, um sich neu einzukleiden. Als er sich im Spiegel betrachtete und den schwarzen Anzug musterte, blieb er einige Minuten lang stehen und schaute in sein Gesicht. Er trat ein paar Schritte näher heran, da ihm eine Veränderung an sich auffiel: Er hatte seit drei Wochen nicht mehr gelacht. Und bei dieser Erkenntnis fragte er sich, ob er jemals wieder lachen könnte. Das Leben muss weitergehen. Bei all diesen abgedroschenen Sprüchen konnte er nur mit dem Kopf schütteln. Lebensweisheiten werden geschrieben von Leuten, die Motivationskurse verkaufen wollen. Er bezahlte seine neuen Sachen, die er direkt anbehielt und fragte an der Kasse nach einem Friseur in der Nähe. Das, was er vorab im Spiegel gesehen hatte, konnte er niemandem anbieten und es wäre sehr unpassend gewesen, so auf Bristols Beerdigung zu erscheinen. Mit einem ordentlichen Haarschnitt machte er sich schließlich auf den Weg zum Friedhof, wo er auf dem Parkplatz zusah, wie gerade eine andere Trauergesellschaft den Friedhof verließ. Wie es aussah, war Duke der Erste für Bristols Begräbnis. Es grauste ihm davor, ihren Eltern in Kürze gegenüberzustehen und in ihre schmerzerfüllten Gesichter blicken zu müssen.
Doch einen noch größeren Horror hatte er davor, den Sarg zu sehen. Sind seit ihrem Tod wirklich bereits 3 Wochen vergangen? Drei Wochen? Unmöglich! Dadurch, dass er die Bilder nicht aus seinem Kopf bekam, hatte er den Eindruck, als wäre

alles erst gestern geschehen. Realität hatte irgendwie eine andere Geschwindigkeit in seinem eigenen verkorksten Universum. Nach der langen Fahrt fühlte er sich recht fit. Die Energydrinks taten immer noch ihren Job und er hoffte, dass es so blieb. Er wartete weiterhin im Wagen, obwohl schon einige Trauergäste vorfuhren und sich vor der Kirche versammelten. Duke wollte erst aussteigen, wenn er Bristols Eltern sah. Nach seiner Uhr waren es noch 35 Minuten, bis es losging. Er sah von der Uhr auf und erkannte den Wagen der Eltern, der gerade auf den Parkplatz rollte. Sie stiegen aus und gingen zum Eingang der Kirche. Nun stieg Duke ebenfalls aus und nahm einen riesigen Blumenstrauß aus dem Kofferraum. Er hätte sich am liebsten dahinter versteckt, damit er unerkannt an der Trauerfeier teilnehmen könnte.

Niemand beachtete ihn, als er sich näherte. Duke ging auf Bristols Eltern zu und wartete einen geeigneten Moment ab, um sie zu begrüßen und um ihnen sein Beileid auszusprechen. Er fühlte sich dabei derart verloren, dass er wieder diesen trockenen Hals bekam. Bristols Eltern hörten sich emotionslos an, was er zu ihnen sagte und als er fertig war und hoffte, die richtigen Worte gefunden zu haben, nickten diese nur, um sich so schnell wie möglich von ihm zu entfernen. Duke fühlte sich in diesem Augenblick wie ein Pestkranker, dem man aus dem Weg gehen musste. Er wurde von niemandem beachtet und niemand fragte, wer er war. Keiner suchte ein Gespräch mit ihm. Duke hatte die Empfindung, auf seiner Stirn stünde in großen fetten Buchstaben: „SCHULDIG".

Nachdem alle Platz genommen hatten, setzte sich Duke alleine hinter allen anderen. Er versuchte so gut es ging, nicht auf den

Sarg zu schauen, und als die Orgelmusik einsetzte, verkrampfte sich sein Magen. Tränen liefen ihm über das Gesicht und ein leichtes Zittern durchdrang ihn. Er konnte nichts dagegen tun. Nach einer quälenden langen Viertelstunde wurde der Sarg hinausgetragen. Seine Beine waren wie Gummi und als er die Kraft fand aufzustehen, lief er wie verloren hinter allen her. Der Sarg wurde in das Grab hinuntergelassen und der Pfarrer sprach begleitend dazu die letzten Worte. Da Duke der Letzte war, der die Kapelle verlassen hatte, war er auch als Letzter an der Reihe, um seine Blumen abzulegen und nochmals kurz mit den Eltern zu sprechen. Dann war alles vorbei und langsam verließen die Trauergäste das Grab und den Friedhof.
Nur Duke blieb. Nach einer kurzen Weile kamen zwei Angestellte des Friedhofs zum Grab und blieben unschlüssig hinter ihm stehen. Er bemerkte, dass sie unruhig wurden, wohl in der Erwartung, dass er nun auch bald verschwinden würde. Dann drehte er sich zu ihnen, ging auf sie zu und gab jedem der Spatenträger jeweils 50 Dollar. Ohne etwas zu erklären, nahm er einem der beiden die Schaufel ab und schickte sie weg. Unter Tränen begann er, das Grab langsam mit Erde zuzuschütten. Es dauerte mehr als zwei Stunden, bis er fertig war. Solange er schaufelte, unterhielt er sich mit Bristol, und als es geschafft war, legte er seine Blumen aufs Grab und setzte sich daneben.
Er hatte sich leergeweint. Ohne eine Idee, wie es weitergehen sollte, saß er nur da und suchte nach Antworten. Immer noch sträubten sich einige Gehirnzellen zu akzeptieren, dass sie sechs Fuß tief vergraben lag. So saß er da und konnte sich nicht entschließen aufzustehen, bis ein Friedhofsmitarbeiter auf ihn zukam und ihm erklärte, dass der Friedhof in wenigen Minuten

schließen würde. Jetzt erst fiel ihm auf, dass er mehrere Stunden neben dem Grab gesessen hatte. Er nickte nur und stand auf, klopfte die Erde von sich ab und richtete die Blumen noch einmal ordentlich auf dem Grab aus.

»Auf Wiedersehen, Bristol. Ich werde dich nie vergessen und niemals jemanden so lieben können wie dich. Ruhe sanft, mein Engel.«

Erneut verkrampfte sich sein Magen, als er die Worte sprach. Dann drehte er sich um und verließ die Grabstelle. Noch auf dem Friedhofsparkplatz legte er sich auf die Rückbank des Mustangs und schlief sofort ein.

KAPITEL 19

Am nächsten Morgen weckte ihn die Hitze im Wagen. Es dauerte ein paar Sekunden, bis er realisierte, wo er sich befand. Verspannt setzte er sich hinter das Lenkrad und überlegte kurz, ob er noch einmal zum Grab gehen sollte, doch er verwarf die Idee wieder. Er hatte sich bereits von Bristol verabschiedet. Langsam rollte er vom Parkplatz. Immer noch müde, fädelte er sich in den Morgenverkehr ein und schaute nach der nächsten Möglichkeit, wo er etwas essen könnte. Hunger und Durst machten sich bemerkbar und wie er an sich herunterschaute, sah er, wie verdreckt er war. Er fuhr einfach die Straße immer geradeaus. Irgendwann, dachte er sich, wird schon eine Tankstelle kommen. Zehn Minuten später fand er, wonach er gesucht hatte und parkte im Schatten. Die Hitze war irre, es war viel wärmer als bei seinem ersten Besuch in Florida. Er ging auf die Toilette, um sich zu reinigen und sich umzuziehen. Zurück im Verkaufsraum sah er fast wieder wie ein Mensch aus. In einem Ständer entdeckte er eine Straßenkarte, die alle Bundesstaaten anzeigte. Noch bevor er sich eine Route anschauen konnte, signalisierten ihm Kopfschmerzen, dass es Zeit wurde, etwas gegen den Hunger zu unternehmen und das Pochen im Gehirn mit Koffein zu bekämpfen.

Unweit der Tankstelle sah er eine Waffelbude. Zum Frühstücken okay, dachte er sich und steuerte den Parkplatz an. Die Klimaanlage im Restaurant half ihm etwas klarer zu denken. Nachdem er bestellt hatte, breitete er die Landkarte vor sich aus. Jetzt nach Keene zurückzukehren war keine Option. Nichts und niemand

wartete da auf ihn. Was sollte er also dort? Seine Eltern vermissten ihn schon lange nicht mehr. Und das Studium? Zurückblickend wusste er überhaupt nicht, warum er sich gerade diese beiden Fächer ausgesucht hatte.
Bevor er weiter vor sich hin grübeln konnte, kam die etwas betagte Bedienung mit seinem Frühstück angewackelt. Beeindruckend sah anders aus, doch er wollte sich nicht beklagen. Duke wollte sich überhaupt nicht mehr aufregen. Ab jetzt würde er alles Negative, was ihm passieren würde, als Bestrafung betrachten. Nachdem er seinen Frust mit Eistee heruntergespült hatte, spürte er, dass er sich besser fühlte und langsam wieder funktionierte. Er schob den leeren Teller beiseite, ließ sich den Eistee nachfüllen und klappte die Karte erneut auseinander. Wollte er hier im Süden bleiben? Sicher, doch Florida war nichts für ihn. Mit dem Finger fuhr er die Interstate entlang, bis er in Texas war. Texas, warum nicht, beschloss er, dann würde er weitersehen. Neu motiviert ging er online, um seine Finanzen zu prüfen. Der Verkauf seiner beiden Spiele ließ zwar etwas nach, doch als er die vielen Nullen vor dem Komma sah, stellte er fest, dass er sich darum keine Sorgen machen musste. Das Restaurant füllte sich auf einmal mit einer Busladung verschwitzter Touristen, die für ihn zu gut gelaunt waren. Der beste Zeitpunkt, um zu verschwinden.
Nach knappen 50 Meilen fuhr er von der Interstate ab und suchte nach einem Autohändler. Duke konnte den leeren Sitz neben sich nicht mehr länger ertragen. Er verband den Mustang mit einem anderen Leben, das er verloren hatte. Hier im Wagen wurde gelacht, gescherzt, geküsst, geträumt. Jetzt war es nur noch ein fahrendes Mahnmal vergangener Lebensfreude. Es

dauerte nicht lange, bis er fand, wonach er suchte. Der Händler war ein wenig misstrauisch, nachdem Duke ihm erklärt hatte, er wolle den Wagen gegen das Wohnmobil dort hinten in der Ecke eintauschen. Natürlich machte er vom Wert her ein schlechteres Geschäft, doch das störte ihn nicht sonderlich. Der Händler freute sich, merkte aber auch, dass er einen ziemlich kaputten Typen vor sich hatte. Ob nun aus Mitleid oder reiner Freundlichkeit, jedenfalls besorgte ihm der Händler aus einem anderen Wagen noch ein großes Navigationssystem und baute es in das Wohnmobil ein. Duke bedankte sich, nahm seine paar Sachen aus dem Mustang und fuhr mit seinem neuen Fahrzeug in Richtung Westen. Das Wohnmobil war schon etwas in die Jahre gekommen, quietschte hier und da, zog aber motortechnisch noch gut durch. Es war ungewohnt, nicht mehr im spritzigen Mustang über die Highways zu düsen. Nun war er es, der angehupt wurde, weil er zu gemächlich dahinfuhr. Aber weder das Quietschen, der etwas muffige Geruch oder die schwere Lenkung, absolut nichts störte Duke. Alles war letztlich Teil seiner Bestrafung. Er fuhr, wann er wollte und er schlief, wo er wollte. Eine Nacht verbrachte er auf dem Parkplatz vor einem Supermarkt, die andere Nacht neben einer Tankstelle. Die niemals enden wollenden Straßengeräusche lenkten ihn ab und verhinderten, dass er wieder zu tief in dunkle Gedanken abrutschte.

In Tallahassee fand er einen riesigen Outdoor Store, wo er sich mit ein paar nützlichen Campingartikeln eindeckte. Passend dazu kleidete er sich neu ein, indem er sich mit einer kurzen Hose und einem Schlapphut im Army-Style einen neuen Look verpasste. Zudem fand er noch einige Dinge, die er eventuell gebrauchen konnte, wenn es ums Überleben in der Wildnis gehen würde. Lieber ein paar Sachen zu viel, als nachher auf einen Tee verzichten zu müssen, weil er drei Streichholzschachteln zu wenig gekauft hatte. Er fuhr die Interstate 10 weiter über Pensacola und Mobile, bis er Biloxi erreichte. Hier stellte er sein Wohnmobil in der Nähe des Strandes ab, von wo aus er über den Golf von Mexiko schauen konnte. Traurigkeit überfiel ihn, als die Sonne unterging und er sich Bristol an seiner Seite wünschte. Es gab so viel zu sehen und zu entdecken, doch alleine konnte er es nicht genießen.

***

Wieder auf der Interstate 10, nahm er die Abfahrt in Richtung New Orleans. Er fuhr kurz die Straßen im French Quarter entlang, doch ohne auszusteigen machte er sich weiter auf den Weg nach Houston. Dort angekommen, langweilte er sich und fuhr nach einem ausgiebigen Mittagessen in einem Steakhaus weiter in nördlicher Richtung. Ein Reifen muckte schon länger, diesen ließ er vorsichtshalber in Dallas wechseln und am Abend war er bereits wieder aus der Stadt heraus in Richtung Albuquerque. Sein Ziel hier in dieser Gegend waren die „Ghost Towns", die von den ersten Siedlern gegründet worden waren und nun leer standen und langsam in sich zusammenfielen. Der perfekte Ort, um einmal in sich zu gehen und zu sich zu finden. Abgeschieden in der Wildnis, hoffte er hier wieder klar im Kopf zu werden und zu erkennen, wer er war, oder vielmehr, wer er sein wollte. Am Abend tankte er den Camper randvoll, deckte sich mit Wasserflaschen ein und blieb für die Nacht auf dem Parkplatz des Supermarktes stehen.

***

Am nächsten Tag fuhr er von Albuquerque aus südlich die Interstate 25 entlang und bog in der Nähe des Cibola National Forest in eine Nebenstraße ein. Er folgte dieser und lenkte sein Ungetüm in unwegsames Gelände. Das Navigationsgerät hatte er schon vor einer Weile ausgeschaltet, genau wie sein Handy. Hier draußen im Nirgendwo war seine Technik überfordert. Auch ohne all diesem Elektronikkram würde er irgendwie einen dieser mysteriösen Wild-West-Orte finden. Und er hatte Glück. Wie in einem Ufo fuhr er auf einer Straße, die rechts und links mit Häusern aus einer anderen Zeit gesäumt war. Sein Wohnmobil wirkte hier irgendwie komplett fehl am Platz. Man hätte den Eindruck gewinnen können, als würde gerade ein B-Movie gedreht. Wahrscheinlich wurden hier in der Vergangenheit tatsächlich einmal ein paar Filme gedreht. Alles sah noch gut erhalten aus. Duke parkte im Schatten eines der Gebäude, abseits der einzigen großen Straße, die hier durchführte. Er sah weder frische Reifenspuren noch andere Hinweise, die ihm bestätigt hätten, dass er nicht alleine war. Anscheinend war dieser Ort kein typisches Fotomotiv für Touristen. Gut für ihn. Er hatte keinen Plan, wie lange er hierbleiben würde, um sich selbst zu finden, doch er hatte genug Wasser und Lebensmittel gebunkert, um in dieser Abgeschiedenheit den Sinn des Lebens wiederzufinden.

***

Nach einer Woche hatte Duke fast alle Gebäude auf den Kopf gestellt und jeden Winkel untersucht. Es lenkte ihn ab und ließ ihn wenigstens in solchen Momenten vergessen, was vor Kurzem so Traumatisches geschehen war. Doch sobald er zurück im Wohnmobil war, holte ihn die Realität wieder ein. Er hatte das Bild aus der Schutzverpackung genommen und über das Bett gehängt. Bristol war allgegenwärtig. Er sprach mit ihr, als wenn sie neben ihm stehen würde. Es nahm seltsame Auswüchse an. Wenn er kochte, fragte er sie, was sie essen wolle, obwohl es jeden Tag so ziemlich das Gleiche gab und er sowieso nie eine Antwort bekam. Oder wenn er etwas Neues entdeckte, rannte er zu seinem Wohnmobil, nahm das Bild ab und lief mit dem Bild zu der Stelle, um ihr dann zu zeigen, was er entdeckt hatte. Duke entwickelte sich zu einem mit sich selbst redenden Idioten, der in einer surrealen Welt lebte, einer Welt, die es nicht gab.

***

Da Duke jegliche Realität verdrängte, fiel ihm auch nicht weiter auf, dass bereits mehrere Wochen ins Land gezogen waren. Die heiße Sonne schien sein Gehirn etwas frittiert zu haben, wenn er mal wieder mit dem Bild unter dem Arm loszog oder Bristol im Camper etwas vorlas. Zunehmend verwahrloste er und lebte wie ein Penner, stank wie ein ungewaschener Obdachloser und wurde immer mehr ein Teil dieser Geisterstadt.
Als er sich wieder einmal in einem der verfallenden Häuser aufhielt, stieß er auf eine Falltür, die er vorher übersehen haben musste. Hörte er jemanden fragen, was er hier machte? Er hatte das Recht, hier herumzuschnüffeln, sagte er sich, schließlich war er hier der Sheriff von „Bristown". Die langen Wochen der selbstauferlegten Isolation forderten ihren Tribut. Ihm fiel nicht einmal mehr auf, dass Wirklichkeit und Fantasie zunehmend fließend ineinander übergingen. Die Falltür war zu schwer und hatte sich verkeilt. Nur mit einer Metallstange würde er sie aufbrechen können. Nach kurzer Suche fand er unter einem

Haufen Schutt ein Brecheisen und schweißüberströmt schaffte er es schließlich, sie zu öffnen. Nachdem er vorsichtig ins dunkle Nichts geschaut hatte, bemerkte er, dass er vergessen hatte, eine Taschenlampe mitzunehmen. Also ging er noch mal zum Wohnmobil zurück. Nach langem Suchen in dem vollkommen verschmutzten Camper fand er seine Stirnlampe. Bristol fragte ihn, was er vorhätte, und er erklärte ihr, dass er eine Falltür gefunden habe und jetzt sehen wolle, was sich da unten wohl befände. Duke hörte Bristol sagen, dass er es nicht tun sollte.
»Doch, ich will«, protestierte er. »Bis gleich dann«, sagte er und winkte wie irre dem Bild zu.
Vor der Falltür schaltete er die Stirnlampe ein. Die grellen LEDs leuchteten in die Tiefe. Es schien so, als wenn sich ein größerer Raum unter dem Haus befinden würde. Kaum hatte sein rechter Fuß Halt auf der maroden Holzleiter gefunden, war ein lautes Knacken zu hören, das deren Zusammenbruch ankündigte. Ohne den Hauch einer Chance fiel Duke in das Loch, wo ihn ein verstaubter Boden unsanft begrüßte. Ein Schmerz zuckte durch seinen Körper und der Albtraum des durchbohrten Beines kam schlagartig wieder zum Vorschein. Er konnte nicht wirklich etwas erkennen. Die Stirnlampe lag ein paar Fuß von ihm entfernt, hatte aber den Sturz überlebt. Noch bevor er zur Lampe kroch, tastete er sein Bein ab und beruhigte sich rasch. Es war okay. Dann ging er den Rest seines Körpers durch. Es schien nichts gebrochen zu sein, doch sein rechter Fuß hatte durch den Sturz wohl eine Zerrung abbekommen. Im Schein der Lampe massierte er seinen Knöchel und stellte zufrieden fest, dass der Schreck größer war als der Schaden. Duke setzte die Lampe wieder auf und entstaubte sich. Dann schaute er

hoch in die Öffnung. Es war ihm klar, dass er hier ohne Leiter nicht mehr herauskommen würde. Ärgerlich, aber ein Problem, um das er sich später kümmern würde. Jetzt wollte er sehen, ob es wert gewesen war, so ein bekloptes Risiko eingegangen zu sein. Als er sich umdrehte und den Raum untersuchte, stellte er ernüchternd fest, dass da nur ein geräumiges Nichts war. Er ging die Wände ab und hoffte noch eine Tür oder einen weiteren Raum zu finden, doch er fand nichts als staubige Leere. Im Grunde war es wie mit seinem eigenen Leben: Ein leerer Raum voll mit Trümmern.

Duke befand sich in dieser Situation, weil er einen Fehler gemacht hatte. Wie immer. Der Raum reflektierte seinen derzeitigen Zustand nur allzu perfekt. Dann schloss er die Augen und rutschte an der Wand hinunter, bis er auf seinem Hintern saß und schaltete die Lampe aus. Komplette Dunkelheit hüllte ihn ein und gab ihm den Rahmen, ohne jegliche Ablenkung einen klaren Kopf zu bekommen. Totenstille herrschte hier unten. Das Geräusch seiner eigenen Atmung war das einzig Lebendige in diesem Loch. So konnte es nicht weitergehen, dachte er sich. Er hatte diesen Ort aufgesucht, um sein Leben wieder in den Griff zu bekommen, um sich hier neu zu erfinden und seinem Leben erneut einen Sinn zu geben. Doch wie hatte er die Zeit bisher genutzt? Er sprach mit jemandem, den es nicht mehr gab, mit einem Geist, nur aus Angst, sich der neuen Lebenssituation zu stellen. Er musste damit aufhören, sich selbst zu bemitleiden. Die Zeit war gekommen, sich der Realität zu stellen. Bristol war nicht mehr da und sie war durch niemanden zu ersetzen. Wenn er nicht versuchen würde, wieder zu leben, konnte er auch gleich hier unten sitzen bleiben. Duke schaute nach oben zu der

Öffnung, hatte aber im Augenblick nicht vor zu versuchen, aus dem Loch zu gelangen. In Gedanken machte er eine Liste. Was wollte er in der Zukunft machen? Wer wollte er sein? Er war ein Einzelgänger, jetzt erst recht. Brauchte er andere Menschen? Nein, nicht wirklich, nicht nach Bristol. Er war einmal mit dem richtigen Menschen glücklich gewesen. So etwas Perfektes ist nicht wiederholbar. Doch was war es, was er wollte? Es noch einmal wagen, solch ein perfektes Glück zu suchen? Sinnlos. Dumm. Zeitverschwendung.

Immer intensiver beschäftigte er sich mit sich selbst und versuchte, sich eine neue Richtung zu geben. Worin war er gut? Programmieren, okay. Er könnte eine Firma gründen. Aber was dann? Was kommt danach? Reichtum und viel Geld ausgeben? Unwichtig. Bedeutungslos. Was machte ihm Spaß? Planen, Leute ausspionieren, ihre Schwächen finden und – und was? Sie umbringen? Er ließ diesen bizarren Gedanken auf sich einwirken. War es das, was er wollte, was ihm Spaß machte? Er ließ sich Zeit, um sich selbst eine ehrliche Antwort zu geben. Nach dem zu urteilen, was er anderen angetan hatte, war er kein guter Mensch. Bristol hatte die dunkle Seite in ihm unterdrückt, ja, fast besiegt.

Doch ohne sie war niemand da, der seine böse, wenn auch kreative Seite stoppen konnte. Er sah es nun ein, die schrecklichen Taten in Keene hatten ihn verändert und ließen ein normales Leben nicht mehr zu. Offenbar war er dazu verdammt, den dunklen Weg weiterzugehen, Rettung gab es nicht. Mit einem Mal erkannte Duke deutlich einen Weg vor sich, den er gehen wollte und sah Hinweisschilder, die alle in dieselbe Richtung wiesen. Er konnte sie lesen und alle zeigten ihm zwei

Wörter: „MACH ES". Seine dunkle Seite kam aus dem tiefsten Versteck seiner Seele hervor und übernahm die Regie. Er würde Unfälle arrangieren als Dienstleistung, so einfach. Die Nachfrage danach, jemanden loszuwerden, wird es immer geben. Alles nur eine Frage der Organisation. Duke bemerkte eine kleine Regung in seinem Gesicht. Tatsache, stellte er fest, er lächelte ein wenig. Für einen Moment blieb er noch sitzen und genoss die Ruhe. Es war angenehm, wieder klar denken zu können, einen Plan zu haben, sich bewusst zu sein, wer er war und zu wissen, wer er werden wollte. Er schloss die Augen wieder und atmete gleichmäßig. Er sah sich in der Zukunft: gut angezogen, ein Teil der Gesellschaft, doch für sie ein Unbekannter. Man würde ihn wahrnehmen, doch nur so viel, wie er ihnen erlauben würde. Mit einmal sah er sich als Außenseiter, der beobachtet, als Schauspieler, der andere manipuliert. Hier, in diesem Loch schwor er sich, da draußen seine eigene Welt zu schaffen, in der er der Boss war und alle anderen nach seinen Regeln leben müssten.

Für Minuten schwebte Duke in dieser Realitätsverschiebung, bevor er die Lampe wieder einschaltete und aufstand, um sich ein wenig abzustauben. Jetzt hieß es, einen Weg aus dem Keller zu finden. Die Leiter war so zerbrochen, dass sie ihm keine Hilfe war. Er zog seine Jeans aus und löste den Gürtel, denn er hatte eine geniale Idee. Eilig suchte er die Überreste der Leiter zusammen, nahm sich das stabilste Stück und befestigte es an dem Hosenbein. Mit aller Kraft schleuderte er das Holzende wie einen Anker nach oben in die Öffnung. Zu seiner Begeisterung klappte es beim ersten Mal. Er schob die Reste der Leiter vom Boden weg und säuberte den ganzen Bereich. Falls sein chinesi-

sches Rettungsseil reißen würde, wollte er nicht noch einmal in den Trümmern landen. Nachdem er fast alles gesäubert und mit der Hand die letzten Splitter weggeräumt hatte, sah er im Schein der Lampe etwas Metallisches. Rasch griff er danach und hielt einen verschmutzten silbernen Dollar in der Hand. Duke polierte die Münze und entdeckte eine Jahreszahl. Der Dollar war in einem erstaunlich guten Zustand, deutlich konnte er die Zahl „1883" erkennen. Er kannte sich nicht mit Münzen aus und wusste deshalb nicht, ob sie wertvoll war oder nicht, aber das war auch nicht wichtig. Bei der Begutachtung im Licht entschied er spontan, dass er nun einen neuen Talisman hatte, ein Symbol für seinen Neuanfang. So, wie er die Münze entdeckt hatte, so hatte er sich selbst gefunden. Und er würde es ihr gleichtun und bald selber wieder glänzen.
Nun musste er nur noch aus diesem Loch heraus. Duke biss auf die Münze und prüfte mit einem vorsichtigen Zug an der Hose, ob sie hielt. Misstrauisch belastete er die Jeans immer mehr mit seinem vollen Gewicht. Die Nähte gaben ein reißendes Geräusch von sich, aber sie hielten. Vorsichtig zog er sich an der Hose hoch und erreichte den Eingang. Sicher oben angekommen, musste er sich hinlegen, denn nun wurde ihm bewusst, wie gefährlich der Sturz hätte enden können. Zurück im Wohnmobil realisierte er, dass er sich in den letzten Wochen zum Neandertaler zurückentwickelt hatte. Der Innenraum sah verwahrlost aus, so wie er selbst. Das musste sich ab sofort ändern, sagte er zu sich. Beim Aufräumen fiel sein Blick auf das Bild mit Bristol und er sah sein altes Leben, seine Vergangenheit. Er unterbrach seine Säuberungsaktion und setzte sich einen Augenblick hin. Sie war so wunderschön, voller Energie

und Leidenschaft, voller Liebe. Duke schämte sich, wie er sich in den letzten Wochen hatte gehen lassen. Doch damit war jetzt Schluss, Feierabend. Er suchte die Papierrolle und packte das Bild vorsichtig ein.

»Sorry, mein Liebling«, flüsterte er beim Einrollen des Bildes.

Es war ein Teil seines Lebens, der nun vorbei war, und er konnte und wollte sich nicht durch das Bild in seinen neuen Plänen behindern lassen. Dann setzte er die Reinigung fort, bis das Wohnmobil besser aussah, als er es gekauft hatte. Duke duschte ausgiebig mit dem letzten Wasser aus dem Tank, bis er wieder ein Mensch war. Zum Schluss machte er ein Feuer, um all den Müll und die stinkenden Klamotten zu verbrennen. Nach Wochen zauberte er sich ein halbwegs schmackhaftes Essen und zum ersten Mal probierte er das Radio im Camper aus. Langsam kehrte bei ihm ein wenig Zivilisation ein und es wurde Zeit, von hier zu verschwinden. Nachdem er abgewaschen hatte, holte Duke die Landkarte hervor und überlegte, wo er sein neues Leben beginnen wollte. Er hatte sich hier an das ständig warme Wetter gewöhnt, somit rutschte sein Finger immer weiter westlich, bis er in Los Angeles hängen blieb. L.A., warum nicht? Bevor es dunkel wurde, suchte er sich genug Feuerholz, um zum Abschluss noch einmal ein richtiges Lagerfeuer zu machen.

KAPITEL 20

Am nächsten Morgen fühlte er sich großartig. Hinter ihm lag eine Nacht ohne Albträume oder Selbstgespräche. Das Frühstück war einfach, wie jeden Tag, doch heute störte es ihn nicht im Geringsten, denn er wusste, im nächsten Restaurant wartete bereits das größte Steak der Welt auf ihn. Duke checkte das Wohnmobil, räumte seinen Restmüll weg und schaute sich ein letztes Mal um. Was für eine verrückte Zeit, dachte er sich. Doch nun hieß es weiterzuziehen und die Geister hier wieder in Frieden zu lassen.

Ohne große Probleme fand er zurück zur Interstate und fuhr in Richtung Albuquerque. Das Navigationsgerät schlug ihm Ruby´s Redneck BBQ vor, was er dankbar annahm. Es tat so gut, wieder ein ordentliches Essen serviert zu bekommen, auch wenn es für ihn ungewohnt war, unter realen Menschen zu sein. Gestärkt fuhr er zum nächsten Superstore, um sich ein paar neue Klamotten und Hygieneartikel zu besorgen. Er übernachtete auf dem Parkplatz von einem Schnellrestaurant, da er hier nach Wochen wieder einmal online gehen konnte. Doch wie erwartet waren die Nachrichten wie früher: Hier eine Naturkatastrophe, da ein Anschlag. Alles so wie immer, nur ein anderes Datum. Es erstaunte ihn nicht, wie wenig ihm dies alles gefehlt hatte. Das Einzige, was ihn interessierte, war die Entwicklung seiner beiden Onlinespiele. Er vermutete, dass sich die Downloadrate nach all den Wochen abgeschwächt hatte. Zu viele neue Spiele mit immer häufigeren Updates kamen in immer kürzeren Abständen auf den Markt. Beim Checken der Statistiken erkannte er, dass seine Vermutung richtig war. Seine Verkaufszahlen waren rückläufig, doch immer noch füllte sich sein Konto unaufhörlich. Finanziell musste er sich im Augenblick keine Sorgen machen. Was für eine seltsame Welt, in der er lebte, sagte er sich, als er zu der Burgerbude hinübersah und durch die Scheiben die rotierenden Verkäufer erblickte, die bis zu zehn Stunden ackern. Eventuell haben sie sogar noch einen Zweitjob und kommen immer noch nicht mit ihrem Lohn aus. Und er sitzt hier, um das Geld zu zählen, das genau aus deren Lohntüte kommt, weil sie sich aus Verzweiflung aus der realen Welt in eine digitale Scheinwelt flüchten.

***

Mit knurrendem Magen fuhr er am nächsten Morgen durch den verschlafenen Ort. Zu seiner großen Freude fand er zwei Blocks weiter ein kleines Familienrestaurant, das mit dem besten Frühstück im Umkreis von 100 Meilen Werbung machte. Der Laden erfüllte zwar nicht gerade das Farbspektrum, was seine Netzhaut als gemütlich zum Gehirn senden würde, doch die Bedienung versuchte das mit Freundlichkeit zu kompensieren.
„Betty" – las er auf ihrem Namensschild und fragte mit einem charmanten Lächeln: »Betty, was würden Sie mir denn empfehlen?«
Sie lächelte ihn an und antwortete freudig: »Wissen Sie was, wenn Sie mich so nett fragen, vergessen Sie die Karte. Ich mache Ihnen etwas ganz Spezielles.« Dann wackelte sie ab, um sich noch einmal kurz umzudrehen und ihn zu fragen: »Kaffee?«
»Ein heißer Tee wäre nett.«
Sie nickte und war für die nächsten 15 Minuten verschwunden. Betty kam mit einem Frühstück an, das er so nicht einmal bei

seinen Eltern bekommen hätte, wenn er von einem 41 Grad Fieber erwacht wäre. Selbst der Tee war nicht von dieser Welt. Richtige Eier, warme Brötchen vom Feinsten, mit Honig und Wurst. Joghurt und Orangensaft rundeten die Sache ab. Duke war platt von diesem netten Service.
»Vielen Dank, das sieht ja sehr lecker aus«, wertschätzte er.
»Sie sind nicht von hier, oder?«, fragte sie und setzte sich mit an seinen Tisch.
Duke probierte den Tee und setzte die Tasse ab.
»Sie haben recht, Betty. Ich bin aus Boston«, erwiderte er.
Sie war erstaunt und lehnte sich zurück. Duke hoffte, dass langsam andere Gäste ins Restaurant kommen würden.
»Was machen Sie denn in Boston?«
Nachdem er in aller Ruhe seinen Joghurt gelöffelt hatte, sagte er zu ihr: »Es ist eigentlich streng geheim, aber ich bin der jüngste Mitarbeiter einer Bostoner Forschungsfirma, der an der kalten Fusion mitarbeitet.«
Duke schaute in ein verblüfftes Gesicht.
»Und was machen Sie hier?«, fragte sie ihn ganz leise, als wenn noch andere Gäste im Restaurant anwesend wären.
Duke lehnte sich vor und flüsterte: »Lecker frühstücken.«
Dabei lächelte er sie verschwörerisch an.
»Nein, wirklich, was machen Sie so weit weg von Boston?«, fragte Betty erneut, ohne locker zu lassen.
Duke schob sich ein Brötchen in den Mund und nachdem er dieses genussvoll gegessen hatte, antwortete er: »Das darf ich nicht sagen. Es ist so geheim, dass ich sogar als Tarnung in einem alten Wohnmobil reisen muss.«
Sie nickte verständnisvoll. Duke hatte immer gedacht, er

komme aus einem kleinen Kaff. Aber das hier? Er lachte sich im Innersten schlapp. Die Kellnerin war zwar super nett, aber offensichtlich nicht die hellste Glühbirne im Lampenladen. Sie tat ihm schon fast wieder leid. Eine kleine Glocke an der Eingangstür befreite Duke von Betty. Diese hatte daraufhin ein neues Opfer gefunden, das von der Standardkarte bestellen wollte. Duke aß alles auf und ließ sich die Rechnung geben. Er bezahlte sein Frühstück, legte ein gutes Trinkgeld obendrauf und verabschiedete sich von Betty, die ihm zuwinkte, als er das Restaurant verließ. Das Navigationsgerät zeigte ihm sechs Stunden bis Phoenix an. Wollte er da heute noch hin? Warum die Eile? Niemand wartet da auf mich, dachte er. Mit diesem Gedanken legte er den ersten Gang ein und rollte von Bettys Parkplatz.

***

Duke war immer wieder erstaunt, was er auf seiner Fahrt durch die verschiedenen Bundesstaaten alles sah. Das Land war so riesig und abwechslungsreich. Langsam realisierte er, dass ihm alles offenstand. Er brauchte nur seinen Kopf einschalten und er konnte sein, wer immer er sein wollte. Sein kleiner Spaß mit der Kellnerin war ein spontaner Einfall gewesen und doch war es für ihn überhaupt kein Problem, einem völlig fremden Menschen eine glaubhafte Story zu erzählen.

Keine drei Stunden später fuhr er die nächste Tankstelle an. Nach dem Tanken erkundigte er sich im Shop, ob es in der Nähe eine Werkstatt für Wohnmobile gäbe. Die Zeit der Bestrafung war vorüber. Der Kassierer gab ihm eine Adresse, nur ein paar Meilen entfernt. Duke hatte nicht vor, sein neues Zuhause sofort wieder zu verkaufen, also konnte er auch ein paar Dinge repa-

rieren lassen. Eine Viertelstunde später fand er die Werkstatt einige Meilen westlich von der Hauptstraße. Hier stellte er fest, dass er nicht der Einzige war, der mit so einem alten Teil unterwegs war. Ja, hier war er richtig. Unterwegs hatte er schon ab und zu Händler mit einer Service-Werkstatt gesehen, doch die hätten seine Karre bestimmt nicht angefasst. Hier allerdings standen coole Modelle auf dem Hof, viele davon wahrscheinlich mit einem ähnlichen Baujahr wie sein Wohnmobil. Es stimmte ihn positiv das zu sehen und er war sich fast sicher, dass man ihm hier helfen würde. Er betrat das Büro, in dem die Klimaanlage gerade Überstunden machte. Duke fror schon, bevor ihm kalt wurde. Nach zwei Minuten verließ er wieder das leere Büro, um zu schauen, ob er jemanden in der Werkstatt findet. Duke folgte der Musik, die irgendwo im hinteren Teil der Halle dudelte. Nachdem er vor der Quelle der Musik stand, musste er feststellen, dass die Firma hier eine „One-Man-Show" war, oder vielmehr eine „One-Woman-Show". Denn die Beine, die unter dem Wagen hervorlugten, waren unverkennbar die einer Frau, obwohl sie in einen Blaumann verpackt waren. Duke legte ganz leise den Rückwärtsgang ein, um sich vom Acker zu machen, doch da war es schon zu spät.
»Wie kann ich dir helfen?«, fragte unvermittelt ein Girl in seinem Alter, die auf einer kleinen Plattform hervorgerollt kam.
»Oh, hallo«, fing Duke an, ein wenig überrumpelt von der Situation. »Mein Wohnmobil benötigt ein wenig Service. Ölwechsel und irgendetwas quietscht gewaltig, was mich nervt. Ja, und ein wenig Gas für die Klimaanlage.«
»Heute noch?«, fragte die kleine Lady.
Duke entschuldigte sich händehebend mit den Worten: »Nun,

gestern ist ja schon vorbei. Aber ehrlich, ich wollte keine Umstände machen. Ich verstehe, wenn es ungünstig ist.«
»Okay, dann schauen wir uns mal den Patienten an«, erwiderte sie gut gelaunt, wischte sich dabei ihre schmutzigen Hände am Overall ab und ging mit einem Lächeln an ihm vorbei. »Sieht aus wie ein 1986er Fleetwood Mallard 27. Schon eine Weile her, dass ich an so einem geschraubt habe, aber nett in Schuss auf den ersten Blick. Wo quietscht er denn?«
Sie schaute ihn fragend an, als er nicht gleich antwortete.
»Ja hier, rechte Seite irgendwo.«
»Okay«, sagte sie. »Es sieht so aus, ich muss das Fahrzeug, an der ich gerade arbeite, heute noch fertig bekommen, und morgen könnte ich mir dann deinen Wagen näher anschauen. Öl und Gas sind kein Problem, doch das Quietschen kann verschiedene Ursachen haben. Wenn du bis morgen Zeit hast, gerne. Heute geht hier nichts mehr. Morgen, wie gesagt, wäre es kein Problem, dann hätte ich Zeit«, erklärte sie ihm. »Wie ist eigentlich dein Name?«
»Duke.«
»Okay, Duke. Wenn du möchtest, dann stell dich dahinten hin, zieh dir ein Kabel für Strom und Wasser ist da auch. Kloentleerung ist hier nicht erlaubt. Alles verstanden?«, fragte sie abschließend.
»Alles klar. Und vielen Dank«, sagte er.
»Mein Name ist Rachel«, fügte sie hinzu.
Damit drehte sie sich um und verschwand wieder in der Werkstatt. Duke fuhr zum angegebenen Platz und nahm sich Strom und Wasser. Okay, dachte er sich, zwei Powerriegel zum Abendessen. Als er sich ein wenig frisch gemacht hatte, packte er

einen Campingstuhl aus, holte das Notebook hervor und setzte sich in den Schatten seines Wohnmobils. Er schaute sich die halb fertige Arbeit von seinem Flugsimulator an. Doch nach nur ein paar Minuten entschloss er sich, das Projekt für den Moment aufzugeben. Noch war er nicht davon überzeugt, hier den Kracher programmieren zu können. Eventuell hatte er in der Zukunft eine bessere Idee, doch für den Augenblick war es reine Zeitverschwendung.
Gerade wie er sein Notebook zuklappte, hörte er einen Pick-up vorfahren. Ein älterer Mann stieg aus und lief zielstrebig in den möblierten Kühlschrank. Für einen dreifachen Moment saß Duke wie in Trance im Campingstuhl und ließ sich das Gesicht von der Sonne bebrutzeln. Kurz vor einem Pigmente-Brand verzog er sich ins Wohnmobil, da ihm eingefallen war, dass er beim Aufräumen ein Magazin gesehen hatte. Neugierig, wo das Ding abgeblieben waren, fing er an, alle Nischen abzusuchen. Er war sich sicher, dass es irgendwo im hinteren Teil des Wohnmobils liegen musste. Mit einem Mal unterbrach er seine Suche, denn er hatte ein „Hallo Duke" gehört. Verwundert lief er zum Eingang.
»Hi, Rachel«, sagte er vorsichtig und musterte das komplett umgezogene Girl vor sich.
»Mein Dad ist gekommen, um mich zum Essen abzuholen. Nicht weit weg von hier gibt es ein Diner. Wenn du möchtest, kannst du mitkommen«, sagte sie, wobei sie provozierend ihre Arme in die Hüften stemmte.
Sie sah frech aus in ihren Cowboystiefeln und den engen Jeans. Duke musste nicht lange überlegen, die Alternative zu seinem Abendessen war wirklich einfach zu toppen.

»Sehr gerne, ich bin in zwei Minuten da«, versprach er und verschwand wieder im Wohnmobil.

Duke zog sich ein halbwegs frisches Hemd an, schloss das Wohnmobil ab und machte sich auf in Richtung des Pick-ups. Rachel und ihr Vater saßen schon im Wagen und lächelten ihn an, als er sich zu ihnen in den Wagen setzte. Duke stellte sich höflich vor und erfuhr, ohne dass er etwas erfragte, dass dies hier ein kleiner Familienbetrieb war, er John hieße und seine Tochter die dritte Generation war, die jetzt am Schrauben sei. Er kratzte sich am Kopf, wissentlich, dass da nichts juckte. Fehlen nur noch die Familienfotos, dachte er sich. Und als wenn John ihm ins Gehirn geschaut hätte, präsentierte er ihm während der Fahrt Fotos seiner verstorbenen Frau, von Rachel als Kleinkind, als Kind, als Teenager und natürlich sein erstes Auto und das zweite. Duke nickte brav, warf ab und zu ein „Interessant!" ein oder kommentierte es mit „Kaum zu glauben". Endlich stoppten sie vor Aunt Abbys Diner, wohl die Nummer 1 hier, da nichts anderes zu sehen war in diesem Nirgendwo. John parkte den Wagen im Schatten und drehte sich plötzlich zu Duke um.

»Sohn, du bist mir sehr sympathisch«, und bevor Duke eine passende Antwort geben konnte, stiegen beide aus und er hinterher.

Duke bemerkte, wie er sich schon wieder am Kopf kratzen wollte, doch diesmal unterließ er es. Strom musste preiswert sein in dieser Gegend, denn beim Betreten des Diners bemerkte er, dass auch hier die Klimaanlage auf Polartemperaturen eingestellt war. Wahrscheinlich sparte man sich dafür hier die Eiswürfel in den Getränken. Nachdem sich Rachel und John ein

Steak bestellt hatten, schloss er sich ihnen spontan an. Keine Experimente, dachte er sich.

»Meine Tochter sagte mir, dass dein Fahrzeug ein paar Reparaturen braucht. Was sind danach deine Pläne?«, fragte ihn John.

Duke zögerte einen Augenblick und nippte an seinem Eistee ein wenig länger, bis er antwortete.

»Sir, im Augenblick habe ich keine Pläne. Ich werde ein wenig durch das Land fahren und mir dann einen Job suchen.«

»So, so«, antwortete John gedehnt, und nachdem er kurz zu seiner Tochter geschaut hatte, sagte er: »Wir benötigen noch jemanden, der ein wenig in der Werkstatt aushilft. Aufräumen und so. Kein großes Gehalt, aber erst einmal was zu tun, und uns würde es helfen. Interesse?«

Duke hatte andere Pläne als den Müll dieser Leute aufzuräumen, aber er ließ sich Zeit mit einer entsprechenden Antwort. Sollte er wirklich gleich weiter bis Los Angeles durchfahren und dann seine großen Pläne vom Strand aus starten? Nach seinen Erlebnissen in der Geisterstadt sollte er es langsam angehen lassen. Von der Werkstatt aus könnte er in aller Ruhe die nächsten Schritte planen, und wenn es ihm zu dumm werden würde, könnte er ja jederzeit in sein Wohnmobil steigen und abhauen.

John deutete sein Schweigen als Desinteresse und legte nach: »Okay, freies Essen und ein Bonus am Monatsende.«

Duke lächelte beide an und reichte John seine Hand mit den Worten: »Abgemacht, ich werde mein Bestes geben.«

Das Essen war nicht schlecht, der Eistee nur ein wenig überzuckert. Aber da er eingeladen war, wollte er sich nicht beklagen.

Zurück im Wohnmobil versuchte Duke sein Magazin noch einmal zu finden, doch obwohl er in allen möglichen Ecken

schaute, blieb es verschwunden. Seltsam, dachte er sich, wo könnte es denn sein? Noch tief in Gedanken, klopfte es erneut an der Tür.
»Hi, Duke. Sollte irgendetwas sein, dann ruf mich einfach an.«
Sie gab ihm einen kleinen Zettel mit ihrer Telefonnummer und für einen Moment entstand zwischen ihnen eine peinliche Pause.
»Vielen Dank, Rachel. Dir noch einen schönen Abend«, sagte Duke in der Hoffnung, dass es diplomatisch genug herüberkam.
»Ja, dann bis morgen«, rief sie und winkte kurz, als sie sich entfernte.

***

Duke schlief in dieser Nacht gut, keine vorbeifahrenden Autos, wie auf den letzten Schlafplätzen, hielten ihn wach. Und frisch gestärkt wachte er erst am nächsten Morgen in seinem Wohnmobil auf, als er weit entfernt einen Zug hörte. Er überlegte, wo er heute eigentlich Frühstück herbekommen sollte, denn die Übernachtung hier war nicht eingeplant. Also begnügte er sich mit einem Powerriegel, den er sich eigentlich für den Abend reserviert hatte. 20 Minuten später ging Duke in die Werkstatt, um Rachel zu suchen. Anscheinend war es zu früh, denn das Tor war geschlossen, und als er an der Tür vom Büro rüttelte, bemerkte er, dass wirklich noch niemand da war. Gerade war er im Begriff zurückzugehen, als er sah, wie Rachel in einem Pickup angefahren kam und von Weitem hupte. Sie lachte ihn beim Aussteigen an und begrüßte ihn.
»Guten Morgen. Hast du schon einen Kaffee getrunken?«, fragte sie voller Energie und winkte ihn ins Büro.
Duke hatte eigentlich nicht vor, wieder mit Koffein anzufangen,

doch nachdem der Kaffee frisch aufgebrüht war und sie die Kanne damit gefüllt hatte, konnte er dem Duft nicht widerstehen.

»Ich glaube, ich würde doch gerne einen Kaffee mittrinken«, sagte er schließlich.

»Sehr gut, dann schmecken die Sandwiches, die ich dir mitgebracht habe, gleich viel besser. Ich habe sie selbst gemacht, also lass es dir schmecken.«

Dann packte sie eine Tüte aus. Er musste sich erst wieder daran gewöhnen, so eng mit jemandem in einem Raum zu sein und sich nicht wie ein Höhlenmensch zu verhalten. Beide checkten sich stumm aus, bis Rachel aufstand und sich entfernte. Duke blieb sitzen und genoss nach langer Zeit wieder einmal frischen Kaffee. Er spürte schnell den Koffeinkick und innerlich sangen seine Zellen ein Dankeslied. Duke hatte keine Eile, denn er war ja nur ein Angestellter, der auf Anweisungen wartete. Er genoss die Situation. Da er es finanziell nicht nötig hatte hier zu arbeiten, machte es ihm umso mehr Spaß, diese Rolle zu spielen. Fünf Minuten später stand sie umgezogen in ihrem Blaumann vor ihm und wedelte mit ein paar Klamotten für ihn.

»Wenn du möchtest, kannst du dich umziehen, und wenn du fertig bist, fahr deinen Fleetwood in die Werkstatt. Die Tore sind schon offen.«

Sie lächelte ihn mit einem Augenzwinkern an, drehte sich dann um und ging aus dem Büro. Duke war ein wenig verwirrt. Wurde er hier gerade angebaggert? Von sich aus hatte er es vermieden, ein Signal von Interesse zu senden. Er wischte den Gedanken beiseite, denn eventuell hatte er alles auch nur falsch interpretiert. Mann, der Kaffee war wirklich gut, dachte er sich beim letzten Schluck. Erst jetzt bemerkte er, wie ihm das gefehlt hatte. Dann nahm er seine neue Arbeitsuniform und ging zurück zu seinem Wohnmobil, um sich umzuziehen. Die erste Außeninspektion war schnell erledigt und der allgemeine Zustand war befriedigend. Mehr wollte Duke nicht hören. Ihm war klar, dass sein Spaßmobil ein paar Mängel hatte, so wie er im Augenblick. Bei der Radaufhängung fand Rachel einen defekten Schwingungsdämpfer, der das Quietschen verursacht hatte.

»Keine große Nummer«, erklärte sie, »muss aber bestellt werden.«

Duke half ihr, ohne irgendwelche Kommentare abzugeben. Nach zwei Stunden waren sie fertig. Duke rollte mit neuem Öl und einer funktionierenden Klimaanlage zu seinem Stellplatz, schloss das Wasser wieder an und verband das Wohnmobil mit Strom. Zurück in der Werkstatt suchte er Rachel. Sie war bereits wieder im Büro und hing entspannt im Chefsessel, vor sich einen Pott Kaffee und ein Telefon am Ohr. Sie bestellte gerade sein Ersatzteil und deutete mit einem erhobenen Daumen an, dass es verfügbar war.

»Tja, Duke, es sieht wohl so aus, dass du die erste Woche hier nur für deine Reparatur arbeitest«, sprach sie und kippte den Kaffee runter.

»Kein Problem für mich«, antwortete Duke knapp. »Was kann ich tun?«

»Nimm dir noch einen Kaffee und bleib locker. Im Augenblick ist es ruhig. Der Airstream gestern war wichtig und der ist fertig. Der Kunde wird hier gleich auftauchen, um ihn abzuholen. In der Zwischenzeit kannst du ein wenig von dir erzählen.«

Duke holte sich einen frischen Kaffee und setzte sich ihr gegenüber auf den Besucherstuhl. Die Klimaanlage sang schon wieder das Lied vom Nordpol und er dachte sich, dass er den Kaffee schnell trinken müsste, wenn er ihn noch heiß genießen wollte. Duke überlegte, was er ihr erzählen sollte. Sie war eine vollkommen Fremde. Doch als ihm die Bilder von Bristol erschienen, fing er an zu berichten, wo er herkam, dass er die schönste und liebste Freundin hatte, wie er sie verlor und wie kaputt er im Augenblick war. Nachdem er seine Geschichte erzählt hatte, schwieg Rachel. Duke kam es so vor, als wenn sich in seinem Inneren etwas löste. Darüber jetzt zu sprechen mit ein wenig Abstand, war wie eine Verarbeitung des Traumas, das er mit sich herumschleppte. Es war, als wenn ihm eine Last von den Schultern fiel und er fühlte, dass er auf dem richtigen Weg war, wieder der Duke zu werden, der er einmal war. Er schloss kurz die Augen und atmete tief ein, um sich Bristols lachendes Gesicht besser vorstellen zu können. Sehnsucht kam wieder in ihm hoch, doch er versteckte diese Gefühle vor seiner jungen Chefin.

»Es tut mir leid«, sagte sie in einem kaum hörbaren Ton. »Ich kann mir solch ein schreckliches Erlebnis kaum vorstellen. Es war sicher nicht einfach für dich, darüber zu sprechen.«

Duke nickte nur und doch war er irgendwie froh, jemandem sein Herz ausgeschüttet zu haben. Das Leben war wie ein beschissener Gehweg, auf dem man hin und wieder mal stolperte. Man muss nur immer wieder aufstehen und weitergehen. Beide blieben noch eine Weile sitzen, bis das Telefon die betrübte Atmosphäre entspannte. Duke stellte seine Kaffeetasse ab und ging in die Werkstatt, suchte sich einen Besen und fing an, die Halle auszufegen. Es tat gut, nach all dem Reden einmal etwas Sinnvolles zu machen. Teil seiner eigenen Therapie, sagte er sich. Ende der Bestrafung. Rachel kam ein paar Minuten später und sagte nichts, als sie ihn sah. Sie fuhr den abholbereiten Airstream aus der Werkstatt, um anschließend ein anderes Wohnmobil hereinzufahren. Ein Monster im Gegensatz zu seinem, aber auch nicht viel jünger. Rachel rief ihn zu sich.

»Der hier müsste einmal gründlich von innen gereinigt werden«, sagte sie mehr in einem fragenden, als befehlenden Ton.

»Ja sicher. Kein Problem.«

»Komm, ich führe dich durch unser Lager und zeige dir alles andere, was du hier kennen solltest.«

Duke war nach dem ersten Tag geschafft, aber auch froh, mal wieder richtig ausgepowert zu sein. Das Mittagessen wurde von John geliefert und am Abend gab es ein Barbecue hinter der Werkstatt. Nach all den Wochen der Isolation war Duke überraschend dankbar, hier zu sein. Ein wenig Gesellschaft tat seiner verletzten Seele gut. Es war nett, in das Leben anderer Leute zu schauen und vor allem mit der Gewissheit, man könnte sofort weiterziehen, wenn es einem nicht mehr gefällt. Je länger er darüber nachdachte, wie ungebunden und frei er eigentlich war, umso mehr stimmte ihn diese Erkenntnis dennoch ein wenig melancholisch. Den beiden hier ging es wahrscheinlich wie 95 Prozent aller Menschen, die an dem Ort, an dem sie geboren wurden, auch sterben werden. Immer von der großen, weiten Welt träumend, um dann irgendwann zu erkennen, nie im Leben wirklich etwas davon gesehen zu haben.

KAPITEL 21

Am nächsten Tag bekam Duke die Aufgabe, mit dem Pick-up einige Ersatzteile von einem Großhändler abzuholen. Er nutzte den Trip, um sein Wohnmobil mit ein paar Lebensmitteln aufzustocken und ein paar Leckerlis für sein Gehirn zu horten. Da er mitbekommen hatte, dass Rachel kein Verächter von Süßem war, besorgte er auch einen Cheesecake. Auf dem Weg zurück musste er sich mehrfach zusammenreißen, um nicht selbst schwach zu werden und davon zu naschen. Als er zur Mittagszeit wieder auf das Gelände fuhr, sah er einen aufgemotzten Jeep vor dem Büro stehen. Nachdem er den Kuchen ins Büro gestellt hatte, ging er mit den Ersatzteilen unter dem Arm in die Werkstatt. Schon beim Eintreten hörte er, wie Rachel sich mit einem Typen stritt. Kurzentschlossen ging Duke auf die beiden zu, als die Auseinandersetzung plötzlich verstummte. Mit einem Mal brüllte der Typ Rachel an, mit dem Finger auf Duke gerichtet.

»Wer ist denn dieser Kauz? Dein neuer Stecher?«

»Scott, hör auf zu brüllen, du benimmst dich wie ein Idiot. Er ist unsere neue Aushilfe. Du bist dir ja dafür zu schade. Und letztlich geht es dich nichts an. Hau endlich ab und komm nie wieder hierher«, rief sie aufgebracht.

Duke beobachtete die Szene, hatte aber kein Bedürfnis, in irgendeiner Form einzugreifen.

»Oh, da ist ein neuer Hahn im Stall und ich soll abhauen. Das ging ja schnell«, giftete Mr. Jeep zurück und ging auf sie zu.

»Scott, ich warne dich! Hau endlich ab und lass mich in Ruhe!«

In dem Moment, als sie an ihm vorbeigehen wollte, zog er an ihrem Arm, um sie festzuhalten.
»Lass mich los, du tust mir weh!«, schrie Rachel ihn jetzt an.
»Du tust mir weh!«, äffte er sie nach und lachte.
Duke rang mit sich. Warum kam er immer wieder in solche Situationen? Hätte er nicht im Stau stehen können?
Dann sagte Duke sehr leise: »Ich glaube, meine Chefin möchte, dass du jetzt gehst!«
Er wusste, dass er diesen Typen damit provozierte, doch wenn es darauf ankommt, würde er ihn platt machen. Scott ließ von Rachel ab und bewegte sich nun auf ihn zu. Duke bereitete sich auf einen Angriff vor und ging innerlich den Ablauf durch, wie er gleich handeln würde. Womit er nicht gerechnet hatte, war, dass er Sekunden später in den Lauf einer Waffe schauen würde.
»Wer bist du, dass du hier das Maul aufmachst?«, fragte ihn Scott und zielte auf Dukes Kopf.
Duke hatte vergessen, in welchem Teil des Landes er gerade war. Waffen waren hier genauso präsent und normal wie Autos auf der Straße. Etwas überrumpelt von der Entwicklung, beschloss er, sich zu keinem weiteren Kommentar hinreißen zu lassen, damit der Psycho nicht mehr durchdrehte. Nun war es an Rachel, hier zu schlichten.
»Hallooo, du Affe, ich fragte dich was! Warum bist du denn so ruhig?«, provozierte Scott und lachte Duke aus.
»Es reicht jetzt!«, rief Rachel erbost. »Sehe ich dich noch einmal hier, bekommst du eine Anzeige. Nimm die Waffe runter und hau endlich ab! Du machst dich immer lächerlicher.«
Scott nahm die Waffe langsam runter und hielt dabei Augen-

kontakt mit ihm. Dann lief er an Duke vorbei und rammte ihn mit der Schulter.
Halb aus der Werkstatt rief er wütend: »Ich bin noch nicht mit dir fertig!«
Duke schüttelte leicht seinen Kopf. Das musste der internationale Spruch der Verlierer sein. Mit durchdrehenden Rädern fuhr der Jeep vom Platz und Ruhe kehrte wieder ein.
»Alles okay?«, fragte ihn Rachel, als sie zu ihm lief.
»Ja, alles bestens.« Und als wäre nichts gewesen, fügte er hinzu: »Hier sind die Ersatzteile.«
»Ich muss mich bei dir für Scotts Benehmen entschuldigen. Irgendwie ist er der Meinung, ich müsste mich in ihn verlieben. Doch er ist nur ein aufgedrehter Macho Arsch.«
Duke hielt ihr die Ersatzteile hin und meinte nur: »Es geht mich wirklich nichts an.«
»Danke«, sagte sie, »für den Versuch, mir beizustehen.«
Um die Situation etwas zu entschärfen, wechselte Duke schnell das Thema.
»Schon okay. Ich habe einen Kuchen mitgebracht für den Fall, dass wir später ein wenig Gehirnfutter benötigen.«
»Warum bis später warten? Ich mache uns einen Kaffee.«
Und mit diesen Worten lief sie schon in Richtung des Büros. „Kaffee" war das magische Wort, das Duke hören wollte. Im Büro spürte er, wie das Adrenalin nachließ. Der Blick in die Waffe war für ihn vollkommen überraschend gekommen. Definitiv müsste er solche Situationen in der Zukunft besser beurteilen können und lernen, Typen wie Scott in so einer Lage gefahrlos zu entwaffnen. Was nützte es, fit zu sein und zu wissen, wie er einem Fußtritt oder einer Faust ausweichen konnte, um dann

wie gelähmt in eine Knarre zu schauen? Duke machte sich eine Notiz auf seinem geistigen Zettel. Sobald er in L.A. ist, würde er einen professionellen Selbstverteidigungskurs absolvieren. Der Nächste, der ihn mit einer Waffe bedrohte, würde es bedauern.
»Duke, wow. Lecker Bäcker, ich liebe Cheesecake!«, sagte sie und klatschte in die Hände.
Er war sich nicht sicher, ob sie es ernst meinte, oder ob sie wegen Scott nur so freundlich zu ihm war. Doch egal, dachte er sich. Und als wenn essen das Einzige wäre, was Vater und Tochter verbindet, kam John dazu.
»Mann, das sieht ja aus, als wenn es hier keine Arbeit gibt!«, war sein überflüssiger Kommentar.
»Scott war hier und hat wieder Stress gemacht«, erklärte Rachel.
»Dieser kleine unterbelichtete Mistkerl«, fluchte John.
»Ja, diesmal hat er es übertrieben. Er hat Duke mit einer Waffe bedroht und ihn beleidigt«, fügte sie hinzu.
John legte den Kuchen frustriert zurück auf den Teller.
»Ich muss etwas dagegen tun, so kann es nicht weitergehen.«
Duke klingelten die Ohren. Was er hier hörte, war eigentlich genau seine zukünftige Geschäftsidee. Er ließ sich nichts anmerken und gab keinen Kommentar ab. Jetzt war er noch nicht bereit für solch einen Quatsch. Er hörte nicht weiter zu, was die beiden noch redeten. Vielmehr war er am Rechnen. Sein Ersatzteil könnte er in zwei Tagen abholen, plus einen weiteren Tag für den Einbau. Somit wäre er in vier Tagen wieder unterwegs. Es gab keinen Grund, hier wegen eines verliebten Romeos in Probleme zu geraten. John rief seinen Namen und holte ihn in die Gegenwart zurück.
»Ja, Sir?«, fragte Duke automatisch.

»Ich fragte dich, ob alles okay mit dir ist.«
Duke bestätigte, dass alles in bester Ordnung wäre und machte sich auf, wieder in die Werkstatt zu gehen. Er packte das Ersatzteil aus dem öligen Papier und hielt etwas in der Hand, das sich ihm jeglicher Erklärung entzog. Rachel stand hinter ihm und erklärte, dass es ein Teil von dem Automatikgetriebe sei und viel Arbeit bedeuten würde, es zu tauschen.

***

Am Abend fuhr Duke wieder mit ihnen zum Diner, wo es heute ein paar Würste gab, die grauenhaft aussahen, aber prima schmeckten, dazu Schlabbersalat und Toastbrot als optische Bereicherung. Duke machte sich in letzter Zeit ernsthaft Gedanken über sein Essen. Er war sicherlich kein Kostverächter, doch wenn er hier so weitermacht, würde es nicht mehr lange dauern, bis er so aussehen wird wie der Großteil der Gäste hier. Und das, was er sah, war alles andere als appetitanregend. Er freute sich schon auf einen ruhigen Abend im Wohnmobil und konnte es kaum erwarten, sich ein paar aktuelle Magazine mit den letzten Trends in der Spieleentwicklung anzusehen, die er sich heute besorgt hatte. Man muss ja nicht immer ein neues Spiel erfinden, dachte er sich. Er könnte ja auch gute Ideen, die schlecht umgesetzt waren, verbessern und modifiziert auf den Markt bringen. Doch zuerst würde er an einem Firmennamen arbeiten, einem Namen, der das Produkt widerspiegeln muss. Rachel unterbrach ihn in seinen Gedanken.
»Duke, ich werde heute in der Werkstatt schlafen.«
Er erinnerte sich, dort einen kleinen Raum mit einem Bett gesehen zu haben.
»Ich muss morgen sehr früh raus, um den 95er Gulfstream in

Phoenix abzuliefern. Du könntest mir mit dem Pick-up folgen und dann können wir zusammen zurückfahren. Ansonsten müsste mein Dad die Tour mitmachen.«
»Ja klar, Rachel. Wann willst du denn los?«, fragte Duke.
»Um fünf am Morgen. Frühstücken werden wir dann unterwegs.«
John erklärte erleichtert: »Ja, Duke, das wäre nett, falls du das übernehmen könntest. In meinem Alter stehe ich nur noch ungern so früh auf.«
Rachel fuhr zu dem Haus, in dem sie und ihr Vater lebten. Hätte es Kühe gegeben, wäre es als Farm durchgegangen, dachte sich Duke bei dem Anblick und der Größe des Grundstücks.
»Sie leben hier schön ruhig und der Ausblick ist ja irre.«
»Ja, ist ganz hübsch hier«, stimmte John zu, der gerade ausstieg und dann hinzufügte: »Aber auch zu groß. Zu viel Arbeit, alles in Ordnung zu halten. Die Werkstatt geht meistens leider vor. So ihr beiden, dann viel Spaß morgen und ruft an, wenn ihr den Gulfstream abgeliefert habt.«
John schloss die Beifahrertür und winkte kurz zum Abschied. 30 Minuten später saß Duke über seinen Magazinen und genoss es, ein wenig alleine zu sein. Beim Durchblättern kamen ihm ein paar Ideen, musste aber schon beim Überfliegen der ersten Seiten anerkennend feststellen, wie qualitativ hochwertig die Grafik in den Spielen wurde. Hier mitzuhalten würde eine Menge Arbeit bedeuten. Noch bevor er in einen geistigen Kreativmodus starten konnte, klopfte es an seiner Tür. Leicht verstimmt blickte er zur Uhr, es war schon nach neun.
»Duke!«, rief Rachel von draußen.

Er hatte keine Lust mit ihr zu reden, konnte aber auch nicht so unhöflich sein, sie abblitzen zu lassen.
»Hi, Rachel, was geht ab?«, fragte er sie, als er die Tür öffnete.
Ohne Worte drängte sie sich mit zwei Tassen Kaffee an ihm vorbei und machte es sich in der Sitzecke gemütlich.
»Es ist zu langweilig, alleine Kaffee zu trinken, und ich dachte, du hast gerade nichts Wichtiges zu tun. Oder störe ich?«
Natürlich störte sie.
»Quatsch, Rachel, du störst doch nie. Gute Idee mit dem Kaffee.«
»Was machst du gerade?«, bohrte sie weiter.
»Nichts Besonderes. Ich habe ein Magazin, das ich eigentlich lesen wollte und dann hatte ich vor, ins Bett zu gehen, um fit zu sein für morgen früh«, sagte Duke und schlürfte hastig an seinem Kaffee.
Rachel sah sich um und musterte den Innenraum.
»Dein Wohnmobil ist ja für sein Alter noch in gutem Zustand und er riecht nicht mal so muffig wie die anderen, die ich sonst so in die Hände bekomme.« Dabei stand sie auf und strich mit dem Finger über die Einrichtung. »Irgendwann möchte ich selber einmal auf Tour gehen, raus, ohne Ziel, einfach los. So wie du. Alles hinter mir lassen und mich nicht mehr jeden Tag mit den alten Karren herumärgern. Nur weil ich in dieser Werkstatt aufgewachsen bin, heißt es doch nicht, dass es kein anderes Leben gibt. Ich bin noch viel zu jung, um hier zu versauern.«
Dabei drehte sie sich um und schaute ihn an. Duke war nicht sicher, wie er reagieren sollte. Sie ermutigen, etwas anderes zu tun, oder die Traditionen, die über ein paar Generationen unter Entbehrungen gewachsen waren, weiterzuführen. Wie sollte er

Ratschläge geben, wenn er selber noch auf der Suche war?
»Sorry, Rachel. Ich bin mit Sicherheit die falsche Person für Lebensweisheiten«, erklärte er. »Ich kann dir keine Empfehlung geben, was du aus deinem Leben machen solltest.«
Sie nickte nur und kam auf ihn zu. Duke versteckte sich hinter seiner Kaffeetasse, als er bemerkte, wie dicht sie an ihn herankam.
»Möchtest du sehen, was ich gerade programmiere?«, fragte er sie, während er das Tablet hervorholte.
»Ja, gerne«, erwiderte sie, jedoch ein wenig überrumpelt, in welche Richtung das Gespräch nun ging.
Duke hielt ihr das Tablet unter die Nase.
»Also, es beginnt mit ein paar Bildern. Schau da mal drauf.«
Er schloss seine Augen und schaltete das Hypnoseprogramm ein. Rachel wurde still und schaute auf das bunte Gehirnfeuerwerk. Duke freute sich, dass sie so empfänglich war und ließ sich Zeit mit ihr. Ruhig redete er auf sie ein und bemerkte, wie sie nun langsamer atmete und sich entspannte. Er spürte ihre Zuneigung ihm gegenüber, doch nach Bristol konnte er nicht einfach irgendwie mit ihr romantisch werden. Sie war super nett und wenn sie wie ein Cowgirl angezogen war, sah sie reizend aus. Doch es war nicht der richtige Zeitpunkt. Zu früh für seine Gefühlswelt. Sorry Rachel, dachte er. Fünf Minuten später war sie für die Botschaft bereit.
»Rachel, wenn ich das Wort „müde" sage, ist das für dich das Signal, ins Bett zu gehen. Du wirst immer müder werden und dann verlässt du den Fleetwood. Und morgen um fünf Uhr erwachst du frisch und munter. Wenn ich den Bildschirm lösche, kannst du dich nicht mehr an die bunten Bilder erinnern.«

Dann beendete er das Programm und entfernte sich von ihr.
Rachel blinzelte kurz und fragte: »Wolltest du mir nicht zeigen, woran du gerade arbeitest?«
»Sehr gerne, Rachel. Aber ich bin so müde.«
»Ja, das geht mir genauso«, stellte sie mit einem Mal verwundert fest.
»Du siehst auch recht müde aus«, sprach er eindringlich zu ihr.
»Ich gehe jetzt und hau mich hin. Dann bis morgen«, gähnte sie.
Und wie leicht betrunken torkelte sie aus dem Wohnmobil. Duke war sichtlich erleichtert, als er sah, wie sie abzog. Er ging ihr kurz hinterher, um sicherzustellen, dass sie sich nicht gleich auf den Schotter legte. Zufrieden stellte er fest, dass sie direkt in dem kleinen Zimmer verschwand. Nach dieser unverhofften Einlage war Duke nicht mehr in der Stimmung, noch weiter in dem Magazin zu lesen und machte sich ebenfalls für die Nacht fertig. Er träumte vor sich hin, dass mit einem Mal alle Fernseher, Computerbildschirme und jedes Smartphone mit seinem Hypnoseprogramm liefen und er könnte dann.... Doch Duke schlief ein, bevor er es zu Ende denken konnte.

***

Pünktlich, kurz vor fünf Uhr, wachte er auf. Er musste erst im Dunkeln seine Uhr suchen, um den Alarm auszustellen. Dann erinnerte er sich an seine Idee, die er kurz vor dem Einschlafen gehabt hatte. Er war noch zu müde, um richtig klar zu denken, machte sich aber wieder eine geistige Notiz, um daran später noch einmal anzuknüpfen. Eilig machte er sich halbwegs frisch und schlüpfte in seine Uniform.
Im Büro kochte er schon einmal Kaffee und als dieser fast fertig war, kam Rachel hinein.

»Mann, bin ich ausgeschlafen. Ja, gute Idee, Kaffee für die Fahrt. Abfahrt in fünf Minuten!«, sagte sie und schlug ihm anerkennend auf die Schulter.
Sie verließ das Büro und Duke füllte zwei Pappbecher ab. Er hörte sie den Gulfstream starten, wie sie vorfuhr und hupte. Duke schloss das Büro ab und ging zu ihr. Sie gab ihm die Schlüssel für den Pick-up und er reichte ihr den Pappbecher.
»Danke, Duke. Es wird eine lange Fahrt. Ich denke, wir brauchen ungefähr sechs Stunden hin und sechs Stunden wieder zurück. Packst du das?«, fragte sie.
»Ich denke schon.«
Auf halber Strecke nach Phoenix machten sie eine Pause, um zu frühstücken. Rachel und er redeten über Belanglosigkeiten, wobei sie zum großen Teil redete und Duke gewohnt höflich zuhörte. Er beobachtete sie, wenn sie sprach und verglich sie dabei mit Bristol. Nett, selbstsicher, gut aussehend. Doch irgendwie auch weltfremd, wenn nicht sogar ein wenig naiv. Sie lebte in ihrer Welt aus Motorölen, Abgasen und großen Träumen, die sie aber nie realisieren würde. Nicht, weil sie es nicht könnte, sondern weil sie in ihrem kleinen Ort im Nirgendwo niemals den Richtigen kennenlernen konnte, der mit ihr zusammen träumen würde. Er hörte kaum zu, was sie redete. Vielmehr schaute er sie an, musterte ihr Gesicht und blickte in ihre hübschen Augen. Duke saß hier mit einem netten Girl und doch musste er an Bristol denken. Was würde er dafür geben, jetzt mit ihr hier am Tisch sitzen zu können. Sie fehlte ihm so. Duke bemerkte nicht, dass Rachel nichts mehr sagte und ihn jetzt in aller Ruhe beobachtete.
»Woran denkst du? An deine verstorbene Freundin?«, fragte sie

und rutschte mit ihrer Hand über den Tisch, um seine zu halten. Diese plötzliche Berührung ließ ihn zusammenzucken und er lächelte nur. Bei Waffeln und Rührei war ihm nicht danach, ein weiteres Mal über seine schmerzhaften Erlebnisse zu sprechen. Duke war zufrieden, als er wieder im Pick-up sitzen konnte. Er erkannte, dass es noch ein weiter Weg war, um sein Erlebnis mit Bristol zu verarbeiten. Eine Stunde später tankten sie und holten sich einen frischen Kaffee. Duke war immer wieder erstaunt zu sehen, wie viele unterschiedliche Sorten Kaffee an einer Tankstelle angeboten wurden. Doch anstatt sich darauf zu konzentrieren, einen richtig guten Kaffee anzubieten, mussten sie einem hier acht verschiedene schlechte Sorten aufdrängen. Es wird Zeit, sich auch eine eigene ordentliche Maschine für seinen Camper zu kaufen, vermerkte er auf seinem geistigen Zettel.
Der Rest der Fahrt verlief unkompliziert. Der Besitzer des Gulfstream wohnte am Rande von Phoenix, was beiden den Stau in der Innenstadt ersparte. Voll im Zeitplan parkten sie vor dem Haus des Eigentümers. Rachel hupte frech und der Besitzer winkte schon, als er aus der offenen Garage kam. Duke hielt sich bei der Wagenübergabe im Hintergrund. Doch als es um das Bezahlen ging, fing der Besitzer an, mit Rachel zu diskutieren und wollte den Preis senken. In Bully-Manier versuchte er Rachel einzuschüchtern, die zwar argumentativ dagegenhielt, aber nicht wirklich weiterkam. Duke stellte für sich fest, dass die Welt wohl größtenteils aus Menschen bestand, denen es Spaß machte, bei körperlich Schwächeren den Überlegenen zu spielen.
Er schaute sich den Zwergenaufstand noch zwei Minuten an

und stellte sich schließlich neben Rachel, um dem Kunden in einem ruhigen Ton zu erklären: »Mister, Sie werden jetzt die Rechnung ohne jede weitere Diskussion bezahlen.«
Dabei ging er sehr nahe an ihn heran und schaute ihm in die Augen, ohne zu blinzeln. Mr. Gulfstream pustete und pumpte, fiel aber in sich zusammen, als Duke ihn, ohne sich zu bewegen, weiterhin anstarrte.
Dann legte Duke im richtigen Moment noch einmal nach: »Und für Ihr flegelhaftes Verhalten werden Sie noch ein nettes Trinkgeld obendrauf legen. Haben wir beide uns verstanden?«
Letztlich, um nicht total das Gesicht zu verlieren, prüfte Zwerg Nase übertrieben lange die Rechnung und bezahlte schließlich kommentarlos die Summe, doch nur mit einem mageren Trinkgeld. Zurück im Pick-up fiel Rachel ihm um den Hals und drückte ihm einen Kuss auf die Wange.
»Das war ja der Hammer! Ich dachte immer, wer am lautesten brüllt, bekommt Recht. Aber du hast ihn mit deiner ruhigen Ansprache voll ausgehebelt. Vielen Dank, Duke. Wir sind ein gutes Team. Komm, wir schlagen uns die Bäuche voll, bis wir platzen.«
Duke bemerkte, dass sie ihn die ganze Zeit immer wieder von der Seite anschaute und ihn nach dieser Aktion anhimmelte. Anscheinend war er gerade ihr neuer Held. Ihre Hand, die auf seinem Schenkel lag, spürte er wie ein Stück glühende Grillkohle, die sich unangenehm einbrannte. Seine Gefühlswelt wurde gerade vollkommen durcheinandergewirbelt.
»Hast du Lust auf Hamburger?«, fragte Rachel.
»Sehr gerne, aber wenn es geht, dann nicht in einem Schnellrestaurant.

Ein Diner wäre nett oder was denkst du?«, fragte er und schaute kurz zu ihr hinüber.
Sie überlegte kurz und sagte: »Ich glaube, ich habe was Nettes auf der Fahrt hierher gesehen. Ich denke, so in 15 Meilen sollte was kommen. Und nach dem Essen kann ich gerne fahren. Wir wechseln uns ab.«
»Ich bin ein schrecklicher Beifahrer und schlafe grundsätzlich auf langen Strecken ein.«
»Das ist kein Problem. Ruh dich aus, ich fahre gerne lange Strecken.«
Nachdem sie gegessen hatten, wechselte Duke auf den Beifahrersitz. Er war in keiner Weise müde, nahm aber gerne Rachels Angebot an, den Beifahrer zu spielen, vermied er es doch damit, sich die nächsten Stunden mit ihr unterhalten zu müssen. Dummerweise hatte er die Rechnung nicht mit ihr gemacht. Natürlich ließ sie ihn keine Minute im Auto schlafen. In Gedanken freute Duke sich schon bald wieder in seinem Fleetwood zu liegen, um seine nächsten Schritte zu planen, da fingerte Rachel plötzlich am Telefon herum. Nach mehrmaligem „Ja“ und „Okay“, legte sie auf und steckte es ein. Freudestrahlend berichtete sie ihm, dass sie heute Abend zu Hause essen würden. Ihr Vater würde kochen. Toll, dachte Duke, die letzten Tage hier werden zur echten Herausforderung. Doch nach ein paar Minuten Schmollen sagte er sich, es könnte in seinem Leben auch alles viel unfreundlicher sein. Mann, er musste wirklich an seinem zwischenmenschlichen Verhalten arbeiten.

KAPITEL 22

Später als geplant kamen sie zurück und John wartete schon mit dem Essen. Nachdem die letzte Hühnerkeule verdrückt war, konnte Duke es kaum erwarten, wieder zur Werkstatt zurückzukehren.

»John, das Essen war hervorragend. Eventuell könnten Sie mit einem eigenen Restaurant mehr Geld machen als mit der Werkstatt.«

»Dad, könnte Duke heute Nacht nicht im Gästezimmer schlafen? Dann muss ich ihn nicht mehr zurückfahren und wir alle machen uns einen schönen Abend. Morgen ist Sonntag und es ist sowieso frei«, fragte Rachel in einem schon fast bettelnden Ton.

John nickte zustimmend und erklärte: »Warum eigentlich nicht? Dann können wir uns ja noch ein kleines Glas Wein gönnen. Ich wasche ab und du zeigst ihm in der Zwischenzeit das Gästezimmer.«

Fünf Minuten später waren Duke und Rachel mit dem Beziehen des Bettes im Gästezimmer beschäftigt. Erneut fand er sich in einer unangenehmen Situation wieder. Einerseits waren beide außerordentlich nett zu ihm, aber er hatte das Gefühl, alles hier passierte ihm zu schnell. Duke war trotzdem dankbar, hier zu sein und es fiel ihm auf, dass es schon eine Weile her war, dass er in einem richtigen Bett geschlafen hatte.

»Mein Zimmer ist gleich nebenan und gegenüber ist das Bad. Komm mit, dann gebe ich dir ein Handtuch und noch ein paar

andere Sachen, die du nicht bei dir hast«, erklärte sie ihm mit einem Dauergrinsen im Gesicht.
Duke wurde die Empfindung nicht los, dass Rachels Vater ihn mit seiner Tochter verkuppeln wollte. Alles roch förmlich nach einem Setup. Unter anderen Umständen wäre Rachel ein tolles Mädchen, bei der es sich lohnen würde, sie einmal näher kennenzulernen, doch es war der falsche Moment, die falsche Jahreszeit. Sein Frühling war noch nicht in Reichweite. Aber vielleicht bildete er sich das auch alles nur ein und die beiden waren einfach nur nett.
John rief sie nach unten. Er hatte schon ein Tablett mit drei Gläsern in den Händen, als sie die Treppe hinunterkamen. Duke hatte bisher selten Alkohol getrunken. Ab und zu probierte er etwas aus, wenn der Anlass sich dazu eignete oder es verlangte. Doch bisher stellte er nur fest, dass ihm Alkohol, egal, was er probierte, nicht wirklich schmeckte. Eventuell war in ihm auch eine innere Ablehnung vorhanden. Alkohol verband er immer mit seinem Vater, der, je mehr er davon zu sich nahm, zunehmend unerträglicher wurde. Alkohol als Spaßgetränk? Kaum vorstellbar für Duke. John sprach einen Toast aus und fing an, sich über Wein auszulassen. Ohne ihm wirklich zuzuhören, nickte Duke nur freundlich und bemerkte aus dem Augenwinkel, wie Rachel ihn die ganze Zeit beobachtete, was in ihm ein leichtes Unbehagen auslöste. Der Abend verging nur schleppend. Duke hatte sich beim Wein zurückgehalten, er war nicht sein Geschmack. John hingegen war guter Dinge und selbst Rachel war ein wenig angeglimmert. Erst als der Zeiger der Küchenuhr stramm auf die 12 wanderte, verabschiedeten sich alle und Duke bedankte sich für den netten Abend. Nun konnte

er es nicht erwarten, unter einer warmen Dusche zu stehen. Nachdem er sich das Handtuch und die Zahnbürste genommen hatte, die ihm Rachel hingelegt hatte, klopfte er vorsichtig an die Tür des Badezimmers, doch niemand antwortete. Happy, alleine zu sein, genoss Duke den kräftigen, heißen Strahl der Dusche. Kein Vergleich zu dem kalten Regenschauer im Camper, ging es ihm durch den Kopf. Leise verließ er wieder das Bad und schlich sich in sein Zimmer. Das Bett hier war zwar ein Relikt aus der Gründerzeit, hatte aber zu Dukes Überraschung eine moderne Matratze, die zum Ausschlafen nur so einlud. Er lag keine zehn Minuten im Bett, da hörte er ein leises Klopfen. Sogleich öffnete sich die Tür und Rachel schlich zu ihm ins Zimmer. Glühend heiß fiel ihm ein, dass er nicht sein Tablet bei sich hatte. Seine Hypnose würde nicht noch einmal wirken. Das Codewort war wertlos.

»Hi, Rachel. Was ist los?«, fragte er und stand auf.

»Wenn mein Dad uns erwischt, gibt es Ärger«, sagte sie und kicherte bei den Worten.

»Dann wäre es eventuell besser, du gehst wieder in dein Zimmer«, erwiderte Duke nun ein wenig nervös. »Wir wollen doch nicht, dass es Stress gibt.«

Sie schob ihn zurück zum Bett.

»Rachel, was hast du vor? Bist du nicht müde?«

Duke versuchte verzweifelt das Codewort.

»Nein«, sagte sie nur, »komm ins Bett.«

Duke war mit dieser Situation vollkommen überfordert. Er wollte nicht mit ihr schlafen, falls sie das vorhatte. Aber was sollte sie sonst geplant haben? Duke war total aufgewühlt. Gab er ihr eine Abfuhr, konnte er auch gleich einpacken, da sie sich

gekränkt fühlen würde. Mann, er hätte es vorher wissen müssen, Signale ihrerseits hatte es ja genug gegeben.
»Möchtest du noch ein wenig quatschen?«, fragte er sie ablenkend.
Sie legte ihren Finger auf seinen Mund und schaute ihm lange in die Augen, bevor sie ihre Hand wieder wegnahm. In Zeitlupe kam sie seinem Gesicht näher und er ließ es zu, dass sie ihn küsste. Sein Widerstand bröckelte ganz langsam und er fasste sie so behutsam an, als wäre sie zerbrechlich.
Und als wenn sie spürte, dass er noch nicht bereit war für mehr, flüsterte sie ihm ins Ohr: »Ich möchte gerne hier in deinem Bett schlafen, und dass du mich festhältst. Würdest du das wollen?«
Dukes Gefühlswelt geriet komplett durcheinander. Ihre Nähe, diese sanften Worte. Sie hatte sogar ein Parfüm aufgelegt. Mit einem Mal spürte er, wie ihm diese Wärme die ganze Zeit gefehlt hatte, diese Geborgenheit, jemandem so nahe zu sein.
»Ja«, flüsterte er und beide legten sich ins Bett.
Es war ein schönes Gefühl, wie sie so neben ihm lag, und er war froh, dass sie nichts weiter versuchte. Sie drehte sich zur Seite und nahm dabei seinen Arm, damit er sich zu ihr umdrehen und sie halten konnte.
»Gute Nacht, Duke«, flüsterte sie ihm zu.
»Gute Nacht, Rachel«, antwortete er und schloss die Augen.
Er spürte, wie steif er neben ihr lag, verkrampft, fast panisch sich zu bewegen. Doch mit jedem neuen Atemzug entspannte er sich und es dauerte nicht lange, bis er neben ihr eingeschlafen war. Es war seit Langem wieder ein ruhiger Schlaf, ein traumloser Schlaf. Diesmal besuchten ihn keine Dämonen und auch nicht Bristol.

Am nächsten Morgen wurde Duke durch das schrille Kreischen eines Mixers wach, der das nahende Frühstück ankündigte. Mit dieser Feststellung öffnete er langsam die Augen. Rachel schaute ihn mit einem Lächeln im Gesicht an. Sie hatte den Kopf auf ihre Hand gestützt und beobachtete ihn.
»Guten Morgen, hast du gut geschlafen?«
»Dir auch einen guten Morgen. Ja, vielen Dank. Ich habe außerordentlich gut geschlafen.«
Sie strich ihm über sein Haar und beobachtete ihn weiter.
Nach Sekunden peinlicher Ruhe sprach sie in einem ruhigen Ton: »Ich weiß, dass es mit deiner Freundin ein schlimmes Erlebnis war. Eine Tragödie, die niemand durchmachen sollte. Es ist auch gut, dass du um sie trauerst und Bristol nicht gleich bei der nächsten Möglichkeit, wenn jemand neben dir im Bett liegt, vergisst. Irgendwann musst du darüber hinwegkommen, neu anfangen und wieder jemandem vertrauen.« Beide schwiegen einen Moment. Dann sprach sie weiter: »Ich mag dich, Duke. Und umso mehr, als du gestern nicht versucht hast, mir den Slip auszuziehen. Lass dir Zeit und eventuell möchtest du mich auch ein wenig besser kennenlernen, wenn du über deinen Schmerz hinweg bist. Wer weiß, was das Leben für uns noch an Überraschungen bereithält.«
Duke war platt, so früh am Morgen schon so eine emotionale Rede zu hören und mit einem Mal sah er Rachel in einem ganz anderen Licht. Die kleine Zicke, die er zuerst in ihr gesehen hatte, war nur eine Hülle, eine Rolle, die sie zum Selbstschutz spielte. Es war ihre Art, sich hier in dieser taffen Umgebung zu behaupten. Er suchte nach den passenden Worten.
Dann antwortete er: »Du und dein Vater, ihr seid sehr nett und

ich genieße die Zeit mit euch. Ihr habt mich aufgenommen, ohne mich wirklich zu kennen. Das hier ist für mich eine komplett neue Situation. Du bist für mich eine komplett neue Situation.« Nach einer kleinen Pause fuhr er fort: »Um ehrlich zu sein, die ganze Zeit habe ich versucht, dich nicht zu mögen. Im Inneren habe ich um mich eine Wand errichtet, um nicht zu sehen, dass man weitermachen muss und es ein Leben danach gibt. Ich war eventuell ein wenig unfreundlich zu dir und es tut mir sehr leid. Wahrscheinlich brauche ich noch mehr Zeit, um einzusehen, dass es noch andere liebe Menschen gibt und du bist eine davon. Du bist mehr als nur nett, du bist etwas Besonderes und langsam erkenne ich das.«

Duke meinte, was er sagte. Er hatte die Wahl: zum totalen Arsch zu werden und als ungeliebter Einzelgänger zu enden oder wieder ein Teil der Gesellschaft zu werden. Jetzt war er es, der ihr durch die Haare streichelte.

»Ja, ich mag dich auch, Rachel, und gerne würde ich dich näher kennenlernen.«

Er küsste sie auf die Stirn und beide lächelten sich verlegen an. Es wurde Zeit zu frühstücken.

Kaum saßen sie alle am Tisch und hatten sich begrüßt, leitete John den Tag ein: »So, ihr beiden, was wollen wir heute machen? Ich hoffe nicht, dass du so ein Kirchengänger bist, Duke. Oder? Ich meine, ich respektiere Religion und so, doch ich bin der Meinung, wir müssen nicht in eine Kirche gehen und uns vollquatschen lassen, dass wir alle bald ins Paradies kommen, wenn wir hier doch schon im Paradies leben, oder?«

»Da gibt es wohl nichts weiter zu sagen, ganz meiner Meinung. Reine Zeitverschwendung«, pflichtete Duke ihm bei.

»Was haltet ihr davon, zum Acoma Creek zu fahren, um zu angeln? Bist du ein Angler, Duke?« Und ohne eine Antwort abzuwarten, sagte John: »Okay, Rachel, ich werde mit Duke die Ausrüstung zusammenstellen und du machst hier mal klar Schiff und packst was zum Futtern ein.«

Eine knappe Stunde später hingen ein paar Angeln im Wasser und Duke bekam seine erste Lektion. Er wunderte sich, wie selbstverständlich er von den beiden aufgenommen wurde. Sein eigener Vater hatte es in all der Zeit, in der er zu Hause gelebt hatte, nie geschafft, mit ihm etwas zu unternehmen. Sie hatten praktisch an einem Fluss gewohnt, doch selbst so eine einfache Sache wie angeln war für seinen versoffenen Vater eine unmögliche Aufgabe. Und hier saß er nun, wurde durchgefüttert und wie ein Familienmitglied aufgenommen. Unglaublich! Es wurde ein schöner Tag am Fluss, der sogar noch für das Abendbrot sorgte, in Form von verschiedenen Fischen. Eine willkommene Abwechslung zu all dem Fast Food der letzten Zeit. Nicht nur, dass John Ahnung hatte, wie man angelte, er war auch ein Experte, um aus dem Fang ein Barbecue zu machen. Ein perfekter Abschluss des Tages.

An diesem Abend fuhr John ihn zurück zur Werkstatt und erklärte ihm unterwegs noch die lokalen Berühmtheiten und historischen Ereignisse der letzten 15.762 Jahre. Beim Verabschieden fand er noch einmal klare Worte.

»Es war ein guter Tag und ich denke, Rachel hat es auch gut gefallen. Um ehrlich zu sein, ich nehme sie manchmal hier in der Werkstatt zu hart ran und vergesse oft, dass sie kein taffer Kerl ist, sondern meine Tochter, die eigentlich etwas Ordentliches lernen sollte. Du scheinst ein netter Kerl zu sein und ich freue mich, dass du hier mitarbeitest. Ich hoffe, dass du eine Weile bleibst. Es wird eine gute Saison. Bis morgen dann.«

Duke klopfte zur Bestätigung auf das Autodach, da John von ihm keine richtige Antwort erwartete. Er schaute ihm nach, bis dieser außer Sicht war. Mit den Händen in der Tasche schlenderte er in aller Ruhe zu seinem Wohnmobil und setzte sich in den Campingstuhl. Zeit zum Nachdenken. Eine Achterbahn der Emotionen ging ihm durch den Kopf und er musste sich eingestehen, dass er kaum Schritt halten konnte mit diesen schnellen Veränderungen. Alles sollte doch eigentlich so einfach sein: Man hat eine Idee, macht daraus einen Plan und fertig ist die Richtung, in die man gehen wird. Nur, warum enthielt dieser Plan so viele Abzweigungen? Und welchen Weg sollte er nehmen? Was würde ihn erwarten, wenn er in zwei Tagen hier verschwinden würde? Wovor hatte er Angst? Sollte er hier vielleicht doch noch ein wenig länger bleiben? Rachel war ein nettes Girl, keine Frage. Doch hierzubleiben, wäre die Endstation seiner Pläne, seiner Träume.

Aber was waren wirklich seine Träume? Duke wurde nachdenklich und er ließ sich treiben, um letztlich heute keine Entscheidung zu treffen. Er würde von Tag zu Tag entscheiden und im schlimmsten Fall wäre er in drei Minuten im Fleetwood und auf der Interstate in Richtung Los Angeles.

KAPITEL 23

Da Duke am vorigen Abend von Rachel den Schlüssel fürs Büro bekommen hatte, schloss er schon mal auf und bereitete einen Duke-mäßigen Kaffee vor. Er machte ihn ein wenig stärker, sodass er schmeckte und es nicht nur ein Becher gefüllt mit schwarzer Flüssigkeit war. Nebenbei fand Duke das Passwort für das WLAN, das netterweise auf dem Router klebte. Von nun an konnte er bequem vom Wohnmobil aus online gehen. Auf einmal war die Welt schon nicht mehr ganz so klein.

Rachel war an diesem Montag ein wenig spät dran. Ungewöhnlich, aber somit hatte Duke noch Zeit, seinen aktuellen Kontostand zu checken. Der sah wie erwartet, sehr positiv aus. Duke brachte sein Tablet wieder zum Wohnmobil und schaute, wie stark hier das Signal noch war. Sein Gerät zeigte nur eine genügende Netzverbindung an, doch besser als gar kein Internet, dachte Duke zufrieden und ging wieder ins Büro. Der Kaffee war mittlerweile fertig, bloß Rachel kam nicht. Duke wählte ihre Nummer. Nach dreimaligem Klingeln ging sie ran und er war erleichtert. Seltsam, dass er sich schon Sorgen um sie machte.

»Guten Morgen, Rachel. Alles klar?«

»Ja, selber guten Morgen. Bin schon da.«

Und wie zur Bestätigung hörte er sie von Weitem hupen und auf den Hof einfahren, gefolgt von einem Abschleppwagen mit einem Wohnmobil am Haken.

»Frischer Schrott für uns«, sagte sie zur Begrüßung. »Ist liegen

geblieben und der Besitzer hat keine Ahnung, was defekt ist. Bing, Bing, das war die Kasse, die gerade klingelte.«
Duke freute sich über ihre gute Laune.
»Wenn du möchtest, ich habe frischen Kaffee à la Duke.«
Sie schaute ihn fragend an, nicht sicher, was er meinte.
»Er ist ein wenig stärker«, erklärte er daraufhin.
Dann lotste sie den Abschleppwagen in die richtige Position und bedankte sich beim Fahrer.
»Okay, dann lass uns deinen Kaffee trinken.«
Duke war gespannt, wie sie sich nach der gemeinsamen Nacht verhalten würde. Doch nachdem sie sich ganz gewöhnlich unterhalten hatten, bekam Duke den Eindruck, dass alles normal wäre. Keine peinliche Aufarbeitung des gegenseitigen Gefühlsstriptease. Wie er von ihr hörte, war dieses Wohnmobil ein 84er Winnebago Minnie Winnie, bekannt für seine Geräumigkeit.
»Ich denke, dem fehlt nur eine neue Zündspule und dann läuft das Ding wieder. Mal schauen, ob wir was Altes im Lager haben, dann kostet es uns eventuell 20 Dollar, und wir berechnen ihm 250 Dollar. Wäre kein schlechter Deal für ein paar Minuten Arbeit.«
Wenn es darum ging, ein gutes Geschäft zu machen, war Rachel ein richtiger Fuchs, dachte Duke. Und tatsächlich fand sie im Lager etwas Passendes und wie versprochen war der Job in einer Viertelstunde erledigt.
»Wir werden noch ein wenig warten, bis wir den Kunden anrufen, sonst denkt er, dass die Reparatur zu schnell ging, und dann gibt es wieder Diskussionen wegen der Rechnung. Wenn du möchtest, kannst du den Minnie Winnie herausfahren.«

Zum Mittagessen brachte John ihnen dieses Mal Pizza. Rachel hatte heute Appetit darauf gehabt und bekam den Wunsch prompt erfüllt. Duke wunderte sich, wie sie trotz all des Fast Foods so eine tolle Figur halten konnte. Aber wer auch immer „Romy's Pizza" war, schmackhaft war sie allemal. Kurz nach dem Essen rief der Großhandel an, Duke konnte sein Ersatzteil abholen. Zusätzlich bekam er eine Liste und 350 Dollar in die Hand gedrückt, um gleich noch ein paar andere Sachen mitzubringen.

Duke schwang sich hinter das Lenkrad des Pick-ups und machte sich auf den Weg. Keine fünf Minuten später kam ihm ein Jeep entgegen, ohne dass Duke gleich mitbekam, wer im Wagen saß. Bis es auf einmal „Klick" machte und er Scott hinter dem Lenkrad erkannte. Duke latschte auf die Bremse, drehte sofort den Wagen um und raste zurück zur Werkstatt. Der Jeep machte extrem Tempo und Duke konnte ihm kaum folgen. Hier lag Ärger in der Luft, denn das war die einzige Straße, die zur Werkstatt führte. Duke nahm sein Telefon und wählte Rachels Nummer.

»Hi, Duke, wo brennt es?«

»Mir ist gerade Scott in seinem Jeep entgegengekommen. Ich denke, er ist auf dem Weg zu euch. Ich bin etwa zwei Minuten hinter ihm«, erklärte Duke mit ein wenig Sorge in der Stimme.

»Okay, okay, das gibt sicher Ärger. Mein Dad erzählte mir eben, dass er eine Anzeige gegen Scott erstattet hat.«

»Wie hat der denn so schnell Wind davon bekommen?«

»Keine Ahnung. Mist, er kommt gerade.«

Mit durchgedrücktem Gaspedal versuchte er alles, was möglich war, aus dem Pick-up herauszuholen. Mann, konnte nicht einmal etwas ohne Probleme ablaufen? Duke parkte neben dem Jeep und stieg aus. Er lief zu seinem Wohnmobil und holte rasch den Baton. Sicher war sicher. Dieses Mal würde er vorsichtiger sein und nicht wieder in eine Waffe laufen. Duke rannte durch den Seiteneingang der Werkstatt und hörte immer lauter werdende Stimmen, die sich anschrien. Er warf eine Kiste um, dass es schepperte. Damit wollte er sich ankündigen und nicht unerwartet hinter Scott erscheinen, der sich so vielleicht wieder veranlasst fühlte, erneut seine Waffe zu ziehen.

»Oh, ein Überraschungsgast, der Aushilfsidiot«, rief Scott herablassend.

Duke konnte sehen, wie Scott dabei sein Gesicht angewidert verzog. John hingegen nutzte diesen Moment und holte eine doppelläufige Schrotflinte hervor, die nun auf Scott zielte.

»Ach, alter Mann, erst musst du zu den Cops rennen und nun willst du mich wohl mit dem Ding erschrecken«, rief Scott spöttisch und ging dabei einen Schritt auf John zu.

Duke ging seitlich aus der Schusslinie und entfernte sich ein wenig.

»So, was soll das hier werden?«, fragte Scott, zog seine Pistole und richtete diese ebenfalls auf John.

Duke glaubte in einem Film zu sein. Das war doch alles Schwachsinn, was hier abging.

»Scott, nimm bitte die Waffe runter. Gibt es keine andere Lösung für diese Meinungsverschiedenheit?«, fragte Duke beide in einem sehr ruhigen Ton.

»Da macht ja jemand das Maul auf«, rief Scott aufgebracht und drehte sich zu Duke.

Und wieder schaute Duke in eine Pistolenmündung. Dann ging

alles sehr schnell. Vermutlich war John im Umgang mit seiner Schrotflinte ungeübt oder einfach zu aufgeregt. Der erste Schuss von John ging halb an Scott vorbei und verletzte ihn seitlich an der Schulter, der sich daraufhin schreiend umdrehte und auf John schoss. John, der nun getroffen zusammensank, schoss ein zweites Mal auf Scott. Dann war Ruhe. Duke hatte ein Klingeln in den Ohren und sah all das Blut auf dem frisch gefegten Werkstattboden. Rachel stand da wie versteinert und gab keinen Ton von sich. Ein kurzer Blick auf Scott reichte Duke, um zu sehen, dass bei ihm nichts mehr zu machen war. Dann rannte er auf John zu, der sich den Bauch festhielt und mit schmerzverzerrtem Gesicht röchelte.

»Rachel, ruf einen Rettungswagen und dann bring mir den Erste-Hilfe-Kasten.«

Beim Klang seiner Stimme reagierte Rachel wieder. Tränen liefen ihr über das Gesicht, als sie ins Büro lief. Duke legte John in eine stabile Lage und untersuchte die Wunde. Unter ihm bildete sich eine Blutlache, die immer größer wurde. Duke war vollkommen ruhig, doch als er am Rücken sah, was die Kugel angerichtet hatte, wusste er, dass hier kein Arzt mehr helfen konnte. Rachel kam mit dem Erste-Hilfe-Kasten zurück. Er drückte eine Mullbinde auf die Bauchwunde, doch er konnte sehen, dass diese kaum noch blutete.

Rachel hielt die Hand von ihrem Dad und schluchzte: »Duke, es ist vorbei.«

Er setzte sich neben sie und hielt sie fest. Dann brachen alle Dämme, sie fing an zu weinen und umklammerte Duke. Er hielt sie fest an sich und streichelte sie, noch immer fassungslos, was hier gerade geschehen war. Und wieder machte er sich Vorwür-

fe, warum er nicht einfach weitergefahren war. Ohne sein Eingreifen hätten sie sich nur gestritten, es wären wahrscheinlich ein paar harte Worte gefallen, mehr nicht. Dann wäre es gut gewesen. Nur weil er da war und Scott auf ihn mit seiner Pistole zielte, fühlte sich John zum Handeln verpflichtet. Mit zittriger Hand griff Duke nach seinem Handy und wählte 911. So saßen sie da und warteten auf das Kommende. Die Cops trafen eher ein als der Rettungswagen.
Die nächsten Stunden waren für alle ein Albtraum. John wurde als Erster abtransportiert. Scott war vom zweiten Schuss im Gesicht so entstellt, dass seine Papiere aus der Hose gezogen werden mussten, damit wenigstens eine erste Identifizierung stattfinden konnte. Rachel hatte sich irgendwie wieder gefasst und konnte das Erlebte, das Duke schon zu Protokoll gegeben hatte, bestätigen. Er fühlte sich total mies und konnte sich nicht erklären, warum ihm solche Sachen immer passierten. Und wieder fühlte er sich schuldig, als wenn ein Fluch auf ihm lastete. Gerade erst hatte er gedacht, sein eigenes Trauma bewältigt zu haben. Jetzt musste er mit ansehen, wie lieb gewordene Menschen starben und leiden mussten.
Nachdem alles zu Protokoll gegeben und Scott weggebracht war, ließ er Rachel einen Augenblick alleine im Büro sitzen. Duke benutzte einen Hochdruckreiniger, um den Fußboden von all dem Blut zu befreien. Danach ging er zu ihr ins Büro. Er fand sie auf dem Fußboden an der Wand sitzend, die Beine angezogen und den Kopf zwischen ihren Händen begraben. Duke machte es unendlich traurig, sie so leiden zu sehen. Er sah sich selber in diesem Moment und setzte sich leise neben sie,

ohne sie zu berühren, ohne etwas zu sagen. Minuten vergingen im traurigen Schweigen.

»Jetzt bin ich ganz alleine, nun habe ich niemanden mehr«, schluchzte sie.

Er bekam einen Kloß im Hals.

»Wirst du jetzt auch gehen?«, fragte sie leise und hatte dabei immer noch das Gesicht hinter ihren Händen verborgen.

Nun nahm er sie vorsichtig in die Arme, drückte sie leicht und sagte ruhig: »Das stehen wir zusammen durch.«

Er küsste sie auf den Kopf. Sie blickte ihn aus ihren geröteten Augen traurig an und nickte.

»Versprochen?«, fragte sie.

»Versprochen!«

Und dann saßen sie da, bis es dunkel wurde und keiner mehr Kraft hatte für Tränen. Sie schliefen an diesem Abend in ihren Klamotten eng umschlungen in seinem Wohnmobil ein.

***

Duke kochte am nächsten Morgen nur Kaffee, nach Essen war ihnen beiden nicht. Keiner hatte richtig Lust, etwas zu sagen. Und als er sie da so sitzen sah, mit hängenden Schultern und gesenktem Blick, musste er daran denken, wie er selbst damals gelitten hatte. Dieselbe Leere mit zu vielen unbeantworteten Fragen. Das Leben hatte sich für sie in nur weniger als ein paar Sekunden geändert. Sekunden, von der absoluten Lebensfreude zum totalen Verlust der einzigen Person, die einem etwas bedeutet hatte. Er konnte in dieser Situation jetzt unmöglich einfach verschwinden, um seine großen Pläne zu verwirklichen. Diese konnten warten. Hier war jemand, der ihn jetzt brauchte. Sie musste keinen Ozean mit Tränen füllen, um wieder Lebensfreude zu empfinden. Beide hatten nun einen lieben Menschen verloren, sie saßen im selben löchrigen Boot. Bei all dem Leid um ihn herum stellte er plötzlich fest, dass genau diese Situationen vermeidbar wären, wenn er all diese Scotts und Billys dieser Welt beseitigen würde. Doch jetzt war nicht der richtige Augenblick für solche radikalen Pläne. Rachel brauchte nun seine Hilfe, um die geistigen Wunden zu heilen. Doch die große unbeantwortete Frage stand im Raum, wie es nun weitergehen sollte.

Rachel trank ihren Kaffee aus und sagte: »Lass uns nach Hause fahren. Heute ist kein Tag, um hier noch etwas zu machen.«

Duke holte den Wagen und nachdem Rachel das Büro abgeschlossen hatte, fuhren sie, ohne ein Wort zu sagen, heim. Er ließ sie vor dem Haus aussteigen und parkte den Pick-up in der Garage. Dann fand er sie auf der Terrasse und setzte sich neben sie.

»Was ist nur falsch mit dieser Welt?«, fragte sie mit leicht zittriger Stimme. »Wir hatten doch eben noch das perfekte Leben. Wie soll denn nur alles weitergehen ohne meinen Dad?«

Eine Frage, die Duke nicht beantworten konnte.

»Konzentrieren wir uns auf seine Beerdigung, dass sie schön wird. Alles andere wird sich finden. Bleib hier sitzen, ich mache uns etwas zu essen.«

Mit diesen Worten stand er auf und ging in die Küche. Duke war alles andere als ein Koch, doch wenn er etwas konnte, dann waren es Spaghetti. Egal, wie kaputt man war, die schmeckten immer. Und sie schmeckten. Selbst Rachel lächelte ihn dankend an. Nach dem Essen war es an der Zeit, dass Rachel einige Telefonate führte. Der Anwalt der Familie hatte am nächsten

Tag Zeit und von der Polizei wurde sie nur vertröstet, sich später zu melden. Duke hatte in der Zwischenzeit abgewaschen und einen frischen Kaffee gekocht. Beide saßen wieder auf der Terrasse und tranken ihn. Koffein war immer noch ein probates Mittel, sich zu trösten, dachte Duke.

»Was willst du nun tun?«, fragte er sie. »Möchtest du die Werkstatt alleine weiterführen?«

Rachel antwortete ihm nicht gleich, doch dann setzte sie die Tasse ab und schaute ihn an.

»Alleine bekomme ich das nicht gestemmt und leider wirft die Werkstatt nicht so viel ab, um einen zweiten Mechaniker einzustellen. Wir waren immer ein Familienbetrieb und es war nie die Idee, dass ich es alleine weiterführe. Dad wollte die Werkstatt in spätestens fünf Jahren verkaufen.«

»Was hättest du dann gemacht, nach dem Verkauf?«

»Mein Dad hat einen Freund in Texas, der spezialisiert ist auf Classic Cars. Ich würde bei ihm sicher einen Job bekommen«, erklärte sie emotionslos.

»Also möchtest du weiterhin an Autos schrauben?«

»Das ist das Einzige, was ich kann«, antwortete Rachel. Duke nickte kommentarlos. »Hättest du etwas dagegen, in das Gästezimmer zu ziehen? Das Haus ist ohne meinen Dad so leer und im Moment würde ich ungern alleine sein.«

Und als sie ihn das fragte, fingen die Tränen erneut an zu laufen.

»Rachel, ich bin auch in diesem Tal der Trauer und arbeite an mir, da wieder herauszukommen. Gerne ziehe ich hier mit dir unter ein Dach und helfe dir durch die schwere Zeit. Es tut mir schrecklich leid, was passiert ist und ich mache mir Vorwürfe.

Ich glaube sogar, dass ich daran schuld bin, dass es zu dieser Auseinandersetzung gekommen ist.«

»Gib dir keine Schuld«, sagte sie. »Scott war ein Psychopath. Ich denke, er kam, um uns beide zu erschießen. Das war von Anfang an sein Plan, du hast mich im Grunde gerettet. Und dafür bin ich dir dankbar. Komm, lass uns einen kleinen Spaziergang machen.«

Mit diesen Worten fasste sie ihn an die Hand, um ihn mit sich zu ziehen. Duke fuhr danach zurück in die Werkstatt, um sich einige private Sachen zusammenzusuchen. Nachdem er die wenigen Dinge in eine Sporttasche gepackt hatte, setzte er sich vor seinem Wohnmobil in den Campingstuhl. Er brauchte ein wenig Zeit für sich, um nachzudenken. Alles war so schnell gegangen, so überstürzt. Eigentlich wollte er doch bald wieder los. Nun aber hatte er ihr ja versprochen, sie bei ihren Problemen zu unterstützen.

Und das, wo er mit sich selbst kaum im Reinen war. Doch würde er jetzt einfach wegrennen, könnte er nicht mehr in den Spiegel schauen. Dann würde tatsächlich das Schlechte in ihm siegen. Er wäre verloren und nur einer dieser selbstsüchtigen Verlierer, die er so verachtete. Rachel war ein nettes Girl und irgendwie hatte sie etwas Liebenswürdiges an sich. Er wusste im Innersten, dass niemals jemand Bristol ersetzen konnte, doch er war erst 18 Jahre alt, und das war kein Alter, um ungeliebt durch das Leben zu gehen. Was hatte er denn schon zu verlieren? Ihm fielen Rachels Worte ein, als er neben ihr aufgewacht war: „Wer weiß, was das Leben für uns noch an Überraschungen bereithält". Erneut wurde sein Weg, den er eigentlich einschlagen wollte, in eine neue Richtung gelenkt.

Mit diesen Gedanken nahm er seine Tasche und fuhr zu ihr. Rachel saß auf der Terrasse und schaute in die Ferne. All ihre Fröhlichkeit und Unbefangenheit waren verschwunden, als wäre ihr jetzt bewusst geworden, dass ihre Zeit als unbeschwerter Teenager vorbei war. Von einem Moment zum anderen war sie in die Welt der Erwachsenen hineinkatapultiert worden, unvorbereitet und ohne Sicherheitsnetz. Nachdem er sich zu ihr gesetzt hatte, erzählte sie ihm, was sie von der Polizei erfahren hatte und dass der Leichnam ihres Vaters freigegeben worden war. Sie würde morgen, nach dem Anwaltstermin, ein Beerdigungsinstitut aufsuchen, und dann musste sie auch noch zur Bank, um zu sehen, was noch alles zu organisieren war. Sie erzählte ihm das alles ohne Emotionen. Man merkte ihr an, wie schwer ihr die neue Situation fiel.

»Nachdem du weggefahren bist, war es so still im Haus, so anders ohne meinen Dad. Selbst wenn ich hier früher alleine war und er in der Werkstatt, es war ein anderes Gefühl. Ich wusste, er kommt jeden Abend wieder heim. Nun ist alles so irreal, so verstörend.« Sie machte eine Pause. Nach einem langen Moment fuhr sie fort: »Ich bin die Letzte der Familie, es gibt keine weiteren Verwandten. Mein Dad war ein Einzelkind und meine Mom kam aus Europa. Selbst wenn es da jemanden gibt, wir haben nie Kontakt gehabt. Es ist ein seltsames Gefühl zu wissen, dass ich nie wieder sein Lachen hören werde, er mich nie wieder loben wird und mich nie wieder in den Armen halten kann.«

Nun schwieg Duke einen Augenblick, bevor er antwortete: »Ja, vieles erscheint auf einmal hoffnungslos und entmutigend, doch zusammen schaffen wir das.«

Duke erzählte ihr die Story, die ihm damals der Doktor im Krankenhaus vorgetragen hatte und wie unpassend er sie in diesem Moment gefunden hatte. Doch mit ein wenig Abstand habe er eingesehen, dass die Zeit alles heilen würde, auch die schwersten Verluste.
Duke ging an diesem Abend zu ihr ins Zimmer, wo sie eng umschlungen einschliefen.

***

Am nächsten Tag begleitete er sie zu allen Behörden, ein schwerer Gang für beide. Und wieder stand eine Beerdigung an. Anscheinend wurde in dieser Gegend nicht viel gestorben, denn John wurde schon drei Tage nach seinem Tod beigesetzt. Der Kreis der Trauernden war übersichtlich und die Gedenkfeier für John wurde in seinem Haus abgehalten. Geschichten wurden erzählt, die selbst für Rachel neu waren. John muss wirklich ein lustiger und gutmütiger Kerl gewesen sein. Duke machte sich nützlich und bewirtete die Gäste. Der Abend nahm kein Ende. Es wurde spät und als der letzte Freund von John das Haus verlassen hatte, trat wieder diese traurige Stille ein. Rachel holte einige Fotoalben hervor und setzte sich auf die Couch.
»Wenn du möchtest, dann geh ruhig schon ins Bett.«
Duke merkte an ihrer Stimmlage, dass sie jetzt ein wenig Zeit für sich allein brauchte. Er strich ihr über den Kopf und küsste ihre Stirn.
»Gute Nacht, Rachel«, sagte er und entfernte sich leise.

KAPITEL 24

Duke duschte ausgiebig, denn er hatte das Gefühl, dass all die Trauer, die in der Luft schwebte, sich an ihn haften wollte. Er schrubbte sich so intensiv, bis ihm regelrecht die Haut brannte. Erst dann hörte er auf und begann sich besser zu fühlen. Leise ging er in das Gästezimmer, legte sich hin und fiel sofort in den Schlaf. Irgendwann in der Nacht wachte er auf. Es war dunkel und er hatte das Gefühl, dass jemand neben seinem Bett stand. War es ein Traum? Besuchten ihn die Dämonen wieder, um ihn zu foltern?

Dann erkannte er die Umrisse von Rachel. Sie stand im Halbdunkel vor seinem Bett. Er setzte sich auf und drehte sich langsam zu ihr hin. Dann registrierte er, wie ihre Pyjamajacke auf den Fußboden glitt. Rachel stand nackt vor ihm und im Mondlicht konnte er die Silhouette ihres wunderschönen Körpers sehen. Wortlos zog sie ihn aus dem Bett und fing an, ihn langsam auszuziehen. Duke kribbelte es am ganzen Körper, als er so nackt und ihr so nah war. Sie küsste ihn und stupste ihn dabei sachte aufs Bett. Zeitlupenähnlich setzte sie sich auf ihn und streichelte ihn erst über den Kopf, dann sanft über seine Brust und weiter zum Bauch. Duke reagierte sofort körperlich auf ihre sinnlichen Berührungen. Er spürte, wie es ihm in den Lenden zog.

Sie gab das Tempo vor und er gab sich ihr hin und ließ es zu. Es war keine Liebe, was hier gerade geschah, es war pure, aufgestaute Lust. Das war so komplett anders, was er hier mit ihr erlebte. Es war kein erotisches Kennenlernen, sondern vielmehr eine Explosion von zügelloser Leidenschaft, ohne Zurückhaltung von Gefühlen. Duke verspürte die ultimative Form von totaler Hingabe. Und es gab in diesem Moment kein Richtig oder Falsch, es zählte nur der Augenblick zauberhafter Magie ohne Konsequenzen. Beide erlebten den Höhepunkt gemeinsam, der ihnen jeden Gedanken an Trauer, Tod und Verlust vergessen ließ. Sie schliefen in dieser Nacht in den Armen liegend ein und so wachten sie auch auf.

***

Duke wurde zuerst wach, machte aber keine Anstalten, sich von ihr zu lösen. Er genoss es, nackt neben ihr zu liegen und sie so ungeniert an sich zu spüren. Es war für ihn eine extreme Erfahrung, sich so hemmungslos mit ihr geliebt zu haben. Doch er fühlte sich in keiner Weise unangenehm bei dem Gedanken, was sie getan hatten. Weder schlechtes Gewissen noch Vorwürfe quälten ihn. Es musste schon fast mittags sein, so hoch wie die Sonne durch das Fenster strahlte. Er kuschelte sich an sie und streichelte ihre weiche Haut. Rachel wurde wach und eine leichte Röte legte sich auf ihre Wangen.

»Guten Morgen«, sagte sie.

Er erwiderte den Gruß und strich ihr die Haare aus dem Gesicht.

»Danke, Duke. Es war wunderschön und ich hoffe, mit meinem nächtlichen Überfall zwischen uns nichts kaputt gemacht zu haben.«

»Rachel, du bist ein wunderschönes Mädchen und für mich war es die aufregendste Nacht, die ich seit Langem erlebt habe«, sagte er ehrlich. »Mit dir hier in diesem Augenblick zu liegen, dich anzusehen und zu spüren, ist ein wunderbares Gefühl.«

Sie lächelte ihn an, als sie seine Worte hörte. Dann kuschelte sie sich an ihn und nur der Hunger zwang sie letztlich irgendwann aus dem Bett. Da es bereits Mittag war, ließen sie das Frühstück ausfallen und fuhren zum Diner. Niemand von ihnen war peinlich berührt von der gemeinsamen Nacht. Im Gegenteil, Rachel war wie ausgewechselt. Der Schmerz in ihren Augen verschwand zusehends und ab und zu huschte ein kleines Lächeln über ihr Gesicht. Es schien, als wäre sie über Nacht gefasster und irgendwie reifer geworden.

Beim Nachtisch sagte sie zu ihm: »Ich habe über die Werkstatt nachgedacht. Ich kann sie nicht mehr weiterführen. Selbst wenn sie gut laufen würde, kann ich es nicht ertragen, jeden Tag die Stelle zu sehen, an der mein Dad gestorben ist. Ich werde versuchen, sie zu verkaufen.«

Duke nickte und meinte: »Das kann ich gut verstehen.«

»Bei der Bank habe ich erfahren, dass mein Dad mehr als 25.000 Dollar angespart hatte. Sehr überraschend, da er nie etwas davon gesagt hatte.«

»Ich werde dir gerne dabei helfen, die Werkstatt zu verkaufen. Aber was willst du dann machen?«, fragte er.

»Wenn es gut läuft, bekomme ich vielleicht um die 190.000 Dollar für die Werkstatt und das Gelände. Es ist nur eine Idee, aber was denkst du? Wenn ich sie verkauft habe, würdest du mit mir auf einen Roadtrip gehen? Etwas sehen vom Land und das Meer. Ich war noch nie an einem Strand!«, sagte sie aufgeregt und schaute ihn fragend an.

»Hört sich nach einem Plan an, auf jeden Fall nach einem Abenteuer. Vielleicht ist es das, was wir beide brauchen.«

»Ich kenne jemanden, der einen 2002 Winnebago für 17.000

Dollar verkauft. Der ist so lang wie ein Schulbus, ein Wohnzimmer auf Rädern sozusagen. Das ideale Fahrzeug, um unabhängig zu sein, aber mit allem Luxus, den wir brauchen. Wir fahren einfach los, ohne Plan, bis in die nächste Stadt, auf die wir Lust haben.«

Nachdem sie ihm ihre Idee erzählt hatte, schob sie ihre Hand über den Tisch und hielt die seinige dabei fest.

»Dann verkaufe ich auch mein Wohnmobil und steuere meinen Teil zum Kaufpreis bei. Und solange wir nach einem Käufer für die Werkstatt suchen, können wir den Winnebago reisefertig machen.«

***

Der Plan stand und schon am nächsten Tag wurden einige Anzeigen geschaltet und ein Inserat im Internet aufgegeben. Rachel, die gut verhandeln konnte, bekam den Winnebago sogar noch 2.000 Dollar günstiger, die sie in ein paar Extras investierte. Sie hatte nicht zu viel versprochen, es war ein beeindruckendes Fahrzeug. Im Parkzustand konnte man auf beiden Seiten die Mittelteile ausfahren, was die Räumlichkeiten um ein Drittel vergrößerte. Manche Leute hatten weniger Wohnraum in ihrem Haus, dachte sich Duke, als er den Winnebago zum ersten Mal sah. Ja, und das Kingsize Bett im hinteren Teil ließ keine Wünsche offen, musste er lächelnd feststellen.

Parallel zu den Inseraten kontaktierte Rachel einen ihrer Konkurrenten, der sich recht schnell für das Angebot interessierte. Der Anwalt wurde mit dem Verkauf beauftragt und ohne die Abwicklung abzuwarten, waren Rachel und Duke zwei Tage später auf dem Weg in Richtung Westen, mit einem Zwischenstopp am Grand Canyon. Mit diesem Schiff auf Rädern sollte es bis zum Nationalpark eine gemütliche Fünf-Stunden-Tour werden. Unterwegs hielten sie nur, um Reiseproviant zu besorgen. Das war definitiv ein anderes Reisen als mit seinem alten Fleetwood. Wenn Rachel das Monstrum fuhr, hatte man den Eindruck, dass sie nie etwas anderes gemacht hätte, als solche Dinger über die Straßen zu schieben. Seit ihrer Abreise war Rachel ein wenig lockerer geworden. Die neue Situation, unterwegs zu sein und Abstand zu gewinnen, tat ihr definitiv gut.

Auch für Duke war es eine schöne Abwechslung, wieder loszufahren, um Abenteuer zu erleben. Während sie stundenlang die endlosen Highways entlangfuhren, nutzte er die Zeit zum Nachdenken. Er schaute Rachel hin und wieder beim Fahren zu und dachte, dass es nun fast zwei Wochen her war, als sie das erste Mal miteinander geschlafen hatten. Aus diesem wilden ersten Mal waren viele erotische zweite und dritte Male geworden. Doch auch nach all dem fantastischen Sex mit ihr, hatte er eigentlich keine Ahnung, was sie beide waren. Was verband sie? Bisher wurde das Wort „Liebe" von beiden vermieden. Waren sie denn ein Liebespaar oder nur sehr gute Freunde, die Spaß daran hatten, miteinander zu schlafen? Duke schaute aus dem Fenster, genoss den Anblick der vorbeiziehenden Landschaft und suchte in seinem Gehirn nach Antworten. Was wollte er? Wollte er mehr von ihr? Duke war sich seiner Gefühle ihr gegenüber nicht sicher. Sie war super nett, sah toll aus und man konnte mit ihr über alles reden. Bevor er Rachel das erste Mal berührt hatte, war Sex für ihn automatisch immer mit Liebe verbunden gewesen.

Er war sich nicht sicher, ob er für Rachel auch diese tiefen Empfindungen haben könnte, so wie einst für Bristol. Wenn er sie so von der Seite anschaute, mochte er, was er da sah. Schon eine kleine Bodenwelle und ihre süßen, kleinen Brüste wippten verführerisch. Dann kribbelte es ihn, sie gleich hinten auf dem Bett ordentlich zu vernaschen. Doch war das jetzt Liebe oder nur Begierde, die er bei ihr bekam? Was würde er antworten, wenn sie zu ihm sagen würde, dass sie ihn liebte? Er versuchte tief in sich hineinzuhören, doch im Augenblick bekam er von seinen unterkoffeinierten Nervenzellen keine zufriedenstellende Antwort. Eventuell müsste noch ein wenig Zeit vergehen, bis er sich sicher war. Oder das Wort „Liebe" war einfach nur ein Wort wie jedes andere.
Am späten Nachmittag fuhren sie in den Grand Canyon National Park ein und fanden eine geeignete Parkfläche, die vorgesehen war für ein Monster auf Rädern, wie sie es besaßen. Die Aussicht von dort war atemberaubend und die Fernsicht war spektakulär und doch waren die Dimensionen zu groß, als dass es in ihren Gehirnen verarbeitet werden konnte. Es wurde der beste Sonnenuntergang, den beide bisher in ihrem Leben gesehen hatten. Schon am Tage wirkten die rottönigen Felsen und Schluchten kitschig wie auf Postkarten, doch mit dem Untergang der Sonne wurde der Blick über den Grand Canyon zu einer überwältigenden Farbexplosion, die einem auf der Netzhaut kribbelte. Duke haute ein paar Würste auf den Grill und toastete ein wenig Brot dazu. Sie brachte ein wenig Grünzeug und fertig war ihr erstes Abendessen unter freiem Himmel. Es war mild und sie genossen die sternklare Nacht. Irgendwann wurde es ihnen aber zu kalt und sie zogen sich in das Wohnmo-

bil zurück. Beide machten sich für die Nacht fertig und Duke fragte sich, wie wohl die Betten waren. Bei all der Vorbereitung und Aufregung hatten sie vergessen, einmal Probe zu liegen. Mit diesen vollkommen unnötigen Gedanken legte er sich neben Rachel und musste feststellen, dass seine Bedenken umsonst waren. Das Kingsize Bett war ein Traum, wie alles im Moment.

»Es war der richtige Entschluss, einfach alles stehen und liegen zu lassen und loszuziehen. Ich kann es kaum erwarten, morgen früh das Meer zu sehen«, flüsterte sie neben ihm. Und nach einer Pause fuhr sie fort: »Der Winnebago ist unser neues Heim.«

Dann stand sie auf und ging duschen. Zehn Minuten später, als er sie nackt aus der Dusche kommen sah, war er schon wieder wild darauf, sie zu vernaschen. Schon der Gedanke daran ließ ein bestimmtes Körperteil an ihm reagieren. Ganz langsam lief sie durch den Gang zu ihm ans Bett. Ihre offenen Haare verdeckten ein wenig ihre Brüste, was noch erotischer wirkte. Der frisch getrimmte Landing Strip sah mehr als einladend aus, um dort gleich einmal zu landen. Sie kam zu ihm unter die Decke und legte ihren Kopf auf seine Brust.

»Ich genieße die Zeit mit dir und du bist das Beste, was mir passieren konnte«, erklärte sie. »Als ich dich das erste Mal in der Werkstatt sah, hatte ich mich gleich in dich verliebt. Bei mir war es Liebe auf den ersten Blick. Und in der Nacht, bevor wir nach Phoenix gefahren sind, wollte ich eigentlich in dein Wohnmobil kommen und dich verführen. Ich hoffe, ich bringe dich jetzt nicht in Verlegenheit mit meinem Geständnis. Ich hatte nur von Anfang an das Gefühl, dass du etwas Besonderes bist. Seit wir

uns nähergekommen sind, fühle ich mich dir sehr verbunden. Für mich bist du der erste Mensch, dem ich so vertraue. Duke, ich liebe dich!«, sprach sie im süßesten Ton.
Dabei richtete sie sich auf und schaute ihn erwartungsvoll an. Ups! Da war das Wort. Es kam unvorbereitet und es hatte ihn kalt erwischt. Ihre Offenheit verblüffte ihn, doch gerade diese ehrlichen Worte waren so ergreifend. Er spürte, wie sein Puls schneller ging. Hatte er nicht erst am Vormittag darüber nachgedacht?
Dann sah er sie an und lächelte, nahm mit beiden Händen ihr Gesicht, küsste die ihn anhimmelnden Augen und sagte letztlich: »Ich liebe dich auch.«
Rachel fing an zu weinen, doch dieses Mal waren es Freudentränen. Nachdem sie sich wieder gefangen hatte, küssten sie sich, als wäre es das erste Mal und dann liebten sie sich zärtlich, als würde es kein Morgen geben. Für beide war es wie ein Neuanfang von etwas Großem. Etwas, was man nur zusammen erreichen kann. Duke war aus dem Tal der Tränen herausgestiegen und hatte all seine Dämonen verbannt.

***

Den nächsten Morgen verschliefen sie total, doch das war kein Problem. Das Meer konnte noch einen Tag länger auf sie warten. Nach einem Frühstück unter freiem Himmel rief die Landschaft regelrecht nach ihnen, um erkundet zu werden. Und so powerten sie sich auf einem der vielen Wanderwege aus, die es hier zu Dutzenden gab. Auf dem Rückweg kamen sie an einem Souvenirshop vorbei, wo Duke ein Maskottchen für den Wagen fand.
»Schau, ist der nicht putzig? Mit den Saugnäpfen können wir

ihn an die Scheibe kleben und dann haben wir immer einen kleinen Freund bei uns.«

Rachel fand die Idee ein wenig kindisch, aber lustig. Eigentlich hatte er gedacht, dass er aus dem Alter heraus wäre, um Stofftiere toll zu finden, doch als er in das fröhliche Hasengesicht schaute, musste er ihn einfach kaufen.

»Wir brauchen noch einen Namen«, meinte er.

»Den hat er doch schon«, sagte sie.

»Willst du ihn weiterhin Bugs Bunny nennen?«

Doch das war schon keine Frage mehr, sondern eine Bestätigung.

***

Der nächste Tag begann, dank des vorlauten Weckers, pünktlich und ihr heutiges Ziel war Coronado Island bei San Diego. Wenn es keinen größeren Stau gibt, sollten sie es in weniger als neun Stunden bis dorthin schaffen. Beide hatten sich an den Film „Manche mögen's heiß" mit Marilyn Monroe erinnert und dachten sich, dass es ein cooles Ziel wäre für die erste Nacht am Meer. Der Stau blieb aus, doch es war nicht einfach, bei der Größe des Fahrzeuges einen Parkplatz zu finden. Letztlich mussten sie dafür einen Fußweg von gut einer Stunde bis zum Hotel in Kauf nehmen. Nach der strapaziösen Fahrt hatten sie an diesem Abend keine Lust mehr, das Hotel zu erkunden, weshalb sie dieses Abenteuer auf den nächsten Morgen verlegten. Doch der Strand war einfach zu verlockend. Obwohl sie beide erschöpft waren, nahmen sie sich die Zeit und gingen zum Wasser, um ihren ersten Sonnenuntergang am Strand von Coronado Island zu bewundern.

Gleich am nächsten Morgen suchten sie das legendäre Hotel

del Coronado auf. Auf dem Weg am Strand entlang entdeckten sie auf halber Strecke einen Touristenshop, wo sie sich ein paar überteuerte Badesachen kauften. Doch der weiche Sand und der warme Pazifik entschädigten selbst das. Hungrig gingen sie in das Hotel, das zwar wie im Film aussah, aber dann doch ein wenig enttäuschte. So sehr sie auch suchten, es gab keine alten Requisiten, die an den Hollywoodstreifen erinnerten. Nicht einmal im eigenen Hotelshop waren ein paar ansprechende Souvenirs zu kaufen. Da trafen wieder einmal Wunschdenken und Fantasie auf blanke Realität. Nach dem Essen in einer Strandbar gingen sie noch einmal ausgelassen schwimmen. Insgesamt verbrachten sie die ganze Woche am Strand, doch dann wurde es ihnen ein wenig zu langweilig.

Am siebten Tag fragte Duke beim Abendessen: »Wo möchtest du gerne als Nächstes hinfahren?«

»Was schlägst du denn vor?«, kam die Gegenfrage.

Er lächelte sie an, ging kurz zu seinem Rucksack und kam mit einer großen Straßenkarte zurück.

»Was hältst du davon, an der Küste in Richtung Norden zu fahren?«, und Duke zeigte dabei auf die Karte. »Ich denke, es wird bestimmt eine schöne Fahrt und es liegen einige Nationalparks auf der Route. Wir könnten bis hinter San Francisco fahren und uns die legendären Redwoods anschauen, dann haben wir eine Richtung und ein Ziel. Und wenn wir uns unterwegs anders entscheiden wollen, dann machen wir das einfach.«

Rachel war ebenfalls davon begeistert und zum perfekten Abschluss liefen sie am Abend noch einmal am Strand von Coronado Island entlang, wo die Sterne in der Nacht hell leuchteten und die Wellen beruhigend auf den Strand rollten.

KAPITEL 25

Wie immer hatten beide das Problem, pünktlich aus dem bequemen Bett zu kommen, wenn kein Wecker sie wachklingelte. Die Konsequenz war, dass sie nun durch die späte Abreise zwangsläufig im Stau standen. Nur um San Diego wieder zu verlassen, stellte sie auf eine Geduldsprobe. Bis zu ihrem nächsten geplanten Stopp in Los Angeles war es nicht mehr weit, doch durch die Blechkarawane zog sich die Fahrt lang wie Gummi. Der einzige Vorteil, mit so einem Fahrzeug über den Asphalt zu kriechen, war die Tatsache, dass der Kaffee nie alle wurde.

Die Fahrt nach Los Angeles wurde immer mehr zum Horror. Eine Strecke, die normalerweise unter drei Stunden zu schaffen war, dehnte sich auf fünf aus. Selbst das Navigationsgerät war keine Hilfe, da alternative Routen über kleine Nebenstraßen sinnlos waren mit diesem riesigen Teil auf Rädern. Frustriert vom Stopp & Go entschieden sie, nicht in Los Angeles zu halten, sondern auf der US 101 bis Santa Barbara weiterzufahren, um dort zu übernachten. Nachdem sie ein wenig außerhalb von Los Angeles waren, wurde der Verkehr zunehmend weniger. Sie stoppten an einer Tankstelle, um das Monster aufzufüllen und gleichzeitig ein paar Snacks zu kaufen.

Duke wechselte sich für den Rest der heutigen Strecke mit Rachel am Steuer ab. Nun sollte es nicht mehr allzu weit sein. Mister Navigation zeigte ihnen eine vorausberechnete Fahrzeit von 23 Minuten an. Eine stressfreie Fahrt auf den letzten Meilen lag vor ihnen. Kurz nachdem sie die US 101 verlassen hatten, erblickte Duke im Seitenspiegel blinkende Discolichter, die ohrenbetäubend unterstützt wurden von einer Sirene, die keinen Zweifel ließ, dass er besser anhalten sollte. Beide schauten sich verwundert an und hatten keine Ahnung, warum der Cop sie stoppen wollte. Duke zögerte nicht lange und hielt bei der nächsten Straßenausbuchtung an. Rachel schaltete das Radio aus und sagte Duke, dass er das Fenster herunterlassen sollte. Es dauerte mehr als zwei Minuten, bis der Cop bei ihnen am Fenster erschien.

»Ihre Fahrzeugpapiere und den Führerschein bitte«, sagte der Polizist in einem freundlichen Ton, der trotzdem ein wenig zu militärisch klang.

Duke gab ihm seinen Führerschein und Rachel fingerte in ihrer Tasche wegen den Fahrzeugpapieren.

»Bitte sehr«, sagte Duke höflich, aber ein wenig nervös.

»Bleiben Sie bitte im Fahrzeug sitzen, bis ich Ihre Dokumente kontrolliert habe«, erklärte der Cop und verschwand mit den Papieren.

»Hast du irgendeine Erklärung, warum er uns gestoppt hat?«, fragte Duke.

»Ich habe keinen blassen Schimmer.«

Duke ging alle Möglichkeiten durch. Er war sich sicher, keine rote Ampel oder ein Stoppschild überfahren zu haben, und zu schnell konnte er auch nicht gewesen sein. Nachdem der Cop wieder am Fenster erschienen war, forderte er beide auf, aus dem Fahrzeug zu steigen und nach hinten zu kommen. Duke hatte kein gutes Gefühl. Vorsichtshalber nahm er sein Tablet mit. Kaum standen sie hinter dem Winnebago, prüfte der Cop

Dukes Lichtbild, indem er abwechselnd ihn und das Bild im Führerschein anschaute. Duke blieb cool, seine Nervosität war wie weggeblasen. Mit dem Tablet in der Hand würde er den Cop dazu bringen, dass er ihnen einen Karton Donuts besorgt, wenn dieser Witz hier vorbei war.

»Ihr rechtes Bremslicht funktioniert nicht«, sagte der Cop schließlich, der sich dabei mit Dukes Führerschein leicht auf den Handrücken schlug.

Was für ein blöder Cop, dachte Duke und antwortete erleichtert: »Danke, dass Sie uns darüber informieren. Das hatten wir gar nicht mitbekommen.«

»Wem gehört das Fahrzeug?«, fragte der Cop nun.

»Es gehört mir«, antwortete Rachel, die dabei zaghaft die Hand hob.

»Können Sie sich ausweisen, Miss?«

Rachel holte nun ebenfalls ihren Führerschein heraus und überreichte ihn dem Cop.

»Bitte bleiben Sie hier stehen«, forderte der sie auf und stieg wieder in seinen Polizei Cruiser.

Duke gefiel die Situation überhaupt nicht. In Gedanken ging er mehrere Szenarien durch, falls es echten Stress geben sollte. Auf jeden Fall musste er an das Videomaterial der Cop-Cam herankommen, in die er gerade schaute.

»So einen Affen hier zu machen wegen eines Bremslichtes«, flüsterte er zu Rachel.

»Ja«, sagte sie, »eine vollkommen übertriebene Reaktion.«

Duke hatte es dummerweise versäumt, an der Tankstelle auf die Toilette zu gehen. Von dem vielen Kaffee verspürte er nun ein dringendes Bedürfnis. Doch wer konnte schon mit einem gelangweilten Cop rechnen, der seinen Job hier gerade ziemlich ernst nahm. Der Beamte stieg erneut aus seinem Wagen. Seine Sonnenbrille sah richtig wichtig aus, dachte sich Duke, wie bei den Cops im Fernsehen.

»Das Fahrzeug ist auf den Namen „Ray Tucker" registriert, doch wie ich an den Führerscheinen sehen kann, heißt hier niemand Tucker«, stellte er seelenruhig fest.

Rachel holte den Kaufvertrag hervor und gab ihn dem Cop.

Der prüfte den Vertrag und kommentierte spitzfindig: »Miss, Sie hätten das Fahrzeug längst umschreiben lassen müssen.«

Darauf fiel ihnen beiden nichts mehr ein.

»Sie bekommen jetzt von mir einen Strafzettel für das Bremslicht und einen weiteren für die fehlende Umschreibung.«

Und wieder verschwand der Cop mit allen Papieren in seinem Cruiser. Duke wurde langsam sauer. Wie lange sollte das hier noch alles dauern? Er musste nun langsam aber sicher sein Bedürfnis verrichten, hatte aber auch nicht den Mumm, einfach so in den Winnebago zu gehen. Geschlagene zehn Minuten später bequemte sich der Cop endlich, Rachel alle Papiere inklusive der Strafzettel auszuhändigen. Nur Dukes Führerschein fehlte.

Doch bevor Duke ihn danach fragen konnte, sprach ihn der Cop mit einem zackigen Ton an: »Sir, bitte drehen Sie sich langsam um und legen Sie Ihre Hände auf den Rücken.«

Duke reagierte nicht sofort, da die Worte für ihn keinen Sinn ergaben.

»Sir, ich werde mich nicht wiederholen«, sprach der Cop nun eindringlicher.

Duke reagierte schnell, aber bevor er das Tablet einschalten

konnte, zertrümmerte ein Schlagstock sein Flachgehirn und riss es ihm aus der Hand. Mit dieser Wendung hatte er nicht gerechnet und auch nicht damit, dass er auf dem Boden liegend ein paar Handschellen verpasst bekam. Rachel hatte alles fassungslos mit angesehen. Schockiert bekam sie kein Wort heraus. Duke wurde von dem Cop wieder auf die Beine gestellt.
»Sie sind hiermit festgenommen. Es liegt gegen Sie ein Haftbefehl vor.«
Duke klingelten die Ohren, als er das hörte. Dann bekam er im monotonen Ton seine Rechte vorgelesen und wurde auf die Rückbank des Cruisers verfrachtet. Sein Drang, auf die Toilette zu müssen, war wie weggeblasen. Der Cop stieg ebenfalls ein, schaltete die Discolichter aus und weg waren sie, ohne dass Rachel die Chance hatte, mit Duke noch ein Wort zu wechseln.

Fortsetzung folgt...

Wie ein Schwerverbrecher sitzt Duke in Handschellen gefesselt auf der Rückbank eines Polizeiwagens. Warum liegt gegen ihn ein Haftbefehl vor? Ist man ihm letztlich doch auf die Schliche gekommen und sucht ihn im Zusammenhang mit den mysteriösen Todesfällen in Keene? Und was ist mit Rachel passiert? Das sind nicht die einzigen Fragen, die ihn beschäftigen. Eben noch befand er sich auf der Straße der Sieger, um ungebremst die Welt zu entdecken. Doch plötzlich scheint das in weite Ferne gerückt zu sein, denn das Schicksal hat etwas anderes mit ihm vor. Die Realität holt ihn zurück auf den Boden der Tatsachen und er findet sich an dem Ort wieder, an dem er sich als Letztes auf dieser Welt aufhalten wollte. Obwohl Duke dachte mit seiner Vergangenheit abgeschlossen zu haben, holt ihn diese wieder ein und ein neuer Name erscheint auf seiner Liste. Eine Liste, auf der niemand stehen will!

Der 2. Teil der Duke-Reihe startet so turbulent und spannungsgeladen wie der 1. Teil „Ohne Warnung" geendet hat. Der Leser wird erneut auf eine spannende Reise quer durch die USA mitgenommen und weiß nie, wohin diese Reise ihn führen wird. Trotz der Niederlagen und Rückschläge, die Duke durchleben muss, behält er sich die Neugier auf das Leben, ist offen für Herausforderungen und schmiedet neue Pläne. Niemand kann ihn aufhalten, oder doch?

Teil 2 - ISBN-13: 978-1548365165

All seiner Träume beraubt, wird einem verzweifelten Duke von unerwarteter Seite Hilfe angeboten und ein Wunder auf Heilung versprochen. Anfänglich noch skeptisch, nimmt er das Angebot an und reist nach Guatemala. Voller Hoffnung, hier ein über Generationen im Geheimen praktiziertes Heilungsritual auszuprobieren, landet er im chaotischen Guatemala City.
Kaum sitzt Duke im Taxi, wird er gezwungen rasch zu handeln, da sich die Dinge mit einem Mal anders entwickeln als erwartet. Körperlich nicht in der besten Verfassung und emotional ein wenig eingebeult, muss er einem Gegenspieler Paroli bieten, mit dem nicht zu spaßen ist. Er findet sich in einer Situation wieder, die er immer vermeiden wollte. Anscheinend verfolgt ihn der Tod, was immer er anstellt, wo auch immer er sich aufhält.
Im 3. Teil der Duke-Reihe zeigt sich dem Leser ein gereifter Duke, der sich in einem ihm unbekannten Land wiederfindet, wo eigene Gesetze herrschen und unorthodoxe Wege genommen werden, um zweibeinige Probleme zu beseitigen. Es wird ein Kampf mit sich selbst und mit neuen Gegnern, die nicht zimperlich sind, ihre Ziele zu erreichen. Wird er die gefährlichen Abenteuer in Guatemala überleben?

Teil 3 - ISBN-13: 978-1983476686

Der Sammelband der Teile 1 bis 3 im edlen Hardcover

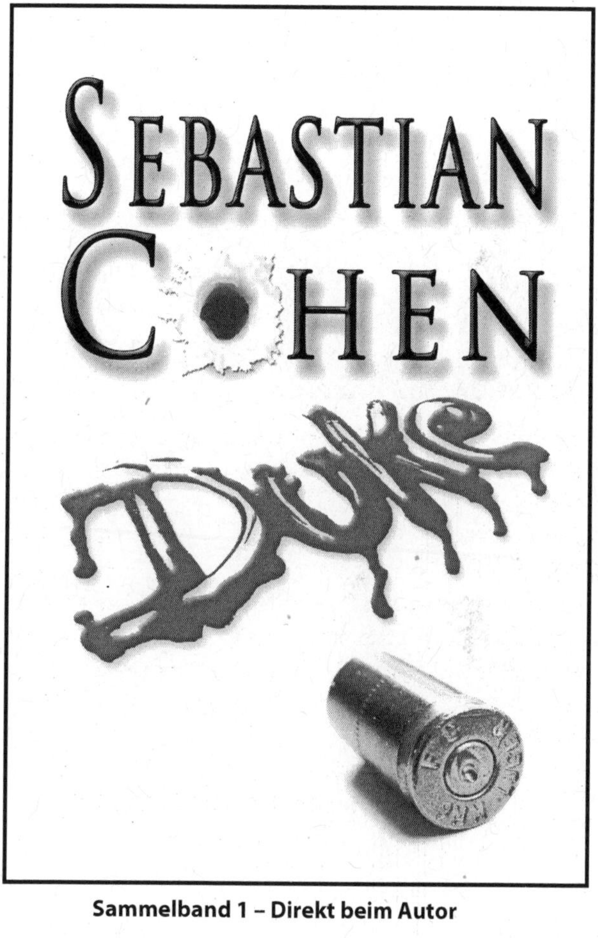

Sammelband 1 – Direkt beim Autor

Der kalifornische Sommer steht kurz vor der Tür und Duke schmiedet aufgeregt in seinem Beachbüro neue Pläne. In Gedanken ist er bereits auf dem Weg ins tropische Hawaii, um Tanya zu überraschen, mit der er eine traumhafte Nacht verbracht hatte, wo Sex neu erfunden wurde.

Das Einzige, was ihn von der Reise abhält, sind zwei Namen, die noch auf seiner Liste stehen. Erst wenn diese beiden Gesellschaftsparasiten ihre verdiente Bestrafung bekommen haben, kann Duke sein altes Leben hinter sich lassen und sich endlich von all dem Bösen befreien, das in ihm schlummert.

Doch so einfach, wie er es sich vorgestellt hat, wird es nicht. Unerwartet bildet sich eine neue Gewitterwolke, die Ärger mit sich bringt und neue Gegenspieler, die jeden guten Plan für eine ruhige Zukunft zunichtemachen. Unabsichtlich wird er in neue, gefährliche Abenteuer gezogen, deren Ausgang seine Welt auf den Kopf stellt und die eigene Existenz infrage stellt.

Auch wenn Duke bisher geglaubt hat, er wäre schon ein kleiner Teufel, wird er schmerzhaft eines Besseren belehrt. Wer sind diese skrupellosen Gegenspieler, die sein Leben aus dem Ruder laufen lassen? Und wer kann noch diabolischer sein als Duke?

Teil 4 - ISBN-13: 978-1724855497

Miss Johnson! Ein Name, der für Duke ein Inbegriff seines nie endenden Albtraums darstellt. Wie ein Tornado hat diese skrupellose Frau mit ihrer Verbrecherbande all seine Träume dem Erdboden gleichgemacht. Vollkommen sinnlos wurde seine geliebte Tanya mitsamt der Crew des *Wavedancers* aus Neid und Habgier ermordet.
Einzig der Gedanke, die Verantwortlichen in Panama zur Strecke zu bringen, lässt Duke noch funktionieren und er sinnt auf Vergeltung.

Wird es ihm gelingen, die Verbrecher in die Finger zu bekommen, um Tanyas Tod zu rächen, oder begibt sich Duke in sinnlose Gefahr, weil er das gerissene Tochter-Vater-Team erneut unterschätzt? Doch wie gut er sich auch vorbereitet und seine Pläne ausführt, scheinbar hat das Universum immer das letzte Wort.

Teil 5 - ISBN-13: 978-1093281590

Mexiko, ein Traumziel für gestresste Urlauber, doch Duke hat keinen Blick für die tropische Umgebung. Nachdenklich sitzt er in einem Restaurant und schaut der hübschen Zufallsbekanntschaft hinterher, die gerade im Begriff war, ihre Tränen auf der Toilette zu trocknen. Ist sie tatsächlich das Opfer eines Überfalls geworden oder spielte sie ihm ihre Hilflosigkeit nur vor? Seine Gedanken wanderten nach Panama, das noch 1800 Meilen entfernt lag und ihn auf dem Weg dahin durch gefährliche lateinamerikanische Länder führen würde. Länder, in denen Stress so gut wie vorprogrammiert war und brutale Verbrechen an der Tagesordnung sind. Fingen die Probleme womöglich bereits hier mit diesem langbeinigen Girl an?
War seine Flucht aus Los Angeles eventuell doch zu voreilig gewesen und Panama nur eine überhastete Idee? Wird ihn die Sehnsucht wieder zurück in die Staaten führen? Rastlos und auf der Suche nach dem Sinn im Leben, wird Duke auf die Probe gestellt und gerät in Situationen, die sein Verständnis vom Universum auf den Kopf stellen.

Teil 6 - ISBN-13: 978-1709463099

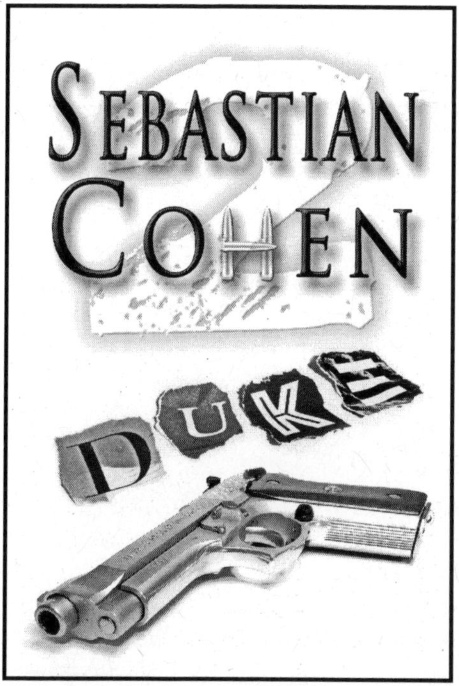

Im 2. Sammelband der Reihe wird Duke erneut in spannende Abenteuer verstrickt, die ihn mehr als einmal in tödliche Gefahren bringen. Gerade dachte Duke, dass er das Girl seines Lebens gefunden hat, nur um eines Besseren belehrt zu werden. Skrupellose Gegenspieler treten in Erscheinung, die seinen Plan, in Los Angeles als Privatdetektiv Fuß zu fassen, ins Schwanken bringen.
Duke findet sich in Situationen wieder, in denen seine dunkle Seite zum Vorschein kommt und er sich beweisen muss, um mit heiler Haut davonzukommen. Wird er die Gefahren, mit denen er konfrontiert wird, meistern oder hält das Universum noch weitere Überraschungen für ihn bereit?
Begleite Duke auf seinem turbulenten Weg durch Lateinamerika und erfahre, wer sich noch alles auf seiner Liste tummelt.

Der 2. Sammelband „Duke 2" enthält den 4. Teil „Ohne Chance ", Teil 5 „Ohne Vergebung" und Teil 6 „Ohne Erinnerung". Des Weiteren kann sich der Leser auf eine Bonusgeschichte freuen.

Sammelband 2 – Direkt beim Autor

Wer bereits die Duke-Reihe gelesen hat, dem ist bekannt, dass mein Protagonist Duke ein wagemutiger Abenteurer ist, aber auch ein Genießer, wenn es darum geht, es sich gut gehen zu lassen. Auf seinen vielen Reisen hatte er in den unterschiedlichsten Restaurants gegessen, sich in offenen Küchen an unbekannte Gerichte herangewagt und in netten Straßencafés die verschiedensten Süßspeisen probiert. Dieses Rezeptbuch ist eine Zusammenstellung von Gerichten, die in der Duke-Reihe vorkommen oder die er in den nächsten Teilen eventuell vorgesetzt bekommt.

Auf meinen Reisen, die mich bisher in 47 Länder verschlagen haben, bin ich in einige kuriose Restaurants eingekehrt und dabei solch eigenwilligem Servicepersonal begegnet, dass ich allein über diese Erfahrungen ein eigenes Buch füllen könnte. Die Rezepte in diesem Buch sind definitiv durch meine ausgedehnten Aufenthalte im Ausland inspiriert worden, einige sind durch Improvisation entstanden und andere komplett selbst erdacht. In vielen Ländern gibt es oft keine Supermärkte, die so voll gestapelt sind wie in Deutschland, da muss man sich öfters einmal kulinarisch neu erfinden. Meine Frau ist in der Sicht eine Künstlerin und zusammen haben wir ein paar schmackhafte Rezepte zusammengestellt, bei denen man kein Profi sein muss, um diese nachzukochen. Tatsächlich habe ich mir die Mühe gemacht, alle Rezepte selbst auszuprobieren, um sicherzugehen, dass auch ihr das schaffen könnt.

Möchtest du erfahren, wie Duke sich den Bauch gerieben hat, nachdem er

„Svenjas schwedischen Nudelsalat" gegessen hat oder als ihm ein Shrimp Burger serviert wurde? Wie schmecken wohl die leckeren Brownies von der bösen Miss Johnson? Sicherlich brennt ihr darauf zu erfahren, wie Duke mit „Bristol´s Doppeldecker Frühstarter" den Tag begonnen hat oder wie in Guatemala „Fabricia´s Morning Buritto" schmeckt? Eventuell fragt ihr euch auch, ob ein „White Russian" wirklich so lecker ist, den Duke von Beverly empfohlen bekam? Lasst euch mit dem Rezeptbuch auf eine kulinarische Reise ein und erfahrt, wie die Welt schmeckt. Es erwarten euch 20 tolle Rezepte für den Start in den Morgen, 40 geniale Rezepte, die man den ganzen Tag essen kann, 12 süße Rezepte, 5 von Dukes Lieblingsgetränken und 158 Fotos. Als Bonus wird alles mit 4 Kurzgeschichten gewürzt, die so nur Duke erleben kann. Ich wünsche euch viel Spaß und guten Appetit, denn den werdet ihr bekommen!

Nichts ist, wie es scheint. Nichts ist, wie es aussieht. Doch was ist die Wahrheit? Aus dem Koma erwacht, befindet Duke sich gefangen zwischen zwei emotionalen Welten.
Die Ärzte behaupten, er hätte sich all die aufregenden Abenteuer lediglich eingebildet. Tapfer stellt er sich der neuen Realität, die er wie einen Drogenentzug verspürt und in ihm eine Leere hinterlässt, die grenzenlos ist. Mit einem Mal stellt Duke seine Berufung als Privatdetektiv in Los Angeles infrage und beschließt, sich neu zu erfinden. Überstürzt und ohne Plan, begibt er sich auf eine erwartungsvolle Reise, die ihn bis nach Florida führt. Es gelingt ihm, wieder eine neue Perspektive zu erkennen und er bekommt im Sonnenstaat eine Eingebung, die er umgehend in die Tat umsetzt. Doch bei der Realisierung muss Duke schnell erkennen, dass alles mit einem Preis kommt und er zu unangenehmen Entscheidungen gezwungen wird. Unvermittelt befindet er sich in einer Situation, bei der es um Leben und Tod geht.
Wird er das Ruder herumreißen können und das Ziel, welches er sich gesteckt hat, erreichen? Wer ist sein Freund, wer sein Feind?

Teil 7 - ISBN-13: 978-673283653

Mit seiner alten Flamme Jennifer an der Seite versucht Duke seinen gestohlenen Katamaran wiederzubekommen. Doch wo steckt die Silver Cloud? Einfach wird die Suche nicht, denn sein schwimmender Traum kann überall ankern. Duke begibt sich auf eine Jagd, die alles andere in den Schatten stellt, das er bisher erlebt hat. Von Florida aus reist er nach Kuba, in der Hoffnung, den Katamaran in einem Yachthafen aufzuspüren. Wird es ihm gelingen oder verrennt er sich in eine Illusion? Wie wird er sich entscheiden, wenn ein Freund sich als Feind herausstellt? Ihm ist bewusst, dass er sich auf ein gefährliches Spiel einlässt, doch er war nicht gemacht für zweite Plätze. Duke kommt in eine Situation, bei der seine längst verdrängte dunkle Seite zum Vorschein kommt und er ohne Gnade handeln muss. Wie weit wird er gehen, um seinen Traum Realität werden zu lassen?

Teil 8 - ISBN-13: 979-8709726246